六色谱

董宏量 著

武汉出版社
WUHAN PUBLISHING HOUSE

（鄂）新登字08号

图书在版编目（CIP）数据

六色谱 / 董宏量著. — 武汉 : 武汉出版社, 2023.8
ISBN 978-7-5582-6099-5

Ⅰ. ①六… Ⅱ. ①董… Ⅲ. ①散文集—中国—当代 Ⅳ. ①I267

中国国家版本馆CIP数据核字（2023）第099598号

著　　者：董宏量
责任编辑：金　波
执行编辑：郑　建
封面设计：黄子修
出　　版：武汉出版社
社　　址：武汉市江岸区兴业路136号　　邮　　编：430014
电　　话：(027)85606403　　85600625
http://www.whcbs.com　　E-mail: whcbszbs@163.com
印　　刷：武汉市籍缘印刷厂　　经　　销：新华书店
开　　本：787 mm × 1092 mm　　1/16
印　　张：20.5　　字　　数：199千字
版　　次：2023年8月第1版　　2023年8月第1次印刷
定　　价：59.00元

关注阅读武汉
共享武汉阅读

十八岁，当上工人啦

领取结婚证当天合影（1980）

工作剪影

人到中年

兄弟守根里合影

参加北京作代会

家庭合照（1962）

三十而立

童年留影

知天命之年

祖孙对弈，儿子观战

目　录

第一辑 >>>

山水吟

第二辑 >>>

寻根记

第三辑 >>>

钢城情

第四辑 >>>

踏歌行

第五辑 >>>

书华录

第一辑

山水吟

春山听鸟

窗对青山，清晨常被鸟声唤醒。那一声声清亮而圆润的啼唱，时高时低，忽远忽近，如同花瓣绿叶上晶莹的露珠，悠悠地滚动在你似睡似醒的梦境中。就这么懒懒痴痴地听着，便觉得时光没有流逝，仍是唐时曙色宋时山：“绿窗春睡觉来迟。谁唤起？窗外晓莺啼。”

是的，春眠不觉晓，处处闻啼鸟，古人早就写尽了这种春晨听鸟的愉悦，以致你的任何描述都显得拙笨，有点类似抄袭。如当你起床后放眼山野，就会想起杜甫的吟咏：“留连戏蝶时时舞，自在娇莺恰恰啼。”而去山中漫步，又会想起李华的感叹：“芳树无人花自落，春山一路鸟空啼。”

古诗讲究精炼，诗人们常用一个“啼”字来形容鸟声的婉转清扬，虽然，“啼”可称为啼唱，但你用再多的象声词，也难以形容鸟声的美妙多情。这是啁啾，这是呢喃，这是莺声呖呖、燕语嘤嘤。这是一支奇妙的乐队，有长笛短哨，有黑管洞箫，你吹我合，我唱你答，唱绿了山林，唱红了杜鹃，唱醒了春梦，也唱醉了你的心灵。

山中草深林密，我常常只听见鸟唱，却看不到歌手。这些会唱歌的精灵像跟你捉迷藏似的，忽左忽右，忽前忽后，忽上忽下，忽高忽低。我不知道哪一只是黄莺，哪一只是画眉，只能以鸟儿来统称，以“春歌”来形容。因为它们的欢唱，春天发出了最美的声音，你可从中听到呼唤，听到絮语，听到吟诵，听到欢呼，听到诗歌与爱情……

在这幽深繁茂的山野中，鸟声显得格外清亮，格外欢欣，所以人们常用花香鸟语来形容春之明媚。明代才子李渔便在《闲情偶寄》中写道：“花鸟二物，造物生之以媚人者也。既产娇花嫩蕊以代美人，又病其不能解语，复生群鸟以佐之。”原来，鸟声是美人之语，是代花儿们吐露心声。这种解读实在美妙，以至才子如此痴情：“夜则后花而眠，朝则先鸟而起，惟恐一声一色之偶遗也。”

大自然亘古不变，但在钢筋水泥的城市里，现代人已难以敏感觉察季节的变换，难以听到这自由而欢快的鸟声。许多鸟儿被关在笼子里，用一方黑笼布罩着，其鸣其叫是那么拘谨，那么可怜，真可用“啼”来形容。我常看见有人拎着鸟笼来山野遛鸟，慢慢地揭开罩布，笼中的鸟儿都是呆呆傻傻的，好久才醒过神来。鸟笼挂在树上，人躲得远远的，就像等待一场音乐会的开幕。终于，笼中鸟也叫了，开始与野鸟应答，叫声似乎没有什么不同，我却隐隐地听到了伤感，听到了一种生命的无奈。

也许，这是我自作多情。天生万物，各显本能，鸟儿之所以鸣叫，常常是为了招引异性。尤其是在春天繁殖期间，大多数鸟类都会一展歌喉，改变冬天低哑的叫声，无论是喁喁呢喃，还是悠悠高歌，实际上都是求偶的叫鸣，爱情的欢唱。而且歌声大都发自雄鸟，比谁的嗓音更清脆，谁的曲调更动听。那些不善于鸣唱的鸟类也有各自的特技，或跳跃枝头炫耀亮丽羽翼，或敲击枯木发出咚咚声响，如同拍打铃鼓而舞。人当喜闻天籁，洗耳静听。若恣意操弄，未免有负这自然之声，美人之语。

此生有幸，退休后可依山栖居，春眠晚起，静听自由而欢快的鸟声，听它们歌唱的春天，听春天里曲调多变的情话，并有闲“寻声知去远，顾影念飞低”。这是江南的春山，杭州的西溪谷，布满了茶垅绿道，任你揽翠听鸟，也听一路越语吴音。于是，便感叹这山阴道上，曾有多少隐士诗人走过，红尘不染青衫湿，其中该有陆游拄杖而行的身影，有他悠然撒落的诗句：“平生万事付天公，白首山林不厌穷。一枕鸟声残梦里，半窗花影独吟中。”

2018 年 3 月

江南秋，乌桕红

江南多“乌”，乌镇乌桕乌篷船，就连我栖居的山湾，也叫西穆坞。我想，或许是草木茂盛，山野乌飞，才有如此命名。布满青山绿水、白墙黑瓦的江南画卷，“乌”是凝重的墨色，宛如给纤纤美女画眉点睛，使山水变得灵动而又静雅。

但我切实感受“乌”之美妙，是因为窗外碧绿的山坡。

窗对南山，满山都是香樟林，云朵般展示着樟之家族的繁茂，只到舒展的山坡上，才有一片茶园和几棵高大的杂树。盛夏时，窗中只有浓浓的绿，浓得使人忽视植物的类别，只到深秋，一棵大树的叶子由绿变红，像一支火炬点燃秋色，我才感到好奇，才知道它就是鲁迅笔下的“乌桕”。

因“桕”字较为生僻，少时读鲁迅作品，就对“乌桕”印象颇深。后来读古诗词，发现它也频繁出现在江南意境的营造中，似乎每棵乌桕树下，都有小桥流水人家，如同鲁迅先生所描绘的画图："我仿佛记得曾坐小船经过山阴道，两岸边的乌桕，新禾，野花，鸡，狗，丛树和枯树，茅屋，塔，伽蓝，农夫和村妇，村女，晒着的衣裳，和尚，蓑笠，天，云，竹……"

可以说，身为楚人，乌桕是我最早认识的江浙景物。我没想到，老来寓居江南，悠然见南山，乌桕会成为我窗中夺目的风景。如果说这山坡是一片植物的舞台，演绎着季节的变幻，这棵高大的乌桕便是亮丽的主角。它不是在乌篷船飘荡的水乡，而是在这林木葱郁的山野，向我展示着鲜明的地域坐标，浓郁的乡土气息，使我不禁欣然吟诵：江南秋山绿茸茸，冬来方见霜叶红。唯有茶园发新萼，丹青暗藏花几垅？

是的，霜叶红于二月花，应不仅仅指的是红枫，据考证，唐朝张继在《枫桥夜泊》诗中曰"江枫渔火对愁眠"，此"枫"指的就是乌桕；南宋诗人陆游也有诗云："乌桕赤于枫，园林二月中。"因乌桕长得比枫树粗壮，枝丫挺拔，红得就分外浓烈，洋洋洒洒，充满野性，色泽也显得更加深沉，被誉为"海棠红"。

也许是乌桕像一个大丈夫，高擎着熊熊火把，挺立在茫茫秋野中，从而滋生了一个古老而壮烈的传说：当初黄帝伐蚩尤，蚩尤遭擒杀，那沾满鲜血的桎梏，被行刑者取下后弃置山野，生根复活，遂成一片如血似火的乌桕林，以至蚩尤的后裔都把乌桕作为自己的图腾。生于江南的作家，大多描写过这家乡的图腾。如郁达夫就在《江南的冬景》中如此点赞：“像钱塘江两岸的乌桕树，则红叶落后，还有雪白的桕子着在枝头，一点一丛，用照相机照将出来，可以乱梅花之真。”他还建议：“若遇到风和日暖的午后，你一个人肯上冬郊去走走，则青天碧落之下，你不但感不到岁时的肃杀，并且还可以饱觉着一种莫名其妙的含蓄在那里的生气……”

窗中有乌桕，我不用去郊野漫步，就可细细观赏它的变化，看绿叶渐渐变紫，变红，变成一树盛开的海棠，在青山碧云的映衬下显得格外灿烂。然后红叶悠悠飘落，只剩下苍劲的枝丫，挂满音符似的桕子，剪影似的贴在蔚蓝或苍白的天幕上，向我演奏一曲秋之谢幕的浩歌，真是此时无声胜有声，风渐冷，窗已合。

今年的初雪来得早，立冬不久，杭州便有大雪纷飞，漫山皆白。雪化后，南山仍是郁郁葱葱，香樟如云，唯有窗前的乌桕筋骨毕露，枝柯诘曲，点点桕子经久不凋，远望若梅花初绽，引来一树鸟声。这真是多情之树，慈悲之树，在冰封雪飘之时，还可奉献果实供寒鸟栖食，我不由感慨地查询其家谱。原来，乌桕便是以乌鸦喜食其果而得名。乌桕子还可制蜡烛，提炼“桕油”作油漆油墨，经济价值极高。可当得知它还有个俗名叫“木梓树”时，我不禁哑然失笑，它并非江浙独有的树种，楚地也有，只是叫法不同。显然，树木也有籍贯，在原生地会显得更有特色，更加生动，如同闽南之碧榕，东北之白桦，乌桕成为了江南鲜明的地标，乡梓的化身。

乌桕也开花，五月开细黄白花，我会等到初夏时细观它开花的模样。但我觉得它的叶果更美，秋色更美。这是一种久经风霜后的爆发，展示着自己生命的色彩是多么丰富，其叶如花，其果也如花。这更是一种庄严的谢幕，脱尽繁华后，便以朴素的姿态，不凋的果实，引来寒鸟栖食鸣唱，还会化作点点烛光，照亮茫茫尘世。

2018 年 10 月

留下记忆

初到杭州栖居，觉得街道地名很奇怪——“留下”。

留下什么？是名人古迹、传说神话，还是取自“随意春芳歇，王孙自可留”之诗意？

吾非王孙，只是楚客，因儿子在杭工作，退休后便常从武汉来闲住一阵，并没想什么追根溯源。哪料今春因大疫困居异乡，此时推敲这地名，就别有一番况味，留下，留下，真如款款细语，依依留客。

留下街道属于西湖区，原名西溪镇，接余杭，多山林。我所住小区就位于清幽山谷之中，窗对青青茶园，每天早晨都会被鸟声唤醒。尽管杭州也实行居家隔离，出入不便，但不像武汉那么紧张森严，可去山中逛逛，拜访那些寂寞的花草，还可摘下口罩暴露乡音，不用担心武汉话会惊飞林中的鸟儿。

闲翻古书，漫步山林，方知“留下”地名不凡，来自南宋开国皇帝赵构的一声喟叹。多年前，新皇帝在金兵的威胁下一路南逃，逃至西溪，见此地开阔宁静，莺飞草长，顿生安建皇宫之念。但惊魂未定，赵构只得对随从摇头叹息：“西溪且留下。”

一声“留下”，便使这片荒泽野岭添了几分名气，也滋生出一个千年古镇。西溪靠近都城，离西湖不过五公里，就成为了踏青赏梅的郊游胜地，也被文人墨客视为隐逸幽居的世外桃源。苏东坡、米芾、唐伯虎、冯梦祯、厉鹗、郁达夫、徐志摩等历代名士，都曾走进这幅山水长卷。明代大才子张岱还以寥寥数语，为西溪画龙点睛：“余谓西湖真江南锦绣之地，入其中者，目厌绮丽，耳厌笙歌，欲寻深溪盘谷，可以避世如桃源……当以西溪为最。”

但我想，所谓“留下”，最值得庆幸的，应是在千年后的城市化浪潮中，留下了西溪山水，并升华为国家湿地公园，与西湖、西泠并称杭州“三西”。疫情之中，更使人深感自然生态的可贵。由此，我也就有了兴趣，去探寻这片山水中的鸿影渡痕。

西溪探梅

千百年来，最令人称道的西溪景色是早春探梅。清雍正《西湖志》有记：“其地宜稻、宜蔬、宜竹，其水宜鱼，而独盛于梅花，盖居民以梅为业，种梅处不事杂植，且勤加修护，本极大而有致，又多临水，早春花时，舟从梅树下人，弥漫如雪……”

张岱便对西溪梅赞不绝口：“地甚幽僻，多古梅，梅格短小，屈曲槎桠，大似黄山松。好事者至其地，买得极小者，列之盆池，以作小景。其地有秋雪庵，一片芦花，明月映之，白如积雪，大是奇景。”

显然，西溪探梅，是有与西湖迥然不同的风味的。“欲把西湖比西子，淡妆浓抹总相宜”，那么，西溪就是素面朝天的村姑，是留给看腻了脂粉的人欣赏的，美在天然，妙在野趣。民国文人姚石子曾撰《游西溪记》：“由留下而往，乃舍与泛舟，岭岫参差，峰峦磅薄，微波远渚，弥望烟水，皆西溪深处也。溪流浅窄，时遇桥洞，芦埂苇荡为之间隔，舟行盘旋，曲解殊甚。两岸野柳纷披，垂垂万缕，杂树郁葱。微闻鸡犬之声，棹转数回，交芦庵至矣。”

西溪可探的当然不仅仅是梅花，还有名士踪迹。史书有记：“溪上多梵隐，为明末遗民遁迹之所也。”以《长生殿》闻名的清代剧作家洪昇，便出自明代西溪大族。家藏王羲之《快雪时晴帖》的明代诗人冯梦祯，晚年曾筑“西溪草堂”，怡然轻吟：“春色年年讵有涯，梅花将落又桃花。如花更有娇歌女，尚少胡姬弄琵琶。”

江南文脉深远，只要你有心探源，便会惊讶处处都有典故。这就像早春时来西溪旅游，一叶扁舟，清溪纵横，红梅点点，暗香浮动，时见竹篱茅屋，忽逢烟柳古庵……只是可惜岁月变迁，流水无情，那些传为美谈的三十六庵、七十二茅棚，早已荡然无存，只有瓣瓣落红随碧波而去。

此时也是早春，却因大疫难去西溪探梅。好在山中也有野梅，我便偷折一枝插瓶，让斗室梅影横斜，不误花期。并怅然拍照发朋友圈："江南无所有，聊寄一枝春"。

山中寻寺

西溪居西湖北峰之阴，不仅水网纵横，更有山岭连绵，号称西溪十八坞。

当赵构选定城南的凤凰山建皇宫之后，仍难忘西溪山水，为方便往来余杭洞霄宫祭祀，下旨修建了西溪辇道，像一根丝带串起了十八粒明珠。香车宝马，冠盖如云，辇道沿山无处不栽梅。每至春暖，落英纷飞，可谓"春深一路红尘起，尽说看花车马回"。

千年后的今天，辇道变成了西溪大道，山谷中已是高楼林立。我所栖居的西穆坞，小区对面的屏基山并不起眼，沿山道而行，也没看到什么名胜古迹，可查询后一惊，它就是有名的安乐山！此山因吴越王钱镠之子曾结庐养疾而得名，故号安乐，曾引来众多名人隐居。

不知山名为何更改，或许是此地为杭州西部出入咽喉，山如屏基吧。我想，既为名山，总该有些许古迹，便细细踏访，方知山脚下的西湖高级中学，便是千年古刹永兴寺旧址。该寺建于唐代，为杭州最早的名刹之一，是济公禅师继灵隐、净慈弘扬法应化的又一道场，有二雪堂、济公桥、安乐湖、圣泉井等胜迹。

永兴寺历经千年，屡经兴废，先变工厂，后变学校，现仅存一半山亭。山墙外，茶园铺青，老树参天，樱花也开得格外茂盛。据说好多年前，学校上课，敲的仍是寺庙的古钟。由此品读清代一位禅师之诗，不能不感慨沧桑变迁："溪上花开十里春，寺前车马往来频。当年闻有谈经叟，今日传衣得几人。"

名山没能留下名寺，应是西溪一憾。所以，2015 年，杭州市在离安乐山不远的石人坞重建永兴寺，那里三面环山，有上香古道通北高峰、灵隐天竺，也是一块风水宝地，因清代尚书梁肯堂墓葬于此，有石人石马石兽守墓而得名。

我由此去探访石人坞，见青山翠岭中叠楼飞檐，一抹寺庙黄分外显眼。但古建筑不像树木可随意移植，总觉得少了真味，倒是因寻古寺，而想起郁达夫曾寻访过的风木庵，不禁面对苍山斜阳，默然而拜。

石人坞口曾建有丁氏家祠风木庵，丁丙、丁申两兄弟是杭州有名的藏书家。当 1861 年太平军攻入杭城，兄弟俩避居风木庵，偶然从食品的包装纸上发现《四库全书》

的书页，深感震惊，猜测藏于文澜阁中的《四库全书》已经散失。他们立即行动，冒险抢救古籍，把文澜阁中剩余的《四库全书》全部偷运到了风木庵，战后又进行分类补抄，文澜阁《四库全书》得以存世。

1921 年秋天，郁达夫从杭州远道而来，寻访风木庵，却只看到一座破败不堪的老屋，“丁氏的手迹尚新，茅庵的木架也在……但泥墙倾圮，蛛网绕梁”。

如今当然更难寻访遗迹，只有面对青山怅然沉思。丁氏兄弟抢救古籍的义举，显然是出自中国文人血脉里的文化本能、文化自觉，不仅传为佳话，使人敬仰，也深刻地诠释了“留下”的含义。我由此想到，应在永兴寺旁立碑铭记，让游人香客品味：留下文脉，方言永兴。

古镇品茶

世事沧桑，古建筑总是难以留存，也难以弥补，只有茶园绵延不绝，四季常青。

安乐山也以产“旗枪”茶而闻名，每逢产茶季节，山农焙茶，香飘十余里，行者闻香不忍离。晚清时，爱国华侨陈嘉庚的父亲陈如松，在此留下了《安乐山茶》诗：“金芽尽透市逾哗，安乐山泉到处夸。筐篓云屯书姓氏，经商蚁集入行家。有泉不让中泠水，无种还推石缝茶。何必杏村沽美酒，玉川风味自然嘉。”

我没想到，因寻访永兴寺旧址，而找到了掩藏于高楼之中的留下古镇，没想到它会保存尚好，格局犹在，并被精心修复为西溪旅游点。

安乐山下，这个以“留下”得名的古镇，由于交通便利，附近山谷都是龙井茶产区，便渐渐成为龙井茶的重要集散地，南北各路茶商纷纷到这里坐庄收货，一水穿镇，石桥横卧，傍河筑屋，百业兴旺。据《西溪梵隐志》载：“镇特爽垲，其形如筚，方二千亩，居人五六百家，东西其宇，划水相望。”

这是典型的江南小镇，青瓦白墙，水榭排门。虽然沿街面河的木楼店面、雕梁翘角，明显是修整过的，但有界石残存，更有五座古石桥，让清清河水荡漾着苔色虹影。紧靠老街的河埠，依稀能看到拴船系缆的石洞。只是老街门窗紧闭，静寂无声，古桥上都有隔离栅栏，挂着抗疫的标语：“科学防控，人人有责！”

漫步老街，遥想千年来，青石路上，几多马蹄哒哒，几多长衫飘飘。明代篆刻家马元调有记：“市中百物略有，商贾亦具，负薪者尤塞途。居人储以待价，高与楼等。焙茶处新香酷烈。茶客多松江人，载米来易，舟首尾相衔接。亦有歌儿伎女来逐茶市。亦一时土风景物也。”最热闹的是茶馆，沿溪而设，茶香四溢，袁枚、龚自珍、魏源、林纾、胡适、徐志摩、郁达夫等等，都曾在此倚桥品茶，谈笑风生。

又是一个春天，古镇花开正艳，可因疫情影响而显得格外沉寂。使我眼睛一亮的，是展览馆门楣上的四个大字——“留下记忆”，还有河埠边的申明亭。明洪武六年，也就是1373年，乡人捐款建造此亭，民间争斗，户婚司法，都在此由乡绅出面调解。双方争议，众人旁听，如亭上对联所写：“亭号申明就此众议公断，邻有争斗借他论是辨非”，起到了民间法庭的作用。这真有点像微信上的朋友圈，谁都可发表意见，或争议，或点赞。

静坐申明亭，轻抚前尘旧影，真想呼朋唤友来古镇品茶，品龙井旗枪，品苏轼之词：“雪沫乳花浮午盏，蓼茸蒿笋试春盘。人间有味是清欢。”因为，西溪不仅有幸留下了青山绿水，也留下了珍贵的文化记忆，可使你悠然行走于江南典籍的字里行间，感受到历史的况味，人间的清欢。而且还会望地名而思，品味什么该留下，最值得留下。

2020年11月

去东湖看花

武汉有幸，拥有我国第二大城中湖，不仅使人神清气爽，也使花儿们有了灵气，有了仙韵，有了别样的风光。一年四季，去东湖看花，已成为武汉人的乐事之一。

东湖花好，是花与水的交映，水与花的缠绵。梅园、荷园、樱花园等 13 个植物专类园星罗棋布，如同奇妙的花纹，交织在一块温润的碧玉之中。这里的植物类型十分丰富，尤其是水生植物，据老人们回忆，过去风和日丽时，常见成群野蜂飞向湖心，似乎是把碧波绿水误认成一望无际的芳草地。而今天的东湖，到处都有沉醉的花香，到处都有蜂蝶般的游人，飞到哪里，都是湖光潋滟，花云缤纷。

早春时节，你可去东湖赏梅，步入“不知近水花先发，疑是经冬雪未销”的诗境。凌寒而开的梅花，是武汉的市花，占地 800 余亩的东湖梅园，已成为中国四大梅园之一。这里种植梅花 20000 余株，拥有 320 多个品种，占世界梅花登录品种60%，位居全球第一。其中有百年古梅近200株，最古老的宋梅树龄已达800年。

楚人爱梅，由来已久。传说“楚襄王游乎云梦之野，观梅之始华者，爱之徘徊而不能舍焉……”早在唐代，柳宗元就欣然吟咏：“早梅发高树，迥映楚天碧。”在东湖梅园，你不仅能欣赏到龙游梅、美人梅、朱砂，还能看到多子玉碟、红台垂枝等由东湖梅花专家培育出的新品种，照水梅便是东湖一绝：梅花开花的习性多是侧开式，朝上开和俯开的均很少见，照水梅不仅花开朝下，而且花心呈台阁式，即大花之中又长了一个小花，可谓奇品中的珍品。

如果说照水梅如美女临波，妙解了“疏影横斜水清浅，暗香浮动月黄昏”的诗意，那么，梅花丛中的一尊“梅友”铜像，则是显示着“梅格如人格”的哲理。这是两位并肩而立的老者，凝视着手中的梅花。一位是被称为“梅痴”的赵守边，另一位是“梅花院士”陈俊愉。

当东湖还是一片荒山野湖时，磨山植物园首任主任赵守边便开始种植梅花，常于寒冬腊月进深山老林采集梅花品种。上世纪50年代初期，他因梅花而结识了在武汉大学园艺系任教的陈俊愉，从而提升了东湖梅花的品位。他们精心育梅，植有梅花200多株，品种达30多个。1984年，早已调到北京的陈俊愉教授重返东湖，看到梅花蔚然成林，激动得热泪盈眶，不禁挥笔写下一副对联：“山阻石拦大江毕竟东流去，雪压冰欺梅花依旧笑春风。”

上世纪 90 年代初，我曾采访赵守边，老人两鬓飞雪，清瘦若梅，一手老茧，沾满泥土。他送给我一套《雪梅图》明信片，录有历代诗人咏梅的诗词，如辛弃疾的《临江仙·探梅》：“一枝先破玉溪春。更无花态度，全有雪精神”，是对梅格最美的诠释。但我没想到，赵守边也会写诗，其《咏梅词》可谓风骨毕现：“离离东湖边，寂寥数十年。谁怜岁寒心，一任春风剪！”

踏雪寻梅，是东湖这本画册清丽的扉页，而雨中赏樱，就是春之诗行的延伸。东湖之滨，花云连绵，樱花园与武汉大学的樱花交相辉映。在武大校园，你可看到绯红的樱花，是怎样与翠绿的琉璃瓦相映成趣；而在东湖樱花园，你会看到更多珍贵的樱花品种，如关山樱、云南早樱等，都是樱花中的极品。尤为难得的是，因早、中、晚期各式樱花的合理搭配，使只有“七日樱”之称的樱花得以开放 20 余日之久。此外，樱花园内还种植了近百亩的油菜花和二月兰，形成由地面到大空三层立体花海。樱花夜赏也别具一格，多彩的梦幻流樱灯，让夜色中的樱花妙不可言。今天的东湖樱花园，已与日本弘前樱花园和美国华盛顿樱花园并称为世界三大赏樱胜地，每年早春时节，从全国各地赶来的踏青赏樱者络绎不绝。

赏完梅花看樱花，樱花开后牡丹来。清明雨后，便可去东湖看牡丹了。东湖牡丹园品种纷繁，资源广阔，既有姚黄、魏紫、香玉等古代珍品，又有珠光墨润、雪映桃花、景玉等新品绝色。30000 余株牡丹，200 多个品种，置身于重重花海之中，你就会感叹牡丹不仅是“国色天香”，还开遍了天涯海角。这里有来自山东菏泽、河南洛阳的中原牡丹，来自甘肃兰州的西北紫斑牡丹，堪称世界上最绿的“春柳”牡丹；还有一花双色的日本“岛锦”，黄如锦缎的法国“金翅鸟”，色彩奇异的美国“海黄”等异域品种。

牡丹的芬芳还在缭绕，荷花仙子又露出了笑脸。东湖是中国梅花研究中心，也是中国荷花研究中心，到东湖赏荷，你不仅会品味清凉之夏，还会饱览“荷花之最”。东湖荷花达 700 多种，是世界上规模最大、品种最全的荷花品种资源圃，仅听花名，就会让你陶醉。这里有世界上最大的荷花“舞妃莲”，最小的荷花“小精灵”；有瓣数最多的荷花“千瓣莲”，花色最多的荷花“翠盖华章”；也有最古老的荷花“中国古代莲”，最早开的荷花“金珠落玉盘”……

“青荷盖绿水，芙蓉披红鲜。下有并根藕，上有并蒂莲。”人们把荷花比作爱情的结晶，东湖便流传着“荷花夫妻”的佳话。王其超、张行言是上世纪 50 年代末毕业于华中农学院的同窗，在东湖喜结连理，一同走过了东湖育荷的人生之路，共收集、整理、培育出荷花新品种 330 多个，著书 10 余本，成为了一对颇有成就的荷花专家。

国际花卉界早有荷花原产印度之说，中国花卉界虽有质疑，但从无定论。上世纪 80 年代初，王其超夫妇欣闻中国植物所徐仁教授 40 年代曾到印度考察过古植物，便北上登门求教，从而得知一千万年前的荷花化石出自中国，这是荷花本源在中国最有力的证据。多年来，为弄清中国古代的育荷史，他们走遍了大半个中国，终于撰写出《中国荷花种资源研究》。此外，他们还成功地培育出了“冬荷”，改写了只有夏季才能赏荷的历史。

在“荷花夫妇”研究推广的数百个荷花品种中，碗莲最为普及。早在明代，中国就有玲珑小巧的碗莲。为使这一古老品种流传下去，他们利用杂交出现的基因变异，不断选拔，反复淘汰，终于育出了比母体花小、花多、花期早，色彩更艳丽的“小天使”品种。这种荷花可栽种于花盆中，摆放在阳台上，非常适合家养。花事即人事，谁不喜爱百年好“荷”呢。

秋天到来时，当然要去东湖赏菊。每年清秋，东湖都有盛大的菊展，而登磨山赏菊，更有一番野趣。秋色斑斓，金菊点点，清风徐来，一路幽香。当你登高远望，不仅可观湖波凝碧，楚城拥翠，还可领略长天雁阵，秋水鸿影。于是，你的心胸顿时开阔起来，莫道“不是花中偏爱菊，此花开尽更无花”，且看“满城尽带黄金甲”，秋实之后有春华。

东湖就是这样花事频繁，使人陶醉，使人感受到武汉真是个好地方，四季分明，三镇如画，每个季节都有花使相约，花香袭人。作为武汉人，我从儿时就习惯于去东湖春游赏花，转眼间白了少年头，仍对东湖情有独钟。花儿们就像一群群下凡的仙女，把这片湖山当作人间最美的舞台，在湖光水色中翩翩起舞，顾盼生姿，即使是一朵不知名的野花，也会因水汽滋润而显得格外美丽。每次去东湖，我都会感到身心如洗，清香满怀，不仅有新的发现，新的惊喜，还会触发许多美好的回忆。禅语曰：一花一世界，一叶一菩提。可见去东湖看花，也是去看花样的年华，诗意的人生。

2017 年 5 月

苏马荡看云

行到水穷处，坐看云起时。我没想到，老来变成了一只候鸟，年年盛夏，都从黄鹤楼飞到齐岳山看云。

齐岳山云雾缭绕，气象萧深，长江三峡的巫山十二峰，是其秀丽的起点，从西南绵延而来，呈登高揽云之势，终于凝固成一壁巍峨的城墙，横亘鄂西，挡住流云，让滔滔云海在幽深的峡谷里激荡翻腾，从而在神秘的北纬 30 度，形成了一片清幽凉爽之地。

山中谋道镇，是湖北最西边的高山乡镇，古称“磨刀溪”，从地名就可使你想象到曾闪烁山岭的刀光剑影。这里自古就是“东据荆楚，西控巴蜀”的军事要地。只要你有兴趣，就可翻山越岭，寻幽探奇，去拜访鱼木寨、船头寨、女儿寨等深山古寨。这些山寨均据险而建，悬崖峭壁，石堡雄关，只要寨门一关，便可自成天下。清末四川总督赵尔丰有感“磨刀溪”镇名杀气太重，便借谐音将“磨刀”更名为“谋道”，并为关庙书写了一副对联：“大丈夫磨刀垂宇宙，士君子谋道贯古今。”

“文武相维，土流间用”，设屯置所，举办儒学，是历代王朝对西南少数民族施行的治理之道。但史书中所惊叹的，是难于上青天的蜀道，穿越天险的“兵道”。如明洪武四年，朱元璋命汤和为征西元帅，率舟师五万从长江三峡进军，攻打盘踞重庆的大夏政权。大夏调遣重兵防守瞿塘峡，哪料明军暗度陈仓，派一支奇兵避开长江水路，绕道利川，翻越齐岳山直插重庆。大夏之军大乱，瞿塘峡失守。从此，翻越齐岳山的道路就被称为“奇道”。

谋道古镇自然不乏新的传奇。1941 年，一位叫干铎的教授翻山越岭来到此地，发现山民朝拜的一棵神树，竟然是世界植物学界断言早已灭绝的水杉！他的考察论文，从而被称为二十世纪植物学的最大发现。这棵穿越六百年风雨的元代水杉，由此戴上了“世界水杉王”的桂冠，并被精心呵护，今天，古镇已建有杉王公园。

但今人对利川的最大发现，是谋道镇境内的苏马荡风景区。

苏马荡原叫“苏马凼”，在土家语中的意思是“老虎喝水的地方”，因高踞峡谷之上，海拔 1400 米，山幽林密，风景奇佳，重庆万州人便就近来建房避暑。当动车开通后，武汉人也蜂拥而来。于是，小小苏马荡，转眼间便奇迹般地变成了一座现代山城，楼群遍布，商铺林立，夏季居住人口已达30万。

偏远贫困的谋道镇，曾是有名的“湖北打工第一乡”，山民们做梦也没想到，这蛮山野岭会成为避暑胜地，被誉为“华中凉都”“森林中的伊甸园”，从此可靠山吃山，开店铺，办民宿，摆路摊，找到了新的谋生之道，不用再远行打工了。而四面八方飞来的“候鸟”，过得更是惬意，开始尽享古典而现代的山居生活。这里房价便宜，且大多精装，购置几件原木家具便可安然入住。饮的是含硒山泉水，吃的是绿色农家菜，而且凉爽无蚊虫，真是难得的“世外桃源”。

我最陶醉的是天天看云，看都市难见的白云，纤尘不染的白云，在透明的蓝天下、青翠的山岭中悠悠飘荡。白得使你想起圣洁的雪莲、远去的白帆。只有天阴时环顾群山，俯瞰峡谷，看云雾升腾，如同一幅不断变幻的水墨画，才会遥想李白的吁叹：“天梯石栈相钩连……黄鹤之飞尚不得过……”蜀道之云，已不再诡谲莫测。

是的，在苏马荡，家家都有一扇云窗，看不尽云舒云卷、朝霞夕晖，而我又住在花园般的博云小区，亭台楼阁命名均离不开一个“云”字，也就不免浮想联翩。如“候鸟”多为银发老人，就像白云般飘来荡去，你看云，云也看你，常有似曾相识之感。我在这里就意外邂逅了几位小学、初中同学，半个世纪没见面，都已白发苍苍，记忆之中却是青葱少年，真是使人长叹：“别来沧海事，语罢暮天钟”。而老友抱团避暑，更可称为“云缘”，可同忆流云往事，共悟“谋道”涵蕴。由此看青山隐隐，白云悠悠，便多了几分禅意，几分诗情。

2022 年 8 月

采石矶

一

江南的景物布满典故，如南京附近的马鞍山，便相传是项羽的坐骑乌骓之化身。当楚霸王兵败垓下逃至乌江自刎，其坐骑先被渔人渡至江南。见霸王已死，乌骓亦长嘶而逝，其马鞍遂化作一山。

而马鞍山化作一市，则是钢铁的功劳。20 世纪 50 年代末，这里因建马钢而兴盛。马钢以生产火车车轮而独树一帜。浑圆的车轮，每天都像鲜红的太阳，从烈火中跃出，又像那千里马的化身，轰轰烈烈地奔向铁轨延伸之处。

也许是得江南文风之熏陶，马钢不仅生产钢铁，还生产作家，并办有《江南文学》。十多年前，我与《江南文学》主编沈海深一见如故。海深豪爽健谈，某天微醺时，与我戏比各自家乡名胜。当我炫耀黄鹤楼时，他对之“采石矶”。

我哈哈大笑，说名不见经传的采石矶，能与天下名楼相比？海深不服气地说，采石矶美得很，不然，李白怎会在那里醉中捞月！

一番笑闹，使我记住了采石矶。后来我去马钢，海深特地陪我游览天下名矶，拜谒李白衣冠冢。山水之中，海深说起他与几个文友聚会之事，给我留下很深印象：他们五人年龄相当，每月15日聚会，不到者、无新作者，罚款。且年终对各人作品“盘存”，也是赏罚分明。我很敬佩他们对文学的赤诚，但我也怀疑这种经济制约的方式。文人多为闲云野鹤，难守清规戒律。显然，这不过是一时兴起闹着玩玩的，就像我与他戏比家乡名胜一样。

但我没料到，这种聚会竟起了作用，海深变得勤奋多了，接连发表小说，还得意洋洋地给我写信，说他在“五友聚会”年终结算时夺魁，并以奖金请大伙及其家人会餐。不久，冶金文协在武钢办笔会，马钢参加笔会的王晓阳为“五友”之一。他从马鞍山坐船来武汉，竟在两天的漂泊中写了一部中篇小说，令人吃惊。问为何争分夺秒，时任总经理秘书的王晓阳言其工作太忙，难有余暇创作，聚会时被罚款最多。当然，钱是小事，但总是落后，心有不甘。

那次笔会后，王晓阳发表了《机关无故事》等颇有影响的作品。显然，他那年在五友中夺冠。后来，随着冶金部的撤销，文协烟消云散，海深也调至上海，我与马钢文友的联系越来越少，“五友聚会”也就渐渐消失在记忆中。

接任《江南文学》主编的散文家郭翠华，颇重友情，她不甘心钢铁文友天各一方，总想找机会相聚。于是，她与我在电话里几经商谈，便有了武钢与马钢的文学擂台赛，我由此有幸于烟花三月顺水而下，再登采石矶。

二

十多年过去，再登名矶的我已年近半百。故地重游，望大江浩荡，不能不有山水依旧青春易逝的感慨。矶上已建起了李白飘飘欲仙的塑像。我模仿塑像伸展双臂，作乘风凌云状，并发出几声长啸，似乎这一吐胸中块垒的啸声，就是对诗仙最好的追怀。

采石矶因李白而盛名。长江到此，被两山峭壁夹峙，水流湍急，如诗如画。李白曾在此写下名作《望天门山》：

天门中断楚江开，碧水东流至此回。

两岸青山相对出，孤帆一片日边来。

临江的陡峭崖壁上有一块突出的石台，传说是李白醉酒而跳江捉月之地，又传他捉月溺亡后，衣冠飘落江中，渔民捞起而建成衣冠冢。这神奇的传说，使历代诗人吟咏不绝，如汤显祖的《采石山》：“夕阳千里弄舟还，一片秋声两岸山。醉着锦袍如梦杳，月明何限水云间。”

我不明白汤显祖为什么写李白锦袍加身，在我的想象中，他应是身着沾满酒痕的布衣，醉眼蒙眬地痴望着江水中波动的月光。这才是壮志难酬的李白，水中捉月的诗仙。

其实，对采石矶而言，李白最重要的一首诗是《夜泊牛渚怀古》：

牛渚西江夜，青天无片云。

登舟望秋月，空忆谢将军。

余亦能高咏，斯人不可闻。

明朝挂帆席，枫叶落纷纷。

牛渚，即采石矶。此诗题下原注："此地即谢尚闻袁宏咏史处。"相传晋朝镇西将军谢尚坐船经过采石矶时，月夜间听到客船上有人咏诗，叹赏不已。于是派人询问，原来是袁宏自吟其咏史诗。两人因此定交。李白有感于这个故事，自叹世无知音。

可见，在李白的心目中，采石矶是知音的象征。他望景生情，知音难求，因而才一醉方休，水中捉月。

"余亦能高咏，斯人不可闻。"这是多么深沉的孤独！在采石矶默诵这首诗，更能真切地感受到诗人那穿越时空的悲凉。

三

也许，最能感受这种孤独和悲凉的，是又一个诗人朱湘。

在诗歌的星空中，与巨星李白相比，朱湘实在是太渺小了，只能算是一闪而过的流星。但是，他那微弱的光芒，因其不死的诗作而变得耀人眼目。

《辞海》中的朱湘是如此简单：

> 朱湘（1904—1933），字子沅，安徽太湖人，一生致力探索中国新诗创作和外国诗歌的译介，提倡诗歌的“形式美”。在清华大学学习期间，人称“清华四子”之一，享有诗名。1926 年与人合办《晨报副刊·诗镌》。曾留学美国，回国后执教于安徽大学。朱湘为人外冷内热，性情孤傲、倔强，一生穷困潦倒，颠沛流离。离开安大后，南北奔走求教职未果，心灰意冷，1933 年 12 月 5 日自沉于南京采石矶。朱湘被鲁迅称为“中国的济慈”，他的诗是不死的。主要作品有诗集《夏天》《草莽集》《石门集》，散文书信集《中书集》《海外寄霓君》等。

只有从朱湘同时代作家苏雪林的描述中，我们才可以略知这位诗人的音容：“一个长穿着西服，颀长清瘦神情傲慢，见人不大打招呼”的怪才。当时安大教授多海内知名人士，“但谁也没有诗人架子大”，诗人神情乖僻，似有疯意，且对女同事颇有些瞧不起。然而，他后来沦落汉口，搁浅于一家旅馆，其穷愁潦倒之状，令人不堪卒睹，写的诗很晦涩，有点像闻一多的《死水》，说话也吞吞吐吐，有头没尾，同他的诗一样不易了解，一样充满神秘性。后被苏雪林邀至武汉大学，问及新作，他微微一笑，本来黯淡的眼神更加黯淡了，说对自己的旧作很不满意，而新作又找不到出版社发表。这一笑，颇有意味，有轻蔑，也有感慨，“其间蕴藏着千古才人怀才不遇的辛酸与悲愤”。

因这种辛酸与悲愤，朱湘选择了在李白捉月的采石矶自沉。1933 年 12 月 4 日，他由上海乘“吉和轮”赴南京。次日清晨，他喝下半瓶酒，倚着船舷读着海涅的诗，当船过采石矶时，纵身投江。

朱湘的死，曾震惊文坛，许多人都探讨他为什么自沉。其表面的因素，显然是穷愁潦倒，夫妻失和，被安徽大学扫地出门。谋业不着，弱女又亡，只好南北漂流，甚至连烟的香味都长久嗅不到。然而，苏女士却有另一种说法：“他回国以来的沉默，证明了他的灵感泉源之枯竭与创作力之消沉。太美满的生活环境永远不是诗人之福，‘诗穷而后工’，不是吗？他觉得有一种飘忽的玄妙的憧憬，永远在他面前飘漾，好像美人的手臂招着：来呀！但是你要想得到我，须放弃你现在所有的一切，好像富人进入天国必须舍施他的全部财产，这就是美丽魅人的诗神的声音。”

哦，朱湘或许该感到庆幸还有苏雪林这个知音，理解他为什么以这样的方式结束自己绝望的人生，理解他为何像屈原，像醉中捉月的李白，纵身一跃，扑入滔滔的江流中。但他的不幸，是当他像流星一样燃烧成灰烬时，才引起世人对一个诗人的关注，这不能不使人感到深深的叹息。直到今天，仍有人写诗缅怀：

“天水之间／一切在静静的开放， 又如花飞逝／李白捞月未归。 采石矶／这个千年的秘密／便在一片海的底语里／睡得香气四溢了／当一束冷漠的月光滑过船头／你那纵身一跳，中国诗歌史上／生命清脆的碎裂声／再次响得那么高，又那么绝对”。

朱湘的诗作中，有一首名曰《葬我》：

葬我在荷花池内，
耳边有水蚓拖声，
在绿荷叶的灯上
萤火虫时暗时明——

葬我在马缨花下，
永做芬芳的梦——

葬我在泰山之巅，
风声呜咽过孤松——

不然，就烧我成灰，
投入泛滥的春江，
与落花一同漂去
无人知道的地方。

这首诗仿佛是诗人的预言，他似乎知道自己的命运，知道自己将怎样安息。但他并没有死于“无人知道的地方”，而是精心选择了李白捉月之地——采石矶。可见他骨子里是个诗人，死也要死得浪漫。

因李白，也因朱湘，采石矶就这样闪耀在中国的诗歌史，成为了一种浪漫的象征，期待着知音停泊，期待着月夜的邂逅，诗潮的拍击。

四

从采石矶归来的那天晚上，我见到了王晓阳。晓阳还是那么英俊爽朗，现任马钢战略研究室主任，谈起世界钢铁行业的发展态势，口若悬河。我以为他已专于经济，谁知他告诉我，五个文友每月还在聚会，因沈海深远在上海，才宽容他每季度参加。晓阳笑道，因为我最忙，被罚款最多。

十多年来，我们积蓄的创作基金已有两万多元了。这笔基金的用途，一是奖励创作勤奋者，二是帮助生活困难的文友，如今年马钢有位作者下岗，我们就支助一些，聊表心意。

晓阳的介绍使我深受感动，我的确没想到这么多年来，他们仍坚守着当初的诺言，不倦地追求着自己的梦想。尽管文学日益边缘化，日益清贫和拮据，许多人已成为匆匆的过客。但“天门中断楚江开”，总有“孤帆一片日边来”。

晓阳说，按世俗的标准，他们五个人都还混得不错，完全可以对当初的文学狂热付之一笑。可他们发现，无论生活怎么变化，他们都忘不了文学，每次聚会都是对自己创作的一次提醒，一次鞭策。同时也感到精神得到了提升，心灵得到了净化，从而消除了许多浮躁。

我问晓阳，这么多年来，你们的聚会没发展新人，是不是有点封闭呢？晓阳说，这也许是我们年纪相近，性格相投，创作风格也大致相同的原因。其实，在马钢文学界，除了我们这个小圈子外，还有好几个圈子也是经常聚会，而且年龄层次十分鲜明。大家虽然在文学观念上有些差异，但平时关系都很友好。马鞍山是个小城市，又是个工业城，商品气息较淡薄，各种诱惑相对来说就要少一些，这反而为文学的发展提供了一定的氛围……

夜半时分，我送走了明早还要上班的晓阳，独自一人在宁静的雨山湖畔漫步。那天晚上没有月光，只有霏霏细雨，浸润着我的思绪。遥望着远处的采石矶，我想起了“空忆谢将军”的李白，也想起了“与落花一同漂去”的朱湘。哦，不知我是否解读了采石矶“千年的秘密”，但我该三生有幸，千古名矶惠我，每次来时，不乏知音。

2013 年 6 月

洪湖石

洪湖市因湖得名，也以湖取胜。说起洪湖，人们就会想起“洪湖水，浪打浪”的歌声，想起“接天莲叶无穷碧，映日荷花别样红”的风景。其实，洪湖城区依江而建，蜿蜒伸展的长江大堤，是它最重要的绿色屏障，布满了洪湖人的防汛记忆。自从三峡大坝建成后，再无洪涝之忧，洪湖市也同许多江城一样，把昔日荒凉的江滩，改建成花红柳绿的公园。

深秋时节，武汉市作家协会长篇小说笔会选在洪湖市江滨举办，图的就是闹中取静，作家们有散步沉思之处。与武汉江滩公园相比，这里没有都市的喧闹，显得格外清静，布局也小巧精致，有樱园、桃园、梅园、海棠园，有榆林、枫林、香樟林、白杨林。洪湖人常说：夏看湖，秋看江。此时云淡风轻，那金黄的银杏，霜红的枫叶，还有桂花淡淡的清香，都使人身心如洗，静穆如秋。

每天黄昏，我们都要去江滩公园散步，江上落霞，林中夕照，映得秋色分外斑斓。去多了就渐渐发现，每个园林都摆有大块江石，石上刻着捐树者的姓名，如某某捐赠银杏多少株，某夫妻携孩子捐赠月桂多少株。我们便不由感叹：这是最有意义的捐献，显示着希望鲜活、爱情常青。虽然时光如水，离离芳草、萧萧落叶，会渐渐遮掩这些石头，石上也会布满青苔，覆盖这些平凡的名字、曾经的功德。但这又有什么关系呢？善愿已寄，情意已托，走进林中就会感受到爱心的芬芳，孩子也会像他所捐赠的树一样渐渐长高，并拥有了人生美好的记忆。

诗意不仅散发在园林中，也布满了清幽的林荫道。一天雨后漫步，我们突然发现脚下的碎石小路，竟然是一条多彩的雨花石路。那些突起的小小卵石，被行人的脚步磨得闪闪发亮，磨出了质地和花纹，经雨水洗净后就显得分外亮丽，红的像玛瑙，绿的像翡翠，雪白的像羊脂玉，令人不禁伏身细看，惊叹其玲珑可爱。有人还忍不住轻轻地抚摸，想带走一颗心仪的彩石，但石子已被浇铸在坚固的水泥中，只能望宝兴叹。

显然，这些铺路石是就地取材，公园边就有一个砂石码头，机器轰鸣，灰尘飞扬，行人避之不及。而现在，它突然成了琳琅满目的宝库，吸引着我们奔向那高高的石堆，让大大小小的卵石在脚下“哗哗”地歌唱。我们捡呀捡，选呀选，还乐滋滋地亮宝媲美。有的说，要摆在家中的几案上，当作立体的山水画。有的说，要放在金鱼缸里，或是去供养即将吐绿的水仙花。还有人说，每颗石子都是一个精灵，不论是大闹天宫的孙悟空，还是柔情似水的贾宝玉，都是石头变成的。总之，我们感谢那条长长的雨花石路，不仅引导我们发现了一个宝库，还引发出许多诗意的联想。

我们捧着精心挑选的卵石含笑而归，但把石子洗净后细看，又不免有所遗憾。大家行走四方，都有采集美石的经历。我的家中，就有三峡石、祁连石、太湖石……它们不知穿越了多少时光，才被风沙雕塑成型，被激流淘洗如画。相比之下，这些长江中游的卵石就显得逊色许多，生涩许多，不如那路上的石子光滑圆润，经过了行人无意的打磨，才显得玲珑剔透，尽情袒露出生命的色泽和花纹。

尽管如此，我们仍如获至宝，让各自的行李都增添了重量，也增添了许多人生的感悟。

感悟之一：美无处不在，只要你有一双爱美的眼睛。

感悟之二：美的发现，是需要机遇的。如果不是脚步的打磨，不是雨水的冲洗，不是雨后阳光的照耀，我们怎会发现这些铺路石的美丽呢？怎会俯下身来，爱怜地抚摸它们的花纹呢？

感悟之三：只要美在，总有一天是会被人发现的。即使你只是浩如烟海的卵石中，一颗卑微的铺路石。

感悟之四：只要美在，没被发现也没关系。天生丽质被埋没虽然令人遗憾，但只要物有所值，也算是不虚此生。

感悟之五：人如此，作品也是如此。那么，何必羡慕那玲珑多窍的太湖石呢，做一块美丽而朴实的洪湖石也挺好。大的，可为善者勒石燕然，记功铭德；小的，也可为行人垫脚铺路，铺一条诗行般的雨花石路。

2008 年 11 月

你可知道那柠檬花开的地方

在七月耀眼的阳光下，我和文友刘继明坐在科隆广场，静静地望着那古老而巍峨的科隆大教堂。它始建于十三世纪，花费了600多年时间才建成，但在我的眼中，它的造型却十分现代，林立的尖顶耸立蓝天，宛如集束火箭，随时准备点火腾飞。

我们已游览了教堂，领略了它的壮美和恢宏。然而，给我印象最深的，却是一张黑白老照片：几个头戴钢盔的德国兵伏卧在教堂边的战壕里，面对着一片断垣残壁。科隆人教堂奇迹般地穿越了二战惨烈的炮火，完整无缺地保存下来。它的一角现在搭满了脚手架，那是为了清洗它已发黑的外墙。

游客很多，围观着教堂门前的几座“塑像”：金色的埃及女王、蓝衣飘飘的乡村女孩和灰色的武士。他们站在自带的小木箱上纹丝不动，只有当游客拍照后投下硬币时，他们那涂满油彩的脸上才绽开微笑。他们是行为艺术者，还是乞丐？继明说，谁知道呢，也许两者兼之，即使乞讨，也乞讨得很有艺术。

是的，欧洲的一切都使我们感到新鲜，却苦于没有好导游。我们虽是作家访问团，但为了节省费用，被组合在一个大旅游团中，只能走马观花。导游是英国华侨，一口难懂的广东普通话，总是带着大家购物而忽视人文景点。如欧洲文艺巨匠云集，有许多名人故居，但都没有列入旅游项目。

继明感叹，说这儿其实是有一个熟人的。今年春天，科隆有位学者找到他谈文化小说，他还破费请客。可惜走时太匆忙，忘了带那位学者的名片。看他懊丧的模样，我不禁笑了起来，谁知道这个穿着凉鞋汗衫，拎着傻瓜相机和一大瓶菊花茶的中国游客，会被这儿的学者研究呢，而且申请到一万欧元的研究经费！

我说，如果早知道那位学者费尽周折找你，你就可以跟他打商量了，要他把那一万欧元分一半给你，你来科隆供货上门，那该多好！

继明晃晃瓶中的茶水，笑道："是啊，我还可兼任行为艺术家，站在这里供人拍照，笑得就像一朵泡开了的干菊花。"

告别科隆后，我们坐船游览了清澈的莱茵河。河流两岸，到处是绿草鲜花，天蓝云白，教堂、钟楼、古堡和废墟，点缀于青山碧水之中，如同一幅幅色彩绚丽的油画。

下午，到达法兰克福，这儿有著名诗人歌德的故居。经交涉，导游总算开恩，让另一批人去购买刀具，然后带着我们匆匆而行，突然在一幢灰色楼房前停下，说一声门票自费，就扔下我们匆匆而去。我们虽然不懂德语，但一看到招贴画上歌德那熟悉的面容，心情都十分激动，纷纷在门前照相留影。直到有人比画着手势，我们才明白，这儿是“歌德博物馆”，隔壁才是歌德的故居。

二次世界大战中，在美军炮火的猛烈轰炸下，歌德故居及附近的建筑被夷为平地。战后，以歌德为傲的法兰克福人花了 7 年时间，在残垣断壁上进行最精细的重建，物件的摆放也力求与原来相同。时近黄昏，游客不多，但我看到了来自日本、韩国的旅游团，均有导游细致地讲解。我们因语言不通，只好盲人摸象似的参观。

在文学大师中，出身于贵族家庭的歌德一生都生活得很舒适。这幢红褐色砂岩建造的楼房，楼边爬满了茂盛的常青藤，楼内的布局仍保留着望族之家的气派，展示着诗人许多保存完好的著作和手稿。“1749 年 8 月 28 日中午，时钟敲了 12 下，我在美因河畔的法兰克福出生了”。这是歌德在他的自传《诗与真》中写下的第一句话。他在这里长大、恋爱和写诗，直至 26 岁才离开故乡去魏玛宫廷任职。

在歌德的书房外，摆着一张简陋的书桌。据说，《少年维特的烦恼》就是在这张书桌上写就的，而且是站着写作的，可见其激情奔涌。那个凄美的爱情故事，曾深深地打动过少年的我，至今仍记得此书是郭沫若翻译的，扉页上有两句诗："青年男子谁个不善钟情？妙龄女子谁个不善怀春？"

郭沫若还译有歌德的《浮士德》和其他诗作，但他的译笔，似乎不及另一位诗人梁宗岱那么绮丽多彩。如梁氏所译《迷娘歌》，就使人一唱三叹：

你可知道，那柠檬花开的地方？
黯绿的密叶中映着橘橙金黄，
骀荡的和风起自蔚蓝的天上，
还有那长春幽静和月桂轩昂……
你可知道吗？
那方啊，就是那方，
我心爱的人儿，我要与你同往！

我只吃过柠檬，却不知道柠檬花的形状与色彩。也许，它的花朵很大，和果实一样是金黄色的。但这不重要，重要的是这首诗所传达给我们的美感，是如此令人回味，由此可知歌德的诗作是多么奇丽，如同浸润在红葡萄酒中的金色的柠檬片，美得使人沉醉……

2009年6月

归来笑拈梅花嗅

去埃及旅游，最令人叹息的，是许多精美的石像鼻子残缺。起初以为是岁月风雨所致，鼻子是神像脸部的突出物，最容易被风蚀雨打。后来听导游讲解才知，是异族入侵后因宗教不同等原因被人敲掉的。最有名的例子是狮身人面像，传说拿破仑占领埃及后，为了寻找斯芬克斯身体下宝藏的洞口，命令士兵到处挖掘，可挖了多日仍一无所得，于是，恼羞成怒的拿破仑就命令士兵们用大炮把狮身人面的鼻子给轰掉了。

显然，无论东方人还是西方人，都认为脸部最醒目的鼻子是尊严的象征，要征服与羞辱对方，往往是指着鼻子叫骂，如果能削掉对方的鼻子，更会有一种快感。中国古代就有残酷的劓刑，即割去受刑人的鼻子，这种带有羞辱性质的刑罚，比在脸上刺字的墨刑更重。电视剧《芈月传》就有类似故事，倾国倾城的魏美人惨遭南后郑袖陷害，最后被楚怀王挖去鼻子而自杀于后宫。

说起来，鼻子的形态因种族不同而有显著差异，这是人类与大自然抗争的结果。从生物进化来讲，气候越温暖，鼻孔越宽大，鼻梁越短小。如非洲黑人的鼻子既宽大又扁平，就是为了吸进大量温暖而潮湿的热带空气，而北欧人的鼻子既细又高，是为了让冷空气有更多的时间加温，以适应生存环境。中国人的鼻子比较适中，但也以高挺为美，在古老的相学中便有“鼻如悬胆身须贵”之说，认为“鼻为中岳，其形属土，为一面之表，肺之露苗也”。在各民族融合的大汉盛唐，汉人看到从西域来的高鼻子胡人是感到很稀奇的，唐墓壁画中出现的胡人形象包括蕃将、使臣、商客、艺人或朝贡者，杜甫如此描绘纵马驰骋的胡兵：“黄河北岸海西军，椎鼓鸣钟天下闻。铁马长鸣不知数，胡人高鼻动成群。”

虽然鼻子因种族不同而形状不同，但世人都会把鼻子作为美容的热点，印度妇女还时兴佩戴鼻饰，有的是戒指般的金环，有的则大如手镯，让鼻子闪闪发光。而碰鼻子，则是在沙漠中游牧的阿拉伯人的一种问候方式，以表示久别重逢的快乐。在新西兰毛利人中也流行这种碰鼻礼。鼻子碰的次数越多，时间越长，表示彼此关系越亲近，受到的礼遇越高。据说，这起源于不同部落之间的争斗，碰鼻子时双方距离很近，在最初表示没有拿武器，对对方没有敌意，后来才演化成表示友好的一种礼仪。

鼻子的功能是如此之多，常使人感到惊奇。如明末时传入中国的鼻烟，曾盛行几百年，官员士绅，均以嗅闻鼻烟来招待宾客，表达相互的友谊和尊敬，诗曰“碾成琵琶金屑飞，嗅处微微香雾起”。还有“文身鼻饮”，向来是汉人描述少数民族的用语。曾在广西为官的宋代诗人范成大解释说：“今邑管溪洞及沿海喜鼻饮。随贫富，以银、锡、陶器或大瓢盛水，入盐，并山姜汁数滴；器侧有窍，施管如瓶嘴，内鼻中，吸水升脑，下入喉。”现今医学史认为：鼻饮是壮族先民们创造的奇特卫生民俗，并为民间壮医所总结的一种主要针对瘴疾和中暑的防治方法，它包含着物理降温和黏膜给药等科学因素。这种习俗早已消失，鼻烟壶也成为了精巧的古董。

总之，拥有一个美丽的鼻子，是一件令人自豪的事。但我们也要看到，尽管残酷的劓刑已被扔进历史的垃圾堆，现实生活中仍有一种无形的“敲鼻”，即思想与常识上对人的羞辱，比如当你看到某些人自作聪明，公然说谎，指鹿为马，愚民惑众，你就会有一种被敲点鼻子的感觉。所以，哲人们不断强调“思想嗅觉”“文化嗅觉”，虽然这是由鼻子而引申的名词，却可见灵敏的嗅觉是多么重要，也是多么美好。我们可以辨别香臭，驱蝇引蝶，更可以识酒嗅花，如入诗境：“尽日寻春不见春，芒鞋踏遍陇头云。归来笑拈梅花嗅，春在枝头已十分。”

2016年10月

爱琴海的落日

都说这里有世界上最美的落日，童话般的圣托里尼岛，
悬崖上挤满了多情的游客。不同的肤色，不同的语言，
在蓝白相间的积木中，一起等待沉醉的晚霞。

来得最多的是情侣，连铁栏也系满了连心锁。
难道日落也是爱情的象征？
还是这渐渐暗淡的天色，
适合于依偎、拥抱和热吻？

作为老人，我心情平静，看到
人生辉煌的谢幕，也是一轮平常的红日
渐渐地沉入无边的碧海。
然后，夜色深沉，星光闪烁……

2016 年 9 月

第二辑

寻根记

笔与秤的轮回

——一个家族的武汉往事

人到中年，就喜欢怀旧，就有了浓厚的寻根意识。我从哪里来？祖先是什么样的人？家族渊源对自己产生了什么样的影响？这是一件十分有趣的事，是一片树叶对根的追问，一朵浪花对源头的探询，也是对着一面绿锈斑斑的铜镜，寻觅历史模糊的身影。

因此，尽管山高水远，追根溯源极为困难；尽管自己的家族实在普通，也没有什么传奇色彩，我仍热切地搜寻那些如烟的往事，并由此发现这个家族与武汉的不解之缘。

黄鹄矶：舞弄文笔的曾祖父

我的故乡是咸宁长寿畈，山清水绿，多竹，多桂花。祖屋依山而建，为五进宅院，从残留的石柱、石鼓来看，这宅院建造得颇为气派，可容下一个大家族。乡人称此村为董育林，想来，这是我一位先辈的大名，而且很可能是这个村落的创建者。他的确育出后人葱郁如林，只是宅院历经风雨，已屋破人散，只有地名依旧。

二十年前，大哥宏筹从青海回汉，我与小哥宏猷陪他回乡扫墓。宏筹在乡下求学多年，对故乡比我们熟悉得多。他说，父辈曾在故乡修桥铺路，捐资兴学，以至于村里的小学组建了洋鼓队，去县城比赛时大出风头。他还记得祖屋曾挂有一方大匾，是官府恩赐给曾祖父的。曾祖父是拔贡，曾被招入湖广总督张之洞的幕府。

关于曾祖父，家族里有许多传说。说他性格豪放，以名士自居，如闲云野鹤浪迹江湖，曾在黄鹤楼的故址黄鹄矶卖字画为生。某日，有一布衣老者见他笔走龙蛇，才思敏捷，便请他喝酒谈诗。

黄昏收摊后，两人向江边走去，路过花圈店时，老人摇头叹道："纸屋，纸屋，篾扎纸糊，经不得风，淋不得雨，鬼住！"曾祖父明白，这是老人考他对诗联的才能，便有意跟老人开个玩笑，对着杂货铺一物品说："夜壶，夜壶，水浇泥合，装不得茶，盛不得酒，屌用！"老人一怔，然后哈哈大笑。于是，沽酒唤船，豪饮于江河之上。

适时风清月明，波光粼粼，老人吟道："千江有水千江月。"曾祖父仰头一指："万里无云万里天。"老人击掌叫好，自罚一杯。这时小船正好漂过晴川阁，老人又出上联：“晴川阁，阁上飞角，角飞阁不飞。”此联甚绝，曾祖父苦思冥想，半晌无语。老人得意地说：“船已到鹦鹉洲，你认输上岸吧。”曾祖父眼睛一亮，开口吟道：“鹦鹉洲，洲上行舟，舟行洲不行。”

老人又一次愣住了，默然下船，岸边竟有一列灯笼迎候。来人恭称老人为“香帅”，使曾祖父惊出一身冷汗。事后不久，他就被招入张之洞的幕府。至于他没待多久就辞职回乡，家族里有两种传说，一说他天生是个散淡人，不习惯官场束缚；一说他回乡探母，突生重病，不得不致信辞职。

关于张之洞喜爱对联的轶事颇多，曾祖父与他江上论诗的传说不知是否可靠。但我的先辈在晚清时就流连于武汉，却是无疑义的。据族叔董华参的自传，其祖父董砚林为晚清秀才，他儿时随祖父居住于武昌司门口贡院新街。他后来从医，为市一医院内科主任，有《原发性非典型肺炎》等著作问世。其父董悄森曾任武汉大学秘书长，参与抗战胜利后武汉大学的复建。

在长寿畈，村名含“董”字的有好几个，如大屋董、祠堂董等，于是有“进了长寿不问董”之说。因找不到族谱，我不知曾祖父的大名（是否就叫董育林？），也不知他与秀才董砚林是兄弟还是堂兄。老辈人曾说过，曾祖母嫁过来时，家里很穷，不得不自搭阁楼。老辈人还说，祖先是从江西迁来的。至于何时何地迁来，谁也说不清楚。但小孩不听话时，大人便会习惯地说：“你呀，真是从牛坑来的！”我曾以为这是家乡俗语，直到江西乐安出了个古民居保存完好的流坑，我才意识到，这流坑可能就是“牛坑”。

流坑村人自称是董仲舒的后代，文风颇盛，从宋到清的几百年间，出了三十四个进士，两个状元。宋代诗人梅尧臣为此写下《寄题庐陵董氏桂林书斋》：“尝闻云盖下，聚书为大富。往往见子孙，缘天掇星宿。”

为此，我特地买了一本介绍流坑村的画册，发现其建筑与生活习俗，与长寿畈十分相似。据“流坑董氏世系简表”，董氏早有支脉迁徙湖北。另外，查《咸宁县志》，清代中后期才有董氏名人出现。可见董氏大约是明末清初从江西迁徙而来，休养生息多年后，方有后人崭露头角。

汉正街：朝拜大秤的祖父与父辈

曾祖父回归田园，以耕读诗书传家。但世界已发生剧变，老拔贡去世后，科举已废，洋务新潮迭起。尤其是20世纪20年代，随着粤汉铁路穿越咸宁，乡人纷纷出门打工、经商。用今天的话语说，我的祖父和父亲也投入了这股席卷南方数省的“民工潮”。有趣的是，他们首先打工的城市是广州。犹如中国改革开放之初，广州成为吸引民工大潮的源头。因咸宁产麻，他们就去广州的麻行打工。祖父董幼珊有文化，可帮别人管账，而十来岁的父亲只能当学徒，天不亮就得起床做饭下门板。学到一些本事后，他们开始贩麻，在火车上跑来跑去。后来就转移到汉正街，开了一家麻行店，自己当起老板来。

祖父在广州做生意时，正逢北伐。他有感于当时的革命形势，曾对父亲说："今后一不要买地，二不要建楼，安稳过日子为妥。"可他发迹后便不再远虑，又说："做生意的人只要南不依，北不靠，就不会惹着谁。"

祖父选择在汉正街开店，是因为汉口离家乡近，又是国内当时的贸易中心。而且，咸宁商人在汉正街已成气候，形成了强大的咸宁帮。如著名老字号黄志成拆货店，其店主黄瀚承便是咸宁人，其祖居离我老家没几步远，至今保存完好，门前有青石围成的水塘，与宏村的布局十分相似。

堂叔董泽参曾在黄志成拆货店从业，20世纪80年代接受文史学者采访时，披露过不少黄志成拆货店的内幕。所谓拆货，就是做二手批发生意，货物种类繁多，山货海味舶来品，应有尽有。生意兴隆时，一百八十名伙计，一天可做一万两银子，还买了两条小火轮，开通了汉口至咸宁的航线。黄瀚承也是学徒出身，自感读书太少，特请秀才家教。他于1900年当上咸宁同乡会会长，又以重金捐得四品官衔，每年向清政府奉献纹银一万两表示忠顺。

因是同乡，又为近邻，黄家便将一位孙女嫁给了董家的长孙，成为我的堂嫂。由此看来，祖父的麻行生意不错，不然，怎有资格与黄家联姻，祖父也不会娶了个会弹钢琴的洋学生为二房太太，父亲称呼她为“马二妈”。很可能是受黄志成的影响，祖父把家产传给三个儿子时，儿子们没有分家，也没有承办麻行，而是在汉正街合开了“德成海味号”。三个儿子分别起名为凤翔、鹤翘、鹏程，我父亲董凤翔是老大，便担负起经营重任。

宏筹在回忆录中写道：“德成海味号位于汉口集家嘴，因离汉水近，进货主要靠船运。那时没有机械，扛货人往往是嘴里含一根筹码，船上有人发，店里有人收。干活的大多是咸宁人，抬包、放包，都用方言喊号子。货物有红枣、花生、核桃、柿饼、海带、紫菜、莲子等，我常悄悄地跑到楼上的库房偷吃。发货时用吊篮，篮子上系有铃铛，一上一下，铃铛响个不停……”

非常可惜的是，宏筹大哥的回忆录只写了十几页，便因病去世。他曾在北京工作，后积极报名参加大西北水利建设，溯黄河而上，直到定居青海。他生前十分思念武汉，常要我们邮寄楚戏、汉戏的磁带。后来，他的三个儿子都参加了三峡大坝的建设，也算是圆了他的回乡之梦。

据年过七十的堂兄宏琪回忆：过年时店里最热闹，柜台上的留声机放着喜洋洋的曲调，有人会拿出一盘铜板，撒在店门前。最隆重的仪式，是跪拜一杆系着红绸子的大秤。跪拜时，孩子们绝对不能嬉笑，显然，这大秤是财富与手艺的一种象征。

宏琪还记得，我父亲被选为行业协会理事长时，店门前铺满了红红的鞭炮屑。我父亲性格开朗，喜欢热闹，也善于交际，年轻时当店员，就组织过罢工运动，参加过收回汉口英租界的游行。武汉解放前夕，他和许多开明士绅一起，组织工商界迎接解放军进城；新中国成立之初，还带头买了不少国家公债。他热心公益事业，除在老家和汉口捐资兴学外，还为当时的消防队捐资。所以，他后来被列为统战对象，并被市工商联安排到茶叶公司当会计。

父亲略通诗文，字写得很好。我印象最深的，是他教我打算盘，教得很好。宏猷当了学生会主席，他曾写诗抒怀，那首旧体诗写在一张票单的背面，有“岁月蹉跎”之类的词句。另外，有一次路过汉正街时，他指着一栋老房子说，这就是我们家过去的店铺。

父亲和两位叔叔同甘共苦，直到新中国成立后店铺倒闭，才分别从事其他工作。80 年代初商潮兴起时，有人打听父亲的情况，想请他重新出山，可父亲已去世多年了。

化秤为笔：第四代人命运的主色调

去年，我回咸宁扫墓，站在那方竹林环绕的墓地上，看着一方方先辈和同辈的墓碑，一个个熟悉或陌生的姓名，才深刻感受到家族的意义：不论命运怎样雕塑一个人生命的形态，都改变不了他与生俱来的血统。

我父亲的碑，就和他两个兄弟的碑排列在一起，宛如他们少年时携手出行，背着蓝花布包袱，走向远方的大汉口。不知他们告别祖屋的炊烟、叮当的牛铃和飘浮着云影的水塘时，是否想过自己还会回来，化作这里一方无言的碑石……

作为“宏字辈”，揣摩这辈人的命运，我惊奇地发现，这辈人大多以教师为业，仅就父辈兄弟三人所生十个子女而言，便有七人步曾祖后尘从事教育，如果算上他们的配偶，则会更多。这似乎是命运的轮回，是以笔化秤，又化秤为笔。但仔细想想，这种状况仍为时势所造。

在曾祖父的时代，最好的出路是金榜题名，光宗耀祖。为此他发奋苦读，却连举人都没中，只好心灰意懒地退隐田园。祖父赶上了中国近代商品社会的萌发，从而弃学经商，并影响了儿子们。从商虽比教书实惠，但他们仍难忘“万般皆下品，唯有读书高”的古训。于是，当败落之家重新振兴后，新一代人就受到很好的教育。

可时代又变了，因为父辈经商的“成分”，最适合新一代人的职业，显然是以文谋生的教师。这代人，又可根据父辈的兴衰分为两部分。一部分是年长的子女，曾得到家庭实惠，受过高等教育，同时也受进步思想的影响，积极投身革命浪潮之中。一部分是年幼的子女，在新中国成立后成长或出生，从没沾过父辈的光，反而背着沉重的包袱，举步维艰。

在年长的子女中，二姐莲珍的经历最为典型。她于五四运动那年出生，由于家里重男轻女，她九岁才上学，并于抗战爆发时，在省立女子中学的同学聂华岑（著名美籍作家）帮助下逃婚出走，四处漂泊求学。新中国成立那年，她从武汉大学毕业，因参加过地下学生运动而被选送中原大学培训，并分配到中南局公安部工作。

一个背叛了剥削阶级家庭的红色大学生，一个戴着眼镜、留着短发、穿着列宁服的公安干部，照说是前程似锦的，但因家庭出身问题而调离公安部当了一辈子中学教师。

相比之下，堂姐素秋要幸运得多。她大学毕业后，立志去“中国的莫斯科”哈尔滨工作，后嫁给一位年轻的老革命，从而一生波澜不惊。

守根里：老民居的演变

说起我们几位年幼子女的成长，我就不能不提起守根里。

守根里位于长堤街与汉正街之间的药帮大巷。这一带，是老汉口的发源地，小巷密布，老街纵横，每个地名都有一段典故。如药帮巷，就因河南药帮而得名。早在明末崇祯年间，就有来自河南怀庆府的药商在此结帮定居，后来建起宏伟的药王庙，庙中有花园和戏台。但我儿时只看到空阔的大殿，门前蹲着一个孤独的石狮子。

守根里约建于二十世纪二十年代，是一种受旧租界建筑影响的二层楼新式民居：石库门，有天井、堂屋、厨房和晒台，正房有明有暗，还装有百叶窗。据建筑专家分析，这种形式的建筑，颇合当时中国人的居住习惯和经济条件，所以建造者甚多，其特点是相同的房屋夹列成巷，弄堂里一般不植树。

守根里的住户，以艺人和商人居多，如电影明星胡蝶、京剧名角高百岁的后人，都曾在此居住。有一户姓刘的人家，藏书颇多，我常用邮票与他家的儿子换书看，如线装本《红楼梦》，我就是躲在晒台上似懂非懂地看完的。好多年后我才知道，他家曾开办汉正街老字号刘庆馀药店。

在守根里过日子十分方便，叫卖声从早到晚此起彼伏。

夏天有卖栀子花、茉莉花的，女人们衣襟上都插着几瓣雪白的花朵，散发出一路清香。出巷子一拐弯，就是店铺林立的长堤街。剃头店里，顾客坐着如牙科医生所用的活动靠椅，那靠椅油腻腻的，隐约可见原来的漆色，洗头用的倒是发亮的铜盆。还有车木店，可车出漂亮的陀螺；有铜锣店，路过时会听到洪亮的锣声。路口有一家茶馆，据说是武汉京剧的发源地；茶馆对面是安徽会馆，辛亥义士曾在此聚会密谋。后来，茶馆改成石膏厂，制作各种伟人像。孩子们好奇地看着，很快就学会了那种时髦的工艺，用蜡模和石膏粉制作出伟人头像来。

守根里的人情味颇浓，邻居关系很好。夏夜巷子里摆满了竹床，孩子们玩累了，哪家的竹床都可躺着睡。大人们则在路灯下摇着芭蕉扇下棋、打牌和聊天，老墙上趴着壁虎，默默地倾听人们所发出的笑声。若有人买来西瓜，谁都可以分到鲜红的一片。

我们就是在这种淳朴的民风中长大，孩子们也比较老实，学琴读书，渐成氛围，如小名“黑黑”的刘仁琪，考入省歌剧团，曾以《老汉我一人看了一台戏》这首歌红极一时。

我家在守根里原有两间房，后来住的是堂屋隔成的狭窄小房。从我们记事起，家里生活就十分困难，主要靠兄姐资助上学，母亲常悄悄地变卖家藏字画。所以，我们读书十分用功，每天晚饭后，一个昏暗的灯泡垂吊在油腻腻的饭桌上，姐弟各居一方安静地做作业，并常比谁的成绩好。有一件趣事，小姐娴珍与宏猷同在一所中学，初中学生董宏猷的作文，竟被老师作为高中学生的范文。高中学生董娴珍表面上不服气，心里却暗暗地为弟弟自豪。

说起来，我们爱好文学，主要是受母亲的影响。母亲喜欢看书，尤其是看小说，再忙再累，也要捧本书才能入睡。她会唱许多三十年代的歌，如《渔光曲》就是我们的摇篮曲。

与大多数同代人的命运一样，我们曾中断学业，然后下乡、招工、就业，只是家庭成分使我们经历了更多的磨难。如宏猷当了多年乡村教师，如果说曾祖父当年以教书为乐，是因这职业十分体面，还足可养家糊口；那么，他的重孙董宏猷则是因“政审”不合格，难以招工回城。

宏猷后来作为“可教育好的子女”破格上大学，并在守根里结婚成家。我曾写过一篇关于老屋的散文：“当一个姑娘羞涩地坐在我们的小床边时，我终于离开了老屋，以便把它让给亲爱的哥哥。虽然小屋是这么狭窄、阴暗，充满古老的气息和神秘的色彩，但对哥哥来说，却是一件宝贵的遗产，他可以用它来建造爱情的殿堂，让生命在这里延续。”

汉正街重新振兴后，守根里有不少新一代人借地利摆摊经商，并很快就发财了。他们买了新居，纷纷搬走，把老房子租给从乡下来的打工者。也有当工人的，因这儿房子好出租，自己便去市郊居住。所以，当侄女董菁在电视台实习，给她的出生地拍摄一部短片时，镜头中的守根里已面目全非：天井搭起了帐篷，巷子堆满了杂物，百叶窗凋谢在夕照中……大学生董菁在短片中激动地呼吁：保护汉口的老民居！我看后却联想起当年进城打工的父辈，是怎样渐渐扎根武汉。这就是城市历史的演变，谁说今日民工不是武汉明天的主人呢！

扎根武汉：董氏已有七代人

我们再不会像父辈那样，一心要“叶落归根”。因为，我们已有了新的故乡——武汉。我们已不会说难懂的咸宁话，而且随着老辈人纷纷去世，宗族观念也日益淡薄，亲戚间很少来往。倒是堂侄董建华（与香港前特首同名，曾任市规划土地局拆迁处处长，参加过龙王庙等工程建设）是个热心人，常邀请亲戚回乡扫墓。堂侄女董立群曾主编《长江旅游报》，对家族历史颇感兴趣。至于在汉的远房亲戚，我只知道武汉电视台有个董宏刚，是精于无线电的高级工程师。

今年五一，素秋与娴珍分别从北京和苏州回汉探亲，使亲戚们有了一次大聚会，我由此才认识了许多后辈人。

如刚考上博士的堂孙女董菲，曾参与江汉路步行街的设计，而我也曾为步行街撰写碑文，可我们合作过却互不相识。

在聚会上，大家谈起许多家族的往事，洋溢着同根而生的浓浓亲情。若从曾祖算起，在武汉的董氏家族已有七代人了。所以，尽管许多后辈人比我年长，但合影时，我坐着，他们站着。后辈人中也是从文的居多，但已有商人出现，有人开办了公司，有人去海外学工商管理，美国、法国等地都有董氏后人。

我不知道，董氏家族的命运会不会又来一次轮回。我只希望，我们的后人，无论是握笔还是提秤，从商还是从文，都会因自己的血统而骄傲。说到底，家族的历史，只是人类生命的一种图谱，因隐藏着一些神秘的遗传基因而使人深感兴趣。但是，它怎能决定一个人血统的贵贱、品质的优劣呢！所以，在翻过一页沉重的历史后，我捕捉这些如烟的往事，才如此轻松，如此坦然。

（原发表于2004年《长江日报》副刊）

咸宁董氏寻根记

人老了就喜欢怀旧，喜欢追根溯源。我每次回乡扫墓，站在那方竹林环绕的山坡上，看着一方方先辈和同辈的墓碑，一个个熟悉或陌生的姓名，就深刻感受到家族的意义：不论命运是怎样雕塑一个人生命的形态，都改变不了他与生俱来的血统。因此，尽管山高水远，我仍热切地搜寻那些如烟的往事，探讨家族渊源对自己产生了什么样的影响。

是的，我从哪里来？这是人类永恒的追问，是一粒河沙对沧海的追问，一棵小草对大地的追问。沧海茫茫，大地无边，我们便在这种追问中感受到历史的丰厚，生命的神奇。

所幸中国拥有悠久的宗族文化，使我们的姓氏、字派成为有迹可循的符号，而不至于在纷乱的历史烟云中失去坐标，如流星倏忽而逝，似野云飘然无痕。

今年清明回乡扫墓，我偶然找到失传已久的咸宁董氏三策堂宗谱，欣喜不已。反复翻阅这些发黄的纸页，字里行间，先人的身影历历再现。现将有关追寻梳理如下，以飨族人。

一、追根

我的故乡是湖北咸宁，地处华中腹地，东邻赣北，南接潇湘，西望荆楚，北靠武汉，是贯通南北的重要通道。

咸宁之名来自于宋真宗景德四年(1007年)，取《易·乾象》中“万国咸宁”之意。

我生于武汉。长期以来，故乡对我来说，只是难懂的乡音，过年时乡下亲戚送来的香喷喷的红薯干，填表时必须填写的籍贯。总之，那是一个十分遥远而陌生的地方，似乎与我没有什么关联。当我有寻根意识时，父辈已纷纷离世，难以溯源。2004年，我应《长江日报》文化版之约，根据亲友的有关传闻，写了一篇散文《笔与秤——董氏家族的武汉往事》，作出如下推断：

> 据老辈人讲，祖先是从江西迁来的。当小孩不听话时，大人便会习惯地说，你呀，真是从牛坑来的！我曾以为这是家乡俗语，直到媒体报道江西乐安有个古民居保存完好的流坑，我才意识到，这流坑可能就是“牛坑”。
>
> 流坑村人自称是董仲舒的后代，文风颇盛，

从宋到清的几百年间，出了三十四个进士，两个状元。宋代诗人梅尧臣为此写下《寄题庐陵董氏桂林书斋》：“尝闻云盖下，聚书为大富。往往见子孙，缘天掇星宿。”

据“流坑董氏世系简表”，早有支脉迁徙湖北。因此，我推断，咸宁董氏可能是其一支。

这种推断显然含有虚荣心，有待查证。我没想到，该文发表后竟引起较大反响，不仅与多位在武汉生活的族人取得了联系，还得以结识董必武之子董良翮将军等董氏朋友。

原来，经考证，红安董氏也是流坑之后，五年前，乐安举办全国流坑董氏后人聚会，特邀请董良翮出席。有董氏朋友读过我的散文，当他们从江西回武汉后，便辗转找到吾兄宏猷和我在武昌小聚。那天，笑看数桌朋友举酒碰杯，虽素不相识，却知均为“千里草”，真有一种亲切感，不能不感叹中国男人骨子里的宗族血统意识。

如果说我过去追根，只是胡适似的“大胆推断，小心求证”，那么，当我终于找到宗谱后，就可以拨开历史的烟云解难排惑了。咸宁董氏从哪里来？真的是流坑支脉吗？

二、溯源

我老家在咸宁长寿畈，家族俗称“长寿董”，故而有“走进长寿不问董”之说。

在今天的咸宁地图上，已难找到长寿畈这个地名，但在咸宁地方志所收录的晚清地图上，它却十分醒目，是一大乡。所谓畈，即山谷中的平地，长寿畈位于淦水河口，邻近古镇汀泗桥，丘陵环抱，田野丰饶。我清明回乡扫墓，印象最深的是郁郁葱葱的竹林，春笋竞出，还有山坡地头的兰草，散发着淡淡的幽香。

元朝末年，遍地烽火，一位名叫董矩的书生，为逃避战乱，携家带口从江西泉溪来到湖北咸宁，隐居深山，从而成为咸宁董氏之始迁祖。

这本修续于清代道光十七年的宗谱，刊有《矩公传》，其中提到董瑞，在网络上搜索“董瑞”，得到以下文字：

> 明代著名思想家罗汝芳、李贽、董瑞，戏曲家汤显祖，小说家许仲琳多次来司空山参禅悟道。他们的“儒道佛”三教一体的思想对明晚期的思想界产生了一定的积极影响。罗汝芳曾为太湖县令，官至左参政，为官清廉。董瑞官至大理少卿、资政大夫、刑部尚书、太子少保。他和戏曲名家汤显祖都是罗汝芳的得意门生。

汤显祖是江西临川人，与他交往甚密的董瑞显然与他同乡。谱上注明咸宁董氏来自江西泉溪，不知所指是否流坑。至于谱上说矩公是董瑞第三子，并指明董瑞在元末就中了翰林，似有可信之处。疑点是改朝换代的战火平息后，董瑞在明初当了大官，为什么还让其子避居山野呢？

我又在网上搜索“董矩”，竟有意外的收获：

> 1978年山西闻喜上郭村出土了青铜器“董矩方甗”。甗是古代炊器，相当于现在的蒸锅，流行于商代至战国时期，其腹面上饰夔纹，甗内壁铸有铭文四行共二十二字，为：（董）五氏孙矩作其旅甗，其眉寿无疆，子子孙孙永宝用之。此甗应是董国的用器。董国原在今山西闻喜境内，后被晋国所灭。

由此可见董氏源远流长，也可见董矩是个吉祥之名。古朴雄奇的“董矩方甗”，应为天下董氏所尊之宝。

综上所述，咸宁董氏源自江西是无疑的，泉溪可能是指流坑或某地古名。经详查，疑问终于破解：流坑董谦世系，有四世董熹外迁成望族，家安乐乡泉溪，为“武宁派”，即今九江市武宁县官莲乡泉溪村。

从武宁到咸宁，路程并不远。至于董瑞是否武宁人，董矩是否董瑞之子，存疑待证。真实可信的历史是：元末明初的董矩从武宁来到咸宁，隐居于牛首山麓，生了两个儿子，长子隆一，仍守故基，次子隆二则迁居飞沙洞鸣水泉边，生子寿一。寿一又迁居长寿畈，可见畈名因三世寿一公而生。

三、宗谱

咸宁董氏就这样花开两枝，在宗谱中，长子隆一之支脉名为荣寿堂，次子隆二之支脉名为长寿堂。

长寿堂尊寿一公为一世。寿一公五代单传，谱叹：险极！至第五世汝谊公后才人丁兴旺，生有三子，名歧山、歧峦、歧岩，从而形成三大支脉，绵延湖北、四川、河北等地。

汝谊公是秀才，也是士绅，谱中收录有他于明嘉靖六年（1527 年）购山地葬母的契约，可见已具有一定的经济实力。但明代，董氏在咸宁一直默默无闻，直到清代道光年间，第十五世才开天辟地出了两个举人，而且是兄弟，兄叫董复湘，字兰生；弟叫董复湃，字渭川。

家族突然出了两个举人，自然是光宗耀祖的大喜事。于是，开始建祠堂、修宗谱、排字派。我所看到的三策堂宗谱便因这两位举人主持而修，时为道光十七年(1837 年)。

从《序》中得知，此谱是接老谱而续，为长寿支谱。老谱在荣寿庄，即隆一公后代于清嘉庆十年（1805 年）所修，言明是接泉溪之谱，敬汉代大儒董仲舒为先祖，谱名三策堂，也是来源于董仲舒为汉武帝三上对策的典故。

中国宗谱有一个鲜明的特征，即称显赫名人为先祖。董氏也不例外，千江万河，几乎都要追溯至董仲舒，而鲜见人称董卓之后，可见人们扬善避恶的心理。

看来，我的先辈是明智的。此谱有多篇序言，均说源自江西董瑞，至于瑞公之前却难以推断。如参与修谱的董复灿在序中说：虽有先人辑录记载，但“其详几不可考也……”

前世难溯，后世则清。这次修谱的最大成就，就是两位举人将咸宁董氏两大支脉的代表召集而来，共同修谱，并就字派达成一致。

四、字派

谱中撰有《派行说》一文，谈及排字派的重要性，是别长幼，定尊卑，辩生庚，详殁葬。说我族旧派迄无定规，今颁行各族，庶后世命名有条不紊。

复字辈的举人做主修谱，排字派自然从复字辈算起。长寿庄的老派是一首五言诗，第四句为“士复上三策”，后为便于记诵，改为四言，即“复上三策，永启宏章，传家有典，继世维良”。

荣寿庄的老派是“醇儒德厚，发庆宏昌”。

经公议，决定两庄从第五字开始统一，定为：“复上三策（醇儒德厚），永（发）庆宏昌，先正明道，贻训延长，显扬有志，祖述宪章，家修廷献，世蔚国良”。

光绪三十三年（1907年）再次修谱，又在“永庆宏昌”后修改字派，定为：“崇仁尚义，国泰民安，纲常有绪，典则明章，书香传世，道善忠良”。

吾生晚矣，宏字辈大都出生于解放后，字派、字号等不再流行，尤其是单名成为时尚后，字派便如广陵散，渐成绝响。

五、繁衍

我原以为可根据字派，从宗谱上清晰地查到历代祖先的姓名，反复翻阅后却发现极难做到，其原因是宗谱编排不科学，没有使人一目了然的树形世系传承列表，而是按字派横向归类承接。但古人除本名外，还有别名、堂号，修谱者又避讳常用尊称，这样就难以厘清。

经五百多年繁衍生息，董氏已成咸宁大姓。据老辈人说，解放前每年都有大规模的祭祖活动，董氏族人聚集于牛首山下，摆上香烛，面山朝拜。

宗谱中刊有矩公等多幅祖坟图及图说，如说矩公所葬之山“奇峰带云，如卓天文笔”。又说隆二公“形冢呼曰倒骑龙，迄今子孙蕃衍方兴正未有艾。”

谱中收有清光绪年间“三字辈”者所写的“分迁诗”：

淦水河口是吾乡，家住垅头水一方(穆家垅)。

槐树森森垂缘荫（槐树岭，二世祖迁居地），梅花片片放新妆（梅董）。

雨坛垴上烟添碧（大六房），土寨营高月照黄（土寨）。

路到长安寻峡石（一迁陕西），山多小径辨崇阳（一迁崇阳）。

川中巫峡风云会（一迁四川），岭后歧泉日月光（岭背董）。

八斗才储下帷地（斗山），一村学懋读书堂（学堂窝）。

在齐在治先明德（在治公），其实其华率旧章（其华堂）。

幸有河图堪献瑞（河图公），禹门雷震庆时昌（雷董）。

括号内是“长寿董”各分支的地名、去向，族人可据此溯源，对号入座。

我的祖屋依山而建，为五进宅院，名为“董育林”，想来，这是一位先辈的大名，他的确育出后人葱郁如林，只是宅院已屋破人散，只有断柱残基，村名依旧。

我的祖父和父亲曾去广州经商，后来在武汉扎根。他们难解乡情，常回老家捐资兴学铺路，去世后均归葬故土。武汉的咸宁董氏族人甚多，散居四方，唯有清明时才在回乡路上相逢一笑，知五百年前是一家。

2008 年 6 月

阳光的碎片

儿时的趣事宛如阳光的碎片，从岁月的指缝间悄悄滑落，却藏在记忆深处神秘地闪烁。无论时光怎样流逝，生活如何变化，只要你想起童年，你的心房就会明亮起来，就会感受到人生的纯真与美丽……

白衬衣

小时候，总想有一件白衬衣，配上红领巾、蓝裤子，该是多么潇洒。读三年级时，我当上了少先队的旗手，身旁还有两位漂亮的女同学护旗。可是，我只有一件哥哥穿过的已经发黄的旧衬衣，衣领还打上了补丁。老师说，你家里能不能给你买一件新衬衣？

那是六十年代中期，家里实在清贫，尽管我为此事哭闹，可母亲只是苦笑。那年夏天，学校举办篝火晚会，除要求学生带一把柴火外，还规定穿白衬衣，母亲就硬着头皮找邻居借。邻居的孩子个头比我大，我把他的衬衣松松垮垮地套在身上，惹得同学们发笑，说我像厨师。见老师皱着眉头，我含着泪说，我不当旗手了，你选别人吧！

春节到了，大哥从北京回家探亲，听说此事后，就给我买了一件白衬衣。我舍不得穿，叠得整整齐齐地压在枕头下。不久，我因搬家转学，新学校很少搞活动，只到小学毕业庆典，老师才要求大家着装一致。我从箱子里翻出散发着樟脑香味的白衬衣，从没穿过的白衬衣，使劲穿上后才发现它太小太小，镜子里的我，就像一个可怜的滑稽演员……

看书

我的启蒙课本，是外婆用来夹鞋样子的一本旧书。书很厚，但头尾残缺，就像书中的一首童谣："两只老虎跑得快，一只没有尾巴，一只没有脑袋，真奇怪！"只因书中有不少有趣的插图，我就迷上了。现在回想起来，那似乎是一本民间故事集，因为，外婆常给我讲书中的故事，多为民间传说和笑话。

上学后，我就迷上了小人书。汉口老巷中有许多书摊，我常常饿着肚子，把过早的钱攒起来，放学后久久地坐在书摊的长条凳上。

老师说，要想看好书，就去南京路的少儿图书馆。可少儿图书馆要借书证，又离家很远。有一年暑假，我和几位同学像朝拜圣殿似的跋涉而去，因我们晒得黑汗水流，还穿着拖鞋，就被门卫谢绝入内，只能羡慕地看着那些梳着小分头、穿着花裙子的孩子们进进出出。他们手中的书是那么鲜亮，没有一点污迹。

好在我很快就不满足看小人书了，读三年级时便翻阅了厚厚的《青年近卫军》。只因识字有限，不求甚解地阅读，造成我后来常读错别字，只知其意，不知其音。

每逢星期天，小哥就带我去书店看书。江汉路的古旧书店对学生特别宽容，可坐在那儿看到天黑。记得我在书店里看完了《苦菜花》，为此，总是把那本旧书藏在角落里，生怕别人买走了。

九岁那年，我用十来天没过早的代价，在六渡桥书店买了我平生第一本书《太平天国故事集》。我兴冲冲地向小哥亮宝，他却皱着眉头说，你真苕！这书值得买吗？我一愣，“哇”的一声哭起来。我在哭声中朦胧地意识到：这世界上，有些东西是只能自己欣赏的。

找路条

儿时最快乐的事是春游。每次春游，都有好玩的游戏。

最有趣的是“找路条”：老师事先把路条藏在不同的地点，然后要学生们分头寻找，找到一个纸条后就知道该怎样寻找下一个目标，直到抵达胜利的终点。

路条不仅充满了神秘，充满了悬念，还富有革命色彩——要像地下党员去寻找接头暗号。可是，你只看到小路上有粉笔画的箭头，提示你寻找的方向，却不知道路条是埋在草丛中，还是藏在石缝里。于是，你就得仔细观察周围的一草一木，还得动脑筋揣摩老师的心理。同学们往往是三五成群地寻找，七嘴八舌地议论，找到路条后就得意地飞跑。

玩这种游戏，我比较迟钝，从来没得过冠军，只记得最快乐的一次寻找，是当大家临湖而叹时，我注意到了湖边停泊的一只游船，然后在船桨上发现了老师的粉笔字：划向对岸！

也许，我们就是从“找路条”开始思考，如何破译这世界纷繁的密码，尽快到达目的地。但直到我们长大后才渐渐明白：人生就是一个寻找的过程。不论是山重水复疑无路，还是柳暗花明又一村，你都不要停下寻找的步伐。因为，终点往往就是新的起点，你所寻找的快乐与幸福，其实就在寻找之中。

2000 年 6 月

红鞋子

一

好多年过去了，我仍清晰地记得那个初夏所发生的一幕。漂亮的班主席梅，像一只受惊的小鹿，尖叫着在教室里慌乱地奔跑，斜射的阳光照亮了她飞起的花裙子和雪白的小腿。追她的是一个外号叫狐狸的坏小子，狐狸眯着眼怪笑着，伸开双臂，从一排课桌到又一排课桌，追赶着他的猎物，他胸前闪闪发亮，那是鼻涕长久地糊在衣襟上所形成的亮光。梅惊恐地与他周旋着，不时地发出刺耳的尖叫声，但她没有出路，门和窗子都已被狐狸的伙伴们封堵。后来，当我从一本俄国小说中看到贵族们在森林中捕猎的场景时，我便想起了梅，她那一刻的确像一只绝望地奔窜的兔子。

狐狸追得没有耐心了，他看到他棚户区的伙伴们嘴角上所挂着的讥笑，于是便扔掉鞋子，赤脚跃上课桌，像踩着一排大鼓轰隆隆地向梅扑去，转眼间便抓住了梅的长辫子，梅躲闪着，想跑，却再也跑不了，眼睛里泪水晶莹。突然她猛地向狐狸啐了一口，狐狸呆住了，愣愣地去擦脸上的唾沫时，梅跃上了课桌，长辫子在空中飞扬起来，转眼间她已跳出了窗子，与站在窗前观看的人撞了个满怀。窗外是走廊，她只穿着一只鞋子，一跛一跛地向楼下跑去。当狐狸走出教室时，我看到他高举着一只小巧的红布鞋，向看呆了的同学们示威……

二

我是一个标准的好学生，门门功课几乎都是满分，因此，我一直担任副班主席，并被分配与狐狸同座。狐狸是河南人，住在铁路外的棚户区里，手脚总是脏脏的，衣服上缀满补丁，也总是糊满鼻涕。在小学的漫长岁月里，我一直帮助他，就像帮助一个调皮的小弟弟。但不知什么时候，弱小胆怯的狐狸突然变得粗野起来，不再把我放在眼里，特别是听说我家庭成分不好后，他开始在我的作业本上糊满鼻涕，我告诉慈祥的班主任老师，周老师却默默无言。于是，我知道时代变了，不再是以成绩而是以家庭成分来衡量一个学生的好坏。因此，当狐狸那天追逐着梅时，我胆怯地躲在窗前，惊恐地听梅尖叫。然后，当狐狸把梅的红布鞋扔在我头上时，我摸摸头，一声不吭。

梅还来不及找回她的另一只布鞋，我们就进了中学。中学已不需要考试，是“扒堆”分配的。我和梅、狐狸被分配到一个班。狐狸坐在中间一排，是“红五类”，梅坐在左边一排，是“灰五类”，我却坐在右边一排，属于“黑五类”。

学校的门楣上贴着一副对联：老子英雄儿好汉，老子反动儿混蛋。横批是“从来如此”。

于是，班上同学便分成三类，彼此之间不说话，不来往。大家都很自觉，小心翼翼地不越过界限，就像读小学时，同桌的男女同学决不越过课桌中间的“三八线”一样，梅和狐狸见到我，就像见到陌生人，总是回避着彼此的视线。

梅已剪掉了她的长辫子，脑后不再有鲜艳的蝴蝶结款款飞舞，也不再穿着花格子布裙和红布鞋，她不知从哪里找了一件洗白了的军衣，松松垮垮地套在身上，像男孩子一样足蹬黄球鞋。不知是动荡的岁月使人早熟，还是因为女孩子发育早，梅突然间长得又瘦又高，神情也很冷漠，冷漠得就像现在走台的模特儿。而狐狸越长越粗壮，剃着浅平头，脸上已出现红红的酒刺。他坐在“红五类”的第一排，总是目光凶猛地扫视着“黑五类”们，使我们都老老实实地低下头去。但他对梅却很客气，再没骚扰她，这也许是因为梅只属于“灰五类”，还有一身洗白了的军服的缘故。

那年代，孩子们崇拜军服，谁要有一套军服和一顶军帽，便会令人刮目相看。我姐夫在消防队工作，因此我有一顶军帽。开学第一天，我戴着军帽去上学，坐在“黑五类”一排，便引起了一阵骚动。有人提议，要我把军帽摘下来，老师就无可奈何地向我示意。我只好摘下军帽，灰溜溜地缩着脑袋上了一堂课。下课后去上厕所，回来时，有几个同学堵在教室门前，我挤进去时，不知谁打了我一巴掌，打得我眼冒金星。等我清醒过来时，才发现塞在书包里的军帽不见了。“红五类”的同学有不少人戴着军帽，不知哪一顶是我的。我抬起头来，看到了梅同情的目光，我讨厌这种廉价的同情，屈辱的泪水在我脸上无声地流淌。

除军帽外，还有宽宽的人造革武装带也是令人羡慕的。狐狸就把武装带扎在腰间，铁扣子上有五角星的“八一”二字。

我和“黑五类”的同学们害怕狐狸，怕他突然抽出武装带给我们一击。因此，当老师宣布要选两个同学去北京串联，接受毛主席检阅时，我们都举手同意选狐狸，尽管狐狸的胸前袖口还有结壳的鼻涕闪闪发亮。

三

我只能与“黑五类”的同学一起玩。

有一天，学校又停课了，我与林去李的家中玩。李的家中有许多旧剧照，看了一会儿旧剧照，李突然找出一根鞭子，鞭子是用牛皮做的，鞭柄上还吊着一团红绣球。李告诉我们，这叫霸王鞭，是唱什么“霸王杀鸡”用的（好多年之后，我才知道是“霸王别姬”）。说着，李便“呼呼”地挥舞着鞭子，甩出令人眼花缭乱的鞭影。

林点头说：“这才是真正的鞭子，相比之下，狐狸的武装带算什么！”

林这么一说，李便瞪圆了眼，叫我们把腰间的皮带解下来，来玩互相抽打的游戏。我说：“解去皮带，人一站起来，裤子不就垮了吗？”李便找来两根麻绳，要我们系裤子，没等我们解皮带，他就用鞭子抽我们，抽得还挺重，林就火了。

林说：“我晓得你挨过狐狸的打，你不敢还手，就拿我们出气么？”

李说：“我就是要打你，你这个‘黑五类’！你这个‘右派’子弟！”

林愤怒地站起来，向李挥去皮带，也大声骂道：“你也是‘黑五类’！你爸爸是‘伪军官’！”

他们互相抽打着，起先是抽打身上，打得衣服上灰尘飞扬，接着有人叫了一声，鞭子和皮带就开始不长眼睛了，向手和脸抽打。我站在一旁看呆了，李突然抽我一鞭，骂道：“你也不是个好东西！你是资本家的狗崽子！”

我觉得左手火辣辣地痛，便发疯似的挥舞着皮带向李进攻。李的鞭子虽长，但我与林向他一起抽打，他就顶不住了，不断地往后退，最后倒在床上，一把拉起棉被来抵挡我们的抽打。皮带抽击在棉被上，发出“啪啪啪”的响声，李突然丢下鞭子，呜呜地哭起来：“你们欺负我，你们也欺负我，我再不上学了……”

我和林放下皮带，背起书包回家。走到楼下，还能听见李的哭喊声。我突然想起裤子上还系着李家的麻绳，便又上楼，看见李坐在床上，呆呆地看着我们，淌着眼泪的圆脸上有一长条红红的伤痕……

我被鞭子抽伤的手背肿了很久，母亲说：“你那个学校不能待了，转个学校吧。”于是，我便转到哥哥所在的中学。

四

二十三岁那年，在钢厂当炉前工的我，突然收到一封奇怪的信，写信的人问我：你是不是在跃进小学读过书的钟明？若是，请你回信。

当我在炉台的火光中看到写信人的署名时，我的心怦然一动，是梅，是我的小学班主席梅。

顿时，许多往事都在我脑海里翻腾起来，眼前飘忽的火焰化成了跳舞的梅。我想起梅穿花格子背带裙，用清亮的童音朗诵《给越南叔叔一封信》的情景，想起她乌黑的扎着蝴蝶结的长辫子，阳光下甜美的微笑。我也想起了她被狐狸追逐的一幕，那小巧的红布鞋，还有她后来穿上的松松垮垮的洗白了的军衣……转眼间，十年过去了，梅一定变成一个亭亭玉立的大姑娘了。

梅在信中说，她在一所中学担任语文教师，常在报纸上看到钟明的诗，因此，她断定这个写诗的钟明便是她的小学同学，因为钟明的作文那时就很棒，很可能他会爱上文学。当然，天下同名同姓的人很多，如果是她错了，请原谅。

记得那天下午，我在炉台上呆呆地站了很久，以至工友们笑我，是不是又在想诗。下班后，我立即回信，一封信写了很久很久，用了许多显示自己文学才能的词语，如“时光如水”“白驹过隙”等等。最后还打了几个惊叹号，我就是钟明！你的小学同学钟明！

我很快就收到了梅的回信。梅在信中说：我真高兴。为我有一个同学能成为诗人而感到自豪。知道你下过乡，当过工人，吃过很多苦，我真羡慕，梅花香自苦寒来呀！我的生活很平淡，没下乡，读完高中后就留校当了老师，而且现在教的是高中，常感到自己底子薄，今后要向你好好请教。我正在讲诗歌，你能否给我和我的学生们上一课？

显然，梅要我去讲诗歌，是一个最好的见面借口。那时的年轻人，实在单纯，也实在害羞，是不好意思约会的。若要约会，一定要找一个堂皇的理由。

一个阳光灿烂的早晨，我穿着整洁的白帆布工作服，背着黄书包，手里还拿着一本《人民文学》——约定的暗号，从电车上走下来。为这次预定的见面，我们似乎准备很久很久，生怕对方不认识自己了。但这种顾虑显然是多余的，只是一种为见面所作的美好的铺垫，流逝的时光并没有冲淡我们的记忆，我一眼就认出了站在树荫下的梅。她仍是那么漂亮、沉静，只是显得成熟多了，丰满多了，是一个大姑娘了。她睁圆了眼睛望着我，脸上渐渐浮起了微笑。

“你没变……”梅轻声说，“你长高了，记得小学时，你一直没我高。”

我与梅面对面地站着。我发现她穿着高跟白凉鞋，显得比我还高。

我已忘记当时我说了些什么，梅一直笑着，说了许多小学同学的名字，使我的记忆深处浮起了一些熟悉而又陌生的面孔。我们并肩朝她的学校走去，却有意无意地保持着一定的距离。

走到校园里，我才发现学校对这次讲课十分重视，校长、主任都坐在门房里迎接我，握手寒暄后就走进教室，走进了一阵热烈的掌声中。听课的不仅是学生，还有不少老师。

那天讲课，我发挥得特别好，我觉得，我不是在给学生们讲课，而是在向梅述说分别后的经历。什么是诗？我说，就好像我们小时候捉迷藏时，那双悄悄蒙上你眼睛的手，就好像你突然遇到了久别的同学时惊喜的微笑，就像秋收时躺在高高的稻草垛上唱歌，唱的却是儿时爱唱的歌："月亮在白莲花般的云朵里穿行"，就像你眯起眼睛，望着金红的钢水"哗哗"地流淌……下课铃响后，掌声仍一阵接一阵。学生们拿着作业本，争先恐后地要我签名，梅眼睛亮亮的，在一旁笑看着。

中午，校长请我去餐馆吃饭。我对梅说："随便吧，老同学，还讲什么客气呢？"梅就借了一个碗，在学校食堂打了饭菜，我们边吃边谈，谈的还是小时候的一些事。我说："梅，看见你，使我想起了周老师，留着短发的慈祥的周老师，小学六年级时，她给我们朗诵《欧阳海之歌》，她朗诵得流泪，我们也听得流泪。也许就是那时我爱上了文学。"

梅说："我与周老师有点相像吗？"我说："像极了，

你给学生讲话时的神态、手势，都像她。”梅点头说：“周老师对我的影响太大了，我是一直以她为楷模的。”

吃完饭后，梅送我去车站，等车时，她突然沉默起来。我也有点不自在，觉得就这么分手，实在有点遗憾，但梅从见面起到现在，都没有说过一句超过老同学范围的话，我能说些什么呢？而且，不知为什么，梅与我一般高，也使我感到有点压抑。

电车开来了，梅突然说：“今后，我们怎么联系呢？”

我想了想，说：“写信吧。”

电车开出了好远，我仍看见梅像一株挺秀的白杨，笔直地立在耀眼的阳光中。

五

我与梅开始通信，信都写得一本正经，谈的也只是文学，如最近看了什么外国小说，对这本小说的看法等等。梅的字，像男人写的字，刚劲有力，不知这是不是因为她常在黑板上写粉笔字的缘故。总之，我们都在信中隐藏着什么，也不提再见面的话。她问我，你听到高考的消息了吗？准备参加吗？

我回信：知道了，但不准备参加，因为我数学不行。

梅劝我：机会难得，你应该参加，我可以帮你复习数学，我们一起考大学！

我们就这样用笔交谈，进行着恋爱的试探，却又竭力回避着目的，似乎这种目的是令人羞耻的。终于，还是梅迈出一大步，邀我每周六的晚上去她家与她一起复习功课，准备参加高考。

梅的家在一条小巷里，离我们过去的小学不远。因此，当我经过小学去她家时，总有一种温馨的感觉。

梅的家在楼上，我一去，她的家人便回避在大房里，把小房让给我们复习。只有她的父亲偶尔来拿东西，看见我，便点点头，也不说什么客气话。她父亲穿着擦得发亮的黑皮鞋，走起路来，踩得楼房的地板发出沉重的响声。多年之后，这响声仍在我的记忆深处回荡。

说是复习，实际上是梅搞到一些油印资料，如获至宝地送给我。然后，便拿着那些资料，互相考问。

法国大革命爆发在哪一年？

格尔木是哪条铁路的终点？

太平天国哪年起义？

谁发现了圆周率？

这都是些十分乏味和单调的问答，回答时，真使人感到有一种智力倒退的感觉。可是，梅却问答得十分认真，有时，还会与我为一个答案的准确性而争论起来，哪怕她是错的，也不服输。这时，我便发现梅有一种职业的认真与固执。我只好大度地笑笑说：“不跟你争了。”她却理直气壮地说：“真理是越辩越明的！”

我独自来去，梅从来不送我出门，只站在门前说一声“好走”。有时也会碰见她的闺蜜，好奇地打量着我，梅却不动声色地继续拿起资料提问。

我有时觉得自己可笑，说是老同学，可梅的家人和亲友分明对我投来一种考察的目光。说是谈朋友，梅却不冷不热，使我不敢有一点奢望。有一天，我鼓足勇气试探地问：“我们能去外面散步吗？”梅说：“高考时间这么紧，哪还有闲心散步？”她认真的回答使我感到有点想入非非了。

现在回想起来，这种局面的形成，与我也有很大的关系。那时的我，为自己家庭成分不好，并且是一个工人而感到些许自卑，但这种自卑常常化为强烈的自尊。另外，我觉得梅有点冷，也太理性。不是我渴望的那种女孩子，能像一团火使我燃烧起来。

这种心态，使我去梅家时，脚步总是怯怯的、轻轻的，而梅的父亲的皮鞋声，却使我感到越来越沉重。

又一个周六之夜，我去梅家，看见大房里坐着一个高大的小伙子，面相很熟，似乎在哪里见过。小伙子也是一怔，然后叫起来：“你不是钟明吗？我是狐狸啊！”

握着狐狸热情的手，我真有一种恍如隔世的感觉。调皮的狐狸，衣上有着发亮的鼻涕痕的狐狸，坏小子狐狸，竟然长得如此高大英俊，谈吐也变得十分豪爽，令人刮目相看。

狐狸大声地对梅父笑道：“小时候，我总抄钟明的作业，连他的错别字也照抄！可老师偏心，总给他打五分，给我画零蛋！”梅父点头微笑，我看见桌上放着缠着红丝线的月饼礼盒。

狐狸神采飞扬地说：“早听梅谈过你了，也早想来看你，可梅说你们正忙着复习，就不好意思来打扰你们。你知道吗？我参过军，复员后在区里当个小小的公务员，在报纸上常看到你的大作！嘿，在我们同学中，你是最有出息的，我现在常后悔，读书时太调皮捣蛋了，学到的东西太少，以致写个总结都感到吃力。”

狐狸与我叙旧时，不停地看梅，梅只是淡淡地笑着。等狐狸说完了，她才亲热地说：“钟明，我们考试完了，就去旅游好吗？你去过九华山吗？没去过？那正好，你请假，我与你一块去。”

梅侧着身子，避开狐狸与我说话，使狐狸感到十分无趣，坐了一会儿就起身告辞。梅只把他送到门口就回来陪我，倒是梅父过意不去，把狐狸一直送到楼下。

我终于忍不住问道：“你怎么从来没谈起过狐狸？”

“谈他干什么？”梅扫了我一眼，低声说：“也没请过他，他复员后，我只是与他在路上遇到过一次，他就常到我家来，只有我父母欢迎他。”

我看着梅，她也静静地看着我，最后，两人都低下了头。

不过，狐狸真长变了，变得讨人喜欢了。我想起了多年前小学教室里所发生的一幕，不禁笑起来。

“你笑什么？”

“笑狐狸追你。”

梅脸红了。我发现自己的话说得不明确，忙说：“我是笑小时候他在教室里追你，你急得跳窗子。”

梅若有所思，也忍不住笑起来，说：“他那时多坏啊！”

我没想到，因为狐狸的突然出现，竟使我与梅变得亲昵起来。

六

我开始醒悟到，梅已到谈婚论嫁的年龄了，不能不有所考虑。因此，她正在我与狐狸之间徘徊。我虽然会写诗，但其他方面都不如狐狸。梅的家人和朋友可能会认为狐狸比我强，我能否考上大学，将决定着梅的选择。

是的，我似乎与狐狸仍坐在不同的一排座位上，一红一黑，梅是灰色的中间色。时光的流逝并没有改变什么。

明白这一点后，我便觉得与梅的交往很世俗，童年的回忆，浪漫的邂逅，都变得很淡很淡，被这种世俗的色彩遮盖。我所爱的人，应该是无条件爱我，而不论我是否考上大学，能否改变自己的身份。我不愿与另外一个男人争夺犹豫不决的梅，尽管梅漂亮、聪明，与我有说不完的话。

周六的晚上，我开始缺席。梅立即来信，问我为什么没来？信中，有一张她的黑白照片，她站在东湖旁，抱着手臂，微笑着望着春天。她写道：你能送一张照片给我吗？

那个年代，女孩子送照片给男孩子，就意味着定情。我很激动，觉得错怪了梅，把她想象成一个世俗的女孩。梅毕竟爱好文学，懂得我的价值。看来，我的退缩，竟使梅作出了选择，她是不愿意失去我的。

一个星期天的早上，我去梅家。我敲门，听到我的声音，梅说："请进。"我进屋后，才发现梅还没起床，坐在被子里向我微笑。房内没有其他人。

梅说："你转过身去。"我就老老实实地转过身去。过了一会儿，梅说："好了。"我转过身来，看到梅脸红红地扣着衣扣。

那天早上，梅洗衣服，我就坐在一旁与她说话，说的也只是一些关于高考的事。梅说："你好好地考，你希望是很大的，最好我们两人都考上武汉大学，成为同学，在樱花道上并肩漫步，你如果嫌我高，我就穿平底鞋。"

梅的眼睛亮亮的，手上沾满肥皂的泡沫。

七

那年秋天的高考，我并没抱什么希望。我的数学太差，又是倒班工人，没有时间复习，能考上大学的可能性很小。我只是觉得，即使是为了梅，也应该试一试。考完之后，我就去参加一个笔会，等我回来，高考结果也出来了，我没被录取。我平静地接受了这个预料中的结果，只是我不知道梅考取与否。

没考上大学，毕竟使我难堪，过了很久，我才去梅家。一推门，便看见梅正在试穿一双红皮鞋，旁边坐着殷勤的狐狸。见到我，他们的表情都有点不自然，好久，梅才轻声问道："考取了吗？"我摇头，梅吸了口气，低声说："我与你一样。"

那天晚上，我有一种如释重负的感觉，轻松地与狐狸交谈，与梅的家人打招呼。他们似乎都感到惊讶，发现我原来并不拘谨，而是十分健谈。

梅一直没做声，默默地看着我快活的样子。我掏出香烟，敬给梅的父亲和狐狸，狐狸看了梅一眼，迟疑地接过了烟。梅的父亲笑道："看不出来，你还会抽烟。"我说："早在当知青时就学会了，到您家来，不敢抽，装扮成模范青年的样子。"

梅父亲笑了起来："说抽烟就不模范了吗？"

我坐了一会儿，就起身告辞。那天，我穿着沉重的大头鞋，像梅的父亲一样，把楼板踩得咚咚作响。梅脱下红皮鞋，换上旧鞋子，把我送出门来，但她没有停步，而是继续陪我向前走。那天晚上，小巷里洒满了银色的月光，梅穿着短袖衬衣，怕冷似的抱着臂膀。我们好久都没说话，只听见脚步在幽静的小巷里“沙沙”直响。一直走到汽车站，我说：“你回去吧。”

梅望着我，久久地望着我，低声说：“我知道你再不会来了。”

“是吗？你怎么知道我不会再来？”

梅笑了笑，幽幽地说：“契诃夫说过，人不要找镜子中的自己作伴侣。我们两人太相像了，也太了解对方了，所以我们没缘分。”

我说：“不说这些了，狐狸挺好的，比我好。”

“也许吧。”梅笑道：“如果我们两人真的走在一起，说不定天天会吵架。”

我点头，挥挥手说：“车来了，再见了。”

梅抱着臂膀送我上车，当车门关上的一刹那，她突然大声说：“你还没送照片给我呢！寄一张来，好吗？”

八

我寄了一张照片给梅，也是黑白的风景照，但没写信，我觉得写信已是多余的。半年多来与梅的交往，就这么轻飘飘地过去了，唯一留下的纪念，就是两人彼此的照片。我曾久久地回味过梅的话，我真的与她相像吗？想了半天也不知所解，不知梅是不是指我们都有点书生气。但事实已很明显，在这场爱情的角逐中，尽管我不够投入，但我还是输给了狐狸。这就像多年前，狐狸追逐梅，得到了一只红布鞋，然后用它敲着我的脑袋一样。

五年后，我终于考上了武汉大学，在珞珈山的校园漫步时，我常想起梅，觉得梅应该是在这里与我一起漫步的，她要是穿着裙子和红皮鞋，走在樱花树下，身姿一定很好看。只是当我们又一次成为同学时，我们真的会成恋人吗？我难以回答这个问题。因为，这个问题已不存在。我已领悟到，爱情与婚姻虽都属于偶然，却包含着一些必然的因素。而现实，就是最重要的必然因素。

那年冬天，我收到了梅与狐狸的结婚请柬。我犹豫了很久，也考虑过送什么礼物，但那天，我没去。

后来，我一直后悔，觉得自己太小气。不说别的，凭老同学这种关系也应该去贺喜。再说，我与梅之间什么也没有发生，连手都没拉一拉，我在乎什么呢？

我与梅再也没联系过，只有她的照片仍被我保存着，以至结婚后妻疑惑地问过："她是谁？是你过去的女朋友吗？"

我怎么解释，妻都不相信，反问道："仅仅是同学关系，她还送你照片？"

当我的孩子读高中时，我在报纸上看到优秀教师的光荣榜，上面有梅的名字。看来，梅与狐狸生活得很幸福。今天的梅，该是我记忆中周老师那样的年龄了，她一定也留着短发，戴着眼镜，给学生朗诵文学作品，给学生留下美好的回忆。只是人到中年，她可能不会穿红皮鞋了。

（原作为短篇小说，发表于《长江文艺》1999 年第 5 期）

响街上的西西叔

一

儿时的记忆里，响街总是湿漉漉的，总是在飘洒的细雨中，响着木屐声。那年代胶鞋稀贵，多雨的江南，江南的雨巷，是被沉重的木屐敲响着岁月的。

我想，响街大概是因此得名吧。

王麻子说，不对。这条街之所以叫响街，是因为街口那家锣坊。

每天，曙色刚露，蛋青色的窗扇才粘上几片鱼鳞般的云彩，就听见“哐”的一声锣响，洪亮，高亢，余音袅袅，震得家家玻璃都嗡嗡作响，把那鱼鳞一片片地震落下来，亮出一个金锣般的旭日，真使人疑惑：那是敲击旭日才发出的锣声吗？

然而，这仅仅是前奏。紧接而来的是一阵阵嘈杂的合鸣：“哐哐！”“噹噹！”“铿铿！”“锵锵！”铜皮上颤抖的声响，或脆或亮，或清或浊，宛如千军鏖战，杀声震耳。所以，人们都是踩着锣声走进响街的。

响街就这样天天被铜锣敲醒，拉开了生活的帷幕。于是，各种重要角色纷纷出场了：卖锅贴饺子的用油亮的铁铲敲锅，磨剪子铲刀的手甩黄灿灿的铜板，“收荒货”的敲着三角铁，乡下人肩担粪桶，扯起粗嗓门喊叫“下河……”“洋糖发糕”的吆喝声甜香且腻，使人想起那雪白松软的好东西。虽然卖锅贴饺子的瞧不起卖发糕的，说那老头子一口姑娘腔，但那吆喝声几乎征服了所有的孩子。

在时断时续、时轻时重的锣声和叫卖声中，你还会听见各家手工作坊的独特音响：“嗞……”是车圆木的，“嘣，嘣嘣！”是弹棉花的，“噼啪！噼啪！”是制竹器的……响街三家一坊，五家一店，演奏着各自的“乐器”，组成了一个庞杂的交响乐队，而铜锣声，当然是主旋律了。

响街人习惯了这些“音乐”，就像住在海滨的人习惯了涛声一样，一旦这些声响消失，便会惊奇、惶惑，感到日子里似乎少了点什么。而这些声响也熏陶了响街人，说起话来粗门大嗓，生怕人家听不见。天长日久，响街竟然出了几个唱戏唱歌的名角，显然是从小训练的结果，可见响街因“响”而得福。

二

唱歌唱得最好的要算西西叔了。

我认识西西叔时，街上已消失了木屐敲街的梆梆声。西西叔穿的是火箭似的尖皮鞋，钉有铁掌，敲得青石路面叮叮作响，好像那街石是琴键，只是没有漆上黑色白色而已。

“西西叔”住在锣坊的骑楼上，其父是锣坊一锤定音的大师傅，也是京、汉剧有名的票友。有如此优良的家教，他无疑该成为戏剧名角，或披蟒袍或穿粉裙，踏着锣声走红江城。可他偏不争气，生就了一副洋嗓子，与摇头晃脑常用假嗓子尖声清唱的父亲分庭抗礼，成为家庭和锣坊的叛逆。

他为什么有“西西叔”这个诨名？王麻子答不出来，还是我得意地告诉了他。

每当夜幕垂空、响街不响时，我们　群孩子就聚集到锣坊的骑楼下，听西西叔唱歌。

呜喂……

风儿呀吹动我的船帆，

船儿呀随着微风荡漾，

送我到日夜思念的地方。

啊星星索，啊星星索……

被噪音骚扰了一天的响街，在这清甜的歌声爱抚下，如同擦了清凉油一样，有一种说不出来的舒服，如果有淡淡的月色，习习的微风，闪闪烁烁的星光，那更是情景交融，使人感到这朱漆剥落、摇晃晃的骑楼，就像一只在月光中荡漾的小船，顺着沉静的响街，向你悄悄地漂来……

我那时太小，不知道这支歌是印度尼西亚的著名民歌《星星索》，只觉得它好听，特别是歌尾的反复咏叹："啊星星索，啊星星索，啊星星索……"韵味十足，好像小船漂进了绿茸茸的港湾，随着微风，在碎银般的月光中荡漾……

我那时太小，和小伙伴们把"星星索"误听为"西西索"，就给骑楼上唱歌的人起了这么一个可亲可笑的诨名。

这支歌听得烂熟了，响街的孩子们几乎都会哼几句，见到西西叔，就一起合唱："啊西西叔！啊西西叔！"

"不对，"西西叔说："是星星索，星星索是划船时随着桨起落的哼声，不要唱得太快，要有节奏……"他挥动双手，一本正经地做出划船的样子。

我们嬉笑。我们不听他的指教，仍扯起尖嗓子，像卖发糕的老头一样喊叫："啊西西叔！啊西西叔！"

他无可奈何地笑了，甩了甩搭在宽额头上的几缕潇洒的黑发，"好吧，西西叔就西西叔吧。"说着，皮鞋在青石路上敲出一串清响，一直响到骑楼的木梯上。

三

我不明白，温和、英俊，还会唱歌的西西叔为什么考不上大学，为什么老是忧郁地唱那支歌，微风不总是在吹动他的船帆吗？他的小船究竟要漂到哪里去呢？

王麻子说：“还不是因为成分不好，他爸解放前开锣坊，小资本家呢！所以他考了几年大学，都因政审不合格被刷了下来，这伢看来还是敲锣唱戏的命啰！”

我为西西叔悲哀，从此听他哼唱，便听出了一股悲凉。碰到他时，也再不嬉笑着唱那支歌。

那年深秋，响街上贴着“欢迎城市青年去农村扎根”的标语，锣坊的伙计们一人提一面铜锣，“哐哐当当”地敲着，把戴着光荣花的西西叔送上了一辆大卡车。

西西叔笑着向送行的人招手，他父亲却哭了，哭声像唱戏，有板有眼：“小——心啊——走——好！”

一群孩子追着卡车唱着：“啊西西叔！啊西西叔！”

“不对，是‘星星索’‘星星索’！”西西叔大声喊叫着，秋风把他的喊声吹得好远好远……

西西叔到他日夜思念的地方去了，响街的夜从此寂寞起来。

白天也开始变得单调。先是圆木作坊关闭了，然后是做锅瓢的、弹棉花的、弄竹器的……一个接一个地消失了自己独特的音响。锣坊却越来越兴旺，由坊改成厂，扩建了厂房，锤打声不绝于耳。街上常出现红纸喜报，不是庆贺某特制京锣受到某首长表扬，就是欢呼某样板戏中有我厂某锣演奏。常有小轿车开进响街，订货、试锣、借锣等等。西西叔的父亲也因锣得福，凭一手绝技享受技师待遇。

王麻子愤愤不平地说："早知敲铁不如敲铜的，老子早该把平底锅换面锣！"

响街的人也纷纷买锣了。

原先，有红白喜事，或是丢了小孩，响街上的人家均找锣坊借锣。丢了小孩的，须提锣走街串巷，边敲边喊："一个伢，噬噬！穿的红衣服，扎的纠纠辫……"而现在，几乎家家都要备一面锣，以便去欢呼接连不断的"喜讯"，锣厂的人厚道，以优惠价照顾街坊。

只是孩子们再也不会唱"西西叔"的歌了，当王麻子一家也疏散回原籍农村时，孩子们追着卡车，唱的是："红灯，绿灯，爹爹婆婆下农村！"丝毫没有再也吃不到锅贴饺子的遗憾。

四

西西叔很少回响街，回来也躲在那愈来愈残旧的骑楼里，不再唱歌。

他学会了唱京戏，一边唱，一边拍着骑楼的栏杆，他手上有厚茧，拍得那么重也不觉得痛，那骑楼竟被他拍得晃动起来。他父亲拉着京胡伴奏兼指教，胡琴贴在隆起的肚皮上，吱呀吱呀地响着。一唱一和，父子空前地和谐。

但西西叔唱戏远没有他唱歌那么流畅好听，唱到高音部时，往往使其父停住琴弓哀叹：“你真是个洋葱！”

响街的锣声哐嘡哐嘡地响着，伴着西西叔的喊叫：

适才呀，听得司令讲

阿庆嫂呵，真是不寻常……

他的戏渐渐唱得“不寻常”了，人也长胖了，越来越像他矮胖的父亲。看着他慢吞吞走路的样子，很难把他同那个清瘦潇洒、会唱《星星索》的青年联系起来。

“你招回来了？”他问我。

我点头。他下放时，我还在上小学。我下放时，他在农村。我回了城，他还在农村。

他的眼中含着羡慕和伤感，额头上已没有那缕乌黑的发丝，剃的是平头，穿着一双肥大的黄球鞋，踏在青石路面上没有声响。

“你怎么不唱歌了？”我问，我喜欢他的《星星索》，在农村时，常唱这支歌，一唱就会想起他，想起铺满月色的响街。

他摇摇头，长叹一声：“唱歌不如唱戏啊……”

五

当响街的青石路面被换成沥青路面时，西西叔终于被破格招进了汉剧团。其原因，一半是他响亮的嗓子，一半是他父亲的面子。

从此，唤醒响街的不再是那声洪亮高亢的晨锣，而是西西叔“咿咿哑哑”的喊叫声。他晚上参加演出，清晨起来趁有露水时吊嗓子。他深知重返响街的艰难，所以这么刻苦，像雄鸡一样给响街报晓：

想当初老子的队伍才开张，
总共才有十几个人来七八条枪
……

那时，买猪肉特难，须起早床去菜场排队。响街上的人家想开荤就说：“喂，要买精瘦肉，得在‘想当初’时起床，等那段唱完，就只有肥肉了！”

我想，西西叔如此刻苦，一定唱红了吧，就去看汉剧院的海报，找他的名字。可横看竖看，也不见“张奇才”三字。我问剧院卖票的女人，女人摇头一笑：“他呀，演匪兵甲，跑龙套的。”我说：“不对，他唱胡传魁，胡司令！”女人想了想，又扑哧一笑：“哦，有那么回事，他是C角，AB角病了他才能当补丁！”

从“匪兵甲”到“胡司令”，隔着多少级呀，他要唱到哪天才能高升呢？

“嘡！嘡嘡！”铜锣敲着老街的岁月，渐渐地重新敲开了各家作坊紧闭的大门。王麻子也回来了，牙齿只剩下一颗，敲不响铁锅也啃不动剩余的锅贴饺子了，开始对他瞧不起的洋糖发糕感兴趣。他的女儿娟娟接过了铁铲，不敲锅，而是像唱歌一样叫卖：“锅贴！锅贴饺子，又香又酥呐！”

响街人的耳朵被锣声磨出了茧，听到这布谷鸟般清亮的欢叫，自然感到新鲜愉悦。再说娟娟长得葱白椒红，颇有几分姿色，谁不喜欢吃她巧手炕的饺子呢！大家一边排队，一边笑听响街新的乐声。

“洋糖发糕！”喊声苍老而嘶哑，失去了原来那种软乎乎的甜味儿。

“发糕老头，叫你姑娘接班吧，一定俏！”有人嬉笑着说。

西西叔也爱上了锅贴饺子，他起得最早，当然是第一个顾客。他开始汪重仪表了，身穿其父从箱了里翻出来的旧西装，尖皮鞋擦得亮亮的，一边练唱，一边用鞋掌敲打着清脆的节拍，只是他走到哪里，哪里就有一股浓浓的樟脑味，人越长越富态，头发却越长越稀，额头上甩不出那一缕潇洒的发丝来。

“娟娟，你嗓子真脆，应该去唱戏。”他边吃饺子边说。

“我不喜欢唱戏，我想听你唱歌，唱《星星索》。”娟娟盯着他的眼睛说。

“《星星索》？”他惊讶地张大了嘴巴。

“是啊，我们从小都听你唱那首歌，特别好听……”

西西叔呆呆地望着娟娟含笑的杏眼，又望望围观的人，叹了一口气，走了。不过，他还是唱了，趁父亲不在家，把娟娟请到骑楼上。令娟娟惊讶的是，骑楼木柱有一个白蚁蛀空的大洞，在锣声的掩护下，他对着洞口唱了起来，洞里发出嗡嗡的回声，并飞出一只只白蚁，那真是一种奇妙的效果。

“他真可怜，”娟娟后来对我说，“我提心吊胆，生怕白蚁飞到他口里去了……”

六

我结婚后迁住钢城，离开了锣声不绝的响街。

随着岁月流逝，往事渐渐淡薄，只有《星星索》的歌声常在脑海荡漾。

有时看报纸，看到汉剧院的广告也会想起西西叔，便查找他的大名，仍只找到失望和怅惘。

难道他还在演匪兵甲跑龙套？或是对着那神秘的洞穴，悄悄地唱着白蚁飞舞的歌？我不能相信。

一个温暖的春夜，我正伏案写作，忽听见晚风吹来一阵熟悉而亲切的歌声，我停住了笔，激动地把头伸出窗外，不仅用耳朵，也用心去静静地倾听：

……吹动我的船帆，

姑娘啊我要和你见面，

向你诉说心里的思念，

啊星星索，啊星星索……

歌声是那么清甜，那么深情，随着温柔的晚风徐徐地飘散，我仿佛又回到遥远的童年，回到了月光荡漾的响街……遗憾的是播音员没有介绍歌手的姓名，但我相信，这歌是西西叔唱的，除了他，谁能唱得出这么美妙的《星星索》呢！

歌声把我牵回了响街。我万万没有想到，当我走进街口时，不仅没有踩着哐当的锣声，连西西叔所住的骑楼也荡然无存了！到处都在拆迁，锣坊也变成了一片废墟。

王麻子家的老屋尚存，他躺在靠椅上懒懒地晒太阳，看见了我，眼睛一亮，含糊不清地嘟哝“晓得你要来，你要来……”

他的最后一颗牙齿也掉了，用含糊不清的声音告诉我一些含糊不清的事情。他说，有人告状，告锣厂噪音太大，达到几多几多分贝，会把人吵死，但没有人管。结果，人没吵死，骑楼却被震垮了……

“震垮了？”我颤抖着声音问。

“是啊，你说怪不怪？”王麻子坐了起来，眼睛瞪得圆圆的，“那天，中午，太阳蛮大，我也是躺在这里，听到‘轰’的一声雷响，尘土漫了起来，看不见人影，我以为是打雷，打雷也没有这么响啊！我活了七十岁，没听见响街有这么响的声音……”

“骑楼上有人吗？”

“有啊！我女婿和他老子，一起掉在一堆铜锣上；那些铜家伙硬得很，人的骨头能去敲吗？唉，一个死了，一个残了……”

残了的是西西叔，断了两根肋骨，再不能唱戏了。一唱，胸脯就痛。后来，市府下令锣厂迁往郊区，可街上没有锣声，王麻子他睡不着觉了。“贱命，喜欢敲打的命！”他眨巴着眼皮骂自己。

“骑楼为什么会震垮呢？”我叹息着，不明白。

“天天震，月月震，年年震，还会震不垮？再说，那木楼早朽了，又有白蚁，那天，我女婿还在和他老子吵架，一个要辞职去什么音乐茶座，一个不准，父子俩吵得凶，跺起脚来，一脚就把骑楼跺垮了，你说怪不怪？”

“西西叔在哪儿？”

“还在汉剧院，不能唱戏了，敲锣，接了他老子的班。唉，可惜我们家娟娟不敲锅了，却找了个敲锣的，和我一样，还是个敲打的命！”

我的心沉甸甸的，一时说不出什么话来。我没有想到，我回响街找到的，竟是这样一个苍凉的结局。西西叔的船帆还没划进港湾，便搁浅在沙滩上了。

此刻他在敲锣吗？他会躲在紫红色的帷幕后，低着那开始秃顶的头，不声不响地为别人敲锣吗？他会不会奇迹般地走出帷幕，伸展双臂，唱出在胸中积蓄了很久很久的歌声呢？

我走出老街，走在春风吹拂的江滨大道，不禁低声哼了起来：

当我还没来到你的面前，
你千万要把我记到心间，
呜喂……

时光如水，但有些往事是永远不能忘记的，啊星星索，星星索……

（原作为小说，发表于《芳草》1988 年 3 期）

连部

一

一列闷罐火车在夜色中奔驰，车厢就像一个漆黑的棺材，弥漫着汗气、脚臭等种种怪味，时而有灯光透过小窗，扫描着歪七竖八的人影。我闷得实在难受，当火车哐当一声停下时，便用力拉开铁门，朝门缝射出一股热尿。

好啊，童子尿！

是童子伢吗？没开过荤？

车厢里顿时喧闹起来，有人坐起来抽烟，一根火柴，瞬间划亮了夜色。

汽笛响了，火车又摇晃着开动，开向迷茫的远方……

这是1971年初春的火车，我十七岁，当民兵。

所谓民兵，也就是“民工”，那时各县都成立了支援“三线建设”的民兵团。

我是去年春天从武汉下放到安陆县山区的，这是大诗人李白曾经隐居的地方，山清水秀，却毫无诗情画意，穷得连饭都吃不饱。因农民都不愿离家外出，总是给生产队添麻烦的知青，便被推选为外派人员。先是修水利，然后是修铁路，半年多来南征北战，我已习惯了这种打起背包就走的漂泊生活。

当民兵好，不仅按壮劳力计工分，每月还发点津贴，比在穷山村里天天红苕充饥、吃得不停地打屁强多了。只是干活很累，工地上总是红旗招展、人山人海，就像无数只蚂蚁在蠕动奔忙。我因能写会画，修着修着就被调到连部搞宣传，跳出了班组的苦海，使伙伴们羡慕不已。

这次的“前线”是丹江羊山，听起来是一个放羊的地方。当闷罐火车终于停下，我们在晨雾中列队开拔，一路上没看到雪白的羊群，而是一片灰白的石山。然后越走越荒凉，直到走进一条干涸的山沟，才看到了苍黄色的芦席工棚。

工棚重重叠叠地排列在山沟上，使人眼睛一亮。这半年多来，我们总是借宿农民家，铺上稻草打地铺，常被鸡飞狗跳闹醒，这工棚就显得正规得多，真有种当兵的感觉了。果然，一个工棚住一个排，而连部虽然不到十人，也分配一个工棚，显得十分宽敞。大家的行李都很简单，不过是一个用塑料布包扎的背包、一个搪瓷脸盆，把被子铺在通铺上，就算是安家了。我拿起毛笔，在门上写下了两个大字：连部。

二

民兵连虽然是个临时机构，编制却很齐全，有四位连领导，外加宣传员、会计、医生和理发员。

连领导都只三十来岁，杨指导员是公社粮站的干部，精明能干，总是笑眯眯的，办事十分沉稳。副指导员姓王，爱好文学，就是他看中了我，让我脱离了班组的苦海。他与两位连长都是大队干部，所以什么事，都是吃公家饭的杨指导员说了算。当初调我时，我曾为家庭成分不好而惶惶不安，王副说，没事，知青嘛。果然，杨指导员从来没对我另眼相待，眼神里还常透出怜惜之情。

会计原来是公社食堂的胖厨子，去年在谷城修大桥时，因多吃多占引起公愤，被开除回乡，顶替他的是我的同学小夏。小夏的父亲是卖发糕的，以致他得了个外号叫“夏发糕”，他因为成分好，在学校里就敢抽烟打架，下乡后却变得老实多了。民工中有文化的人不多，小夏也就跟我一样脱颖而出，尽管他数学一团糟，好在那账本简单，不过是记点柴米油盐，管管伙房。

连部最年长的是来自乡镇诊所的胡医生，最小的是剃头的小汪。

胡医生五十来岁了，蓄着几缕花白的胡须，活像一个饱经风霜的游方道士。他眼神深沉，话语不多，见我有灰指甲，就悄悄塞给我一包药片，要我天天吃，说坚持几个月就会好。

小汪只有十五岁，也是从镇上来的，有高人一等的傲气，说话总是扬起下巴，声音尖细，如同鸟音。不知为什么，他总是看不惯我，说我吃饭嘴巴叭叭的，就像猪吃食一样。大家都不吭声，搞得我很狼狈，不知说什么好。王副笑道，他还是个伢，口无遮拦，你别跟他认真。我后来仔细观察，发现除领导外，他对谁都是这样刻薄，想到什么就脱口而出，也就不以为怪了。比如，我讥讽他是高干子弟，他就嘿嘿一笑：是啊，我只摸头，不像老胡打针，总摸别人屁股！胡医生摇头叹息：没大没小的，我老胡也是你叫的吗？

大家都有道具，领导们配有哨子和手电筒，老胡有药箱，小汪有理发箱，小夏的黄书包里装着账本，我的道具是一块黑板，每天就顶着黑板去工地搞现场宣传，用粉笔书写好人好事和顺口溜，同时为团部的战报和广播站供稿。在老乡们眼中，我算是个秀才，因常为他们代笔写信，就对我十分宽容，从不计较我力气小，不会干活。小夏就没有我幸运，食堂伙食差，或是热水不够分，老乡们不敢埋怨领导，就找他出气，骂骂咧咧的，搞得他总是一脸苦笑。

三

羊山离丹江市区十多里，周围没有村庄，只有部队驻扎。据说明代修建武当山的道观庙宇时，都是在这里采石，历经几百年开采，灰白的山沟里没有一点绿色，除了石头，还是石头，连工棚的地基也是用炸药炸平的。我们安陆民兵团的任务就是与铁道工程兵配合，为襄渝线战备铁路开采路基石，一条山沟里，竟然驻扎了三千多人。

每天天刚亮，高音喇叭里就响起出工号，号声在山沟里回荡，显得格外嘹亮。一队队人马便随着号声出发，沿着狭窄的山路，走向劈开了半边山体的采石场。

山上山下，如同战场，喇叭里不停地播放着语录、口号和好人好事。这次来羊山的民兵大都是精壮汉子，因为传说参加三线建设就会留下来当工人，发军装，乡亲们都争相报名，县民兵团得以严格挑选人员，不像过去修水利，胡子眉毛一把抓，老婆孩子一起上，大家都在图表现，拼命干，争取能跳出龙（农）门。

民兵都是种田出身，不懂开山放炮，是由工程兵辅导，才学会了打风枪，凿炮眼，装炸药，点火放炮，然后把石头运往半山腰的碎石机。这活儿很苦，日夜三班倒，还常常在探照灯下加班竞赛。山体炸松动了，就会有石头突然滚落下来，把人砸伤。放炮更危险，石头胡乱飞。有一天，一伙人正围着菜盆吃午饭，炮声之中，飞来一块拳头大的石头，正好落到菜盆里，砸得汤汁四溅。所以有顺口溜流传，形容工地苦累："远望一群人，近看像鬼神，不见鼻子脸，满身是灰尘；开口叫几声，就是不答应，耳朵已震聋，眼睛也难睁；成天吃灰沙，口罩不防尘；浑身骨头散，走路站不稳，衣服破开花，像群讨饭人！"

大亮问我，这顺口溜是你写的吗？

我说，哪敢呢。

大亮说，是啊，我想你也没这个胆子。

和我一起插队的同学大亮和大国都是风枪手，也许是他们的小名中都有一个大字，并长得人高马大，我和小夏就只能称"小"了。大亮还长得帅，刚下乡那阵子，大队排演样板戏《沙家浜》，就把他抽去扮演郭建光，舒服了半个多月，现在轮到他羡慕我和小夏了。他总喊肚子饿，说打风枪要用力掌控，震得浑身空空的。

大国却从不叫苦，是我常写稿表扬的先进标兵、知青典范。他的父亲是修鞋子的，他也会用粗针大线修补破鞋，这手艺在羊山便大有用武之地。石头磨鞋，农民们穿的又是家人做的布鞋，没几天就磨烂了，大国下班后，就在马灯下耐心地修补那些臭鞋子，使人非常感动。所以老乡们评价大亮是"山大无柴"，即个子大却不中用，而大国是"实心苕"，干活实在，从不投机取巧。

也许是穿着不同，尽管大家都是一身汗水一头灰，但你一眼就能看出谁是知青。知青一般穿的是球鞋、旧军衣或夹克，即使打上补丁也显得别有风味。我们还都有一顶洗白的旧军帽，成为身份鲜明的标志。

山沟里有不少知青，最亮眼的是团部宣传队，全由知青组成。他们比我们年纪大，似乎是学校红卫兵宣传队集体下放，有跳舞的、唱歌的、拉琴的，各怀绝技，分工齐全。那跳双人舞的大春和白毛女，还真的是一对情侣，据说已经结婚。在谷城工地演出时，白毛女跳着跳着把裤带跳出来了，引起一阵哄笑，成为大家津津乐道的话题。过春节时，周团长特地开恩，允许他们去河边的小窝棚团聚三天，深夜时便有人去“听棚戏”，说那白毛女叫得真浪，比唱歌还好听。

宣传队不用天天出工，还有漂亮姑娘，大亮就梦想调过去，但凭脸蛋是不够格的，当队长的大春听他唱了几句京戏，就摇头一笑，说小老弟，你还是好好打风枪吧。

我常去团部送稿子，就和宣传队的人混熟了。报幕的肖红把我当小弟弟看待，总说我可怜，瘦得像只猴。她嗓音清脆，兼任广播员，全团开大会时，就由她在台上领唱大春创作的《羊山之歌》，我至今还记得几句歌词：“我爱羊山，我爱羊山，羊山遍地都是宝……”

其实，在大家的眼中，羊山的宝贝应该是女人。也许是考虑到“男女搭配，干活不累”，每个民兵营都配有一个女兵连。于是，除了宣传队的漂亮姑娘外，这些山沟里稀有的女人们，不管好不好看，都成为了难得的美景。

四

我们孛畈公社民兵连与女兵连为邻，使人深感幸运，有点近水楼台先得月的味道。

女兵连名叫“红色娘子军连”，除了那个黑胖连长，都是经过挑选的没有结婚的少女。指导员姓陶，是区妇联的干部，短发圆脸，漂亮丰满，却十分泼辣，走起路来步步生风。她的胸前也吊着一枚闪亮的铁哨，如同项链在隆起的山包间晃动。曾有厚脸皮的老乡盯着她的胸，眼睛直直地看呆了，她似笑非笑，拿起哨子一吹，吓得老乡落荒而逃。

长年在外，民兵们都想家，想女人，工棚边有群娘子军，就像狼群中放了一群羊，使人眼馋。尽管可望而不可及，看到她们晒的花花绿绿的衣服，也觉得是一种安慰，觉得生活有了色彩，有了家的气息。

那时对男女关系管得特别严，民兵团就有许多规定，三线期间不准谈恋爱，违反者严惩，或开除回家，或取消招工资格。女兵连驻地严禁男性随意出入，若休息放假，女兵才可白天去访亲探友。去年在谷城修桥时，出现过多起乱搞男女关系之事，都是双双被当作坏分子押送回乡。这次来羊山，就是因为我们连经受住了考验，从没出过作风问题，才有幸成为女兵连的禁卫军。

说起来，工棚是个传播性知识的大染缸，我们这些懵懂的小知青，都是在工棚之夜的大通铺上，听乡亲们讲荤故事、邪笑话，从而渐知一二。在乡村里，因为宗族亲戚关系，乡亲们还比较节制，出门在外，晚上闲得无聊，就靠荤段子熬过漫漫长夜了。大亮神秘地对我说，老乡们讲陶指导员肯定开过荤，要不，胸脯怎会那么大，屁股怎会那么圆?

连部的大通铺隔成两半，里面住领导，外面住杂人，领导们都很严肃，没有荤段子，显得有点沉闷。但陶指导员常来找杨指导员谈工作，可以就近审美。果然，她饱满得就像一个水蜜桃，还有点风骚，说起话来眼睛一斜，就有一种说不出来的味道。杨指导员也笑得格外开心，眼神火辣辣的，完全不像他平时的样子。

陶指导员其实很谨慎，从不一个人来，总是带着秋月做伴。秋月是杨指导员的远房侄女，常来帮杨叔洗衣服，在我眼中，她比丰满的陶指导员要美得多。女兵们大都剪了短发，她却蓄着一对乌黑的长辫子，眼睛大大的，睫毛也很长，说话轻言细语，笑得格外温柔。小汪一见到她就活跃起来，亮出剪刀，说要剪她的长辫子，免得干活误事。她也不躲闪，只是笑着说，你不会的，不会的。

晚上在工棚外聊天，胡医生对我感慨：“这秋月好，懂得老规矩，过去姑娘是要蓄辫子的，只到嫁人后才剪短，所以你走进村里看一眼，就知道谁是小媳妇，谁是大姑娘。唉，如今不讲这些规矩了，都当什么铁姑娘，男不男女不女的。”

夜色中，小汪突然冒出来，尖声叫道：“反动！”

胡医生连忙捂住他的嘴，示意他不要叫喊。

小汪挣脱开来，哈哈一笑，“你老胡还是怕啊？”

“是啊，小祖宗，老夫就是怕你！”胡医生又急又气，左看右看。

“你说别的我不管，你说秋月就不行！”小汪不依不饶。

“我是说她好啊，懂事。”

“是吗？我没听见，只听见你说她不男不女的。”

小汪挤眉弄眼，转身就跑不见了，胡医生叹了口气，擦着头上的冷汗说：“这娃儿真是个鬼！”

连部没什么闲话逸事，只有这一老一少是台戏，小汪爱找老胡取乐，而且他很聪明，击中的总是老胡的软肋。

王副瞧得起我，常跟我谈心，说胡医生真的当过道士，后来还俗，靠拿脉看病而成为赤脚医生，渐渐有了名气，才被公社卫生所聘用。他是因为治好过周团长的偏头痛，被周团长特地点名招来的。小汪老挑他话中的毛病上纲上线，一惊一乍的，搞得他无可奈何。

照说，有周团长这个后台，胡医生还怕这剃头的娃儿吗？但小汪的大伯是公社革委会副主任，又口无遮拦，他就不能不防，也不能认真，只能苦笑，躲他远一点。

日日夜夜开山炸石，又苦又累又危险，许多人请病假不想出工，胡医生就忙得很，要问诊拿脉，辨别真假，所有人对他都是恭恭敬敬的，只有小汪不把他放在眼里。

其实，除了杨指导员，小汪谁都不放在眼里。他手脚麻利，给别人剃头，都是几分钟就完事，而给杨指导员剪个小平头，却用了差不多一个小时，剪了又剪，削了又削，连耳毛鼻毛都细心地处理了，然后是掏耳朵，掏得杨指导员舒服地发出哼哼声。杨指导员说，莫看小汪年纪小，手艺却是呱呱叫。女兵连没有理发员，杨指导员便推荐小汪兼职，他这么小，可不用避嫌。于是，小汪就更加得意，每次出差回来都要吹嘘一番，说陶指导员也爱美，要他剪刘海，但剪完后照照镜子，又把刘海扒乱了。

我和小夏都不敢要小汪剃头，一是瞧不起他的标准发式，把头剪得像个马桶盖，二是怕他恶作剧，在我们头上做文章。小汪就很生气，总是不怀好意地盯着我们的长头发说，你们城里人有什么了不起？哪天你们睡着了，我就给你们剃个葫芦瓢！

五

男民兵苦，女民兵更苦，同样是一身汗水一身灰，晒得黑不溜秋的，还要“顶起半边天”与男人搞竞赛。陶指导员常来找杨指导员，就是商量竞赛的事，下完战书后，就击掌定板。杨指导员叉着腰，似笑非笑，陶指导员也是一脸豪气，眼睛发亮，然后我们就听见一声响亮的“叭”。

其实，男女分工不同，是没法竞赛的。这是开山炸石，不像挑土筑坝，可量土方比胜负。女兵连的任务是配合我们把石头用大锤改小，再用推斗车运往碎石机。男人挥大锤，女人就掌钢钎，运石头也是男的掌舵女的推。只要有女兵配合，工地上就十分热闹，不仅炮声隆隆，锤声叮当，还有快乐的说笑声。

杨指导员与陶指导员是老相识，都当过公社团委书记，搞竞赛是轻车熟路。他们先是约定比干劲，比纪律，后来又联手与兄弟连竞赛。这方案使别人眼红，好花为什么独落你家？但我们愿意联姻，指标也定得很高，别的连就没话可说。反正大家都明白，这竞赛不过是个游戏，图个红火。这就苦了我们孛畈连，得加班加点才能完成任务。王副曾提意见，说这样比很累，也不公平。杨指导员表示这样才能显示出我们的实力和干劲，即使一半是女兵，也比兄弟连强！

杨指导员如此拼命，当然是想提拔，他对当工人没兴趣，说自己三十出头了，不可能去当学徒。他瞄准的是公社和区里的官位，若表现突出，说不定还会调到县里去。陶指导员比他年轻，又是女干部，更是前程似锦。两人志同道合，眉目传情，可惜杨指导员已经结婚成家，娃都上小学啦，不然真是天生的一对。

陶指导员每次带秋月来谈工作，大家都很知趣，有意无意地避开。秋月清理杨指导员的脏衣服，然后看小汪剃头，与胡医生聊天。我不好意思与她说话，只是拘谨地点点头，没想到她会把我放在床底下的一件脏外衣悄悄带走，洗得干干净净地送回来。我红着脸说，你是拿错衣服了吧？她低头一笑，是啊，我以为是杨叔的，后来才发现不对。

晚上吃饭时，小汪煽风点火，酸溜溜地说我是有意把脏衣服搞混的。

我火了，敲着碗说："你放屁！"

"你就是想她！"小汪得意地望着杨指导员说，"你莫看他老实，拿笔杆子的，鬼心思多得很！"

小汪嘴巴厉害，大家都低头吃饭，不愿惹他。杨指导员也不吭声，吃完饭后才说："小汪啊，我看你是闲得无聊，要不，明天去工地搬搬石头？"

小汪伸了伸舌头，尖声叫道：“哪个说我闲？天天手忙脚乱的，你当领导的可不能偏心！”

这事就这么过去了，搞得我见到秋月都不敢说话。秋月的眼神里似乎有一丝惊愕，我却不知道该怎么解释。

还是胡医生老辣，说：“这就是小汪的目的，他喜欢秋月，发现秋月喜欢你，就有意挑事。”

我笑道：“他？小屁伢呀，也想谈恋爱？”

胡医生说：“这你就不懂了，小汪嘛开化早，秋月也大不了他几岁，还是出来逃婚的，女大三，抱金砖，难免他不动心思。”

原来，山村闭塞，女孩子大都是从小定亲，名花有主，但许多女孩长大后不同意，想另找对象。秋月本来是要出嫁的，彩礼也收了，但她嫌对象好吃懒做，就借这次机会逃婚，搞得她爹妈在村里抬不起头来。

我大吃一惊，真是想不到小汪会打秋月的主意，还把我视为情敌！

十七岁的我，还不懂得什么叫爱情，与异性交往都感到害羞。下乡插队时，因为我是班干部，几位女同学想跟我编组，都被我谢绝了，结果四个光棍组合插队，都不会洗衣做饭，使我们后悔不已。

小夏幸灾乐祸，把这件事说给大亮和大国听。

大亮拍手大笑：“好事，好事，小量总算开了窍，还蛮会找呢！”

大国说：“这丫头是蛮漂亮，但你要想好，找她就得一辈子留在农村了。”

我苦笑，说：“别冤枉秋月，这种事可不能瞎开玩笑。”

小夏说：“看到小汪那吃醋的蠢相，我就感到好玩，要不，你就装作跟秋月好，气死他！”

大亮说：“对，我就看不惯那个小屁伢，要依我过去的脾气，如果他嘴贱，就一巴掌呼过去！”

大国摇头：“伙计们，我们还是把尾巴夹紧点，争取早点招工回武汉吧。”

提起招工，大伙都沉默了，眼睛酸酸的，想家。

六

招工的消息，是肖红告诉我的。她说武汉来人了，住在县城里，正在摸底呢。据说有规定，知青得干满两年，结婚的不要，队长两口子就特别后悔。

此时已是初夏，我默默一算，我们下乡还不到两年，肯定没份。肖红他们早下乡一年，终于盼来了云开日出。

我们是六九届初中生，下放时只有十六岁，还不知道下农村意味着什么，反正大家都下乡，你不下不行，也就随大流而去。直到真的当了农民，才知道农村苦，眼泪哗哗地流，梦想能重新回到城市。但梦醒后一片迷茫，不知是否真有那么一天。现在总算透出一线曙光，来年春天就有希望回城。

我为肖红高兴，她却叹了口气，说政审很严格，她家成分不好，不知能否通过。

我的心情也沉重起来，不禁想起刚下乡时，大队民兵连长审视我的严厉目光，那真是令人恐惧，让我紧张得说不出话来。还有那个穿着黑棉袍的生产队长，拿起我抄的歌单，看了又看，说是黄歌。我发现他拿反了，才知他是虚张声势。

没关系！肖红拍着我的肩膀说：“咱们好好干，重在政治表现嘛。”

我点点头，看着这漂亮的大姐，就有一种同病相怜的亲密感。

肖红长得美，又是名人，天天在喇叭里说话，她来串门找我时，就会引起一阵轰动，工棚里的人都跑出来，盯着她看。她很大方，热情地向观众招招手，就走进连部，大咧咧地盘坐在通铺上与我聊天，说到好笑处，还会忍不住捶我几下。

小汪先是惊奇，然后是一脸不屑。只要肖红来，就有人纷纷来剃头，他忙得不耐烦，便数落来剃头的老乡脏，一身臭味。

肖红笑道："小师傅的嘴巴好厉害，你不能怪别人脏，只能怪这里缺水，我们女的也是一个礼拜才洗一次头呢，头发都打结了。"

小汪说："他们哪能跟你比？他们是懒散惯了，有水都不会洗！"

胡医生摇头说："你也是乡下人，怎能瞧不起自家人呢？"

有胡医生撑腰，来剃头的老乡便开始反击，骂小屁孩不懂事。眼看引起了众怒，小汪才不吭声了。

肖红并不在意，说笑一番后，便拿起一本书飘然而去。

晚上，小汪坐在床上发呆，终于忍不住问我："她是你对象？"

我说："是又怎样？不是又怎样？"

小汪一本正经地说："要是真的，你就不要惹秋月！"

七

知青想招工，老乡也想招工。五一劳动节放假，民兵团突然发了制服，可见招工信息不虚。

制服像军服似的，当兵的两个口袋，当官的四个口袋，而且当兵的是蓝色的，当官的是军黄色的，胸襟上都印着"孝感民兵师"五个小字。连部领导们都穿上了黄色官服，再把哨子往胸前一挂，个个威风凛凛。

山沟里喜气洋洋，顿时布满了黄蓝二色，显得不再杂乱。大家就像过年一样，穿着新衣服到处转，还纷纷去丹江市区照相，我和王副等人便去照了一张合影，我至今还保存着这张难得的黑白照片，照片上的我又黑又瘦，如同灾民，眼睛显得很大，透出一股稚气。

那是一个难得的假日，杨指导员叉着腰，命令伙房杀猪，激起一阵欢呼。山沟里的生活实在艰苦，没有青菜，每餐都是煮土豆，外加一点咸萝卜，几个月都没吃到肉了，以至有人因营养不良而昏倒在工地上。伙房里养的两头猪也长不肥，本来是留着春节开荤的，为了鼓舞士气，庆祝发制服，杨指导员就忍痛下令杀了一头，并叫小汪去请娘子军连的领导前来共享。

太阳快要下山时，陶指导员带着几位铁姑娘笑嘻嘻地来了，其中就有秋月。她们都穿着崭新的制服，头发梳得光溜溜的，有人还擦了雪花膏，散发着醉人的香气。可惜这制服是男式的，没有女装，黑胖连长穿在身上，就显得有点滑稽，胸前的口袋里像揣着两个大饼，但与她们平时蓬头垢面的样子相比，真是别开生面，使人眼睛一亮。

大家站在工棚外列队欢迎，陶指导员挥着手笑道：“走亲戚，走亲戚！”

贵客们在连部就餐，小夏忙出忙进，指挥炊事员用脸盆端来热气腾腾的土豆烧肉，大家围成一团，小夏又拿来了刚买的一瓶白酒，分为两碗，女的一碗，男的一碗，说不好意思，没有碗了，只能传递着喝。陶指导员说，这不公平，男的应该多喝点。杨指导员说，半边天嘛，喝酒也该一样。

我没喝酒，盯着那大块大块的肥肉，尽管肉皮上的毛都没剃干净，大家却吃得津津有味。杨指导员与陶指导员碰杯，说平时不能喝酒，今天要尽兴，感谢姐妹们的支持与关爱，使我们感受到家的温暖。陶指导员笑道，是啊，我们两个连就是一家人，干！然后吮了一口。杨指导员不干，说感情深，就要一口闷。黑胖连长便站起来救驾，一口就把一碗酒咕噜噜地喝了，引起一阵欢呼。

我发现，喝酒后的女人更好看，脸红红的，就像擦了胭脂一样。秋月也被劝着喝了两口酒，笑喊头晕，就退出了酒席。我和胡医生也提前告退，站在工棚外聊天。

领导们仍在闹酒，胡医生感叹："今天真是开荤了，连老夫的胡子都沾了油星。"我说："是啊，要是天天有肉吃，那该多好，赫鲁晓夫就说过，共产主义就是土豆加牛肉。"

秋月走了出来，望着我笑道："还是你们城里人有学问，说的话我们都听不懂。"

我没想到秋月会主动找我说话，一时有点发愣。

秋月又说："唉，你是不是瞧不起人呀，总是躲着我？其实，我早就认得你呢，有一次村里放电影，听说邻村的知青也来看，乡亲们都感到新鲜，我看到你戴着军帽，好神气！"

哦，原来秋月早就注意到我了，我受宠若惊，不知说什么好。

胡医生说："是啊，秀才嘛，当然与众不同，你要是想写信，就找他帮忙。"

秋月说："好啊，你帮我写信，我帮你洗衣服，行吗？"

我连忙回答："行，当然行。"

小汪又像鬼影似的突然闪现，尖声叫道："秋月姐，求他做么事，你又不是不会写字！"

"我写不好呢，好多事都说不清。"秋月摇头叹道，"我只读过三年书，就没再读了。"

小汪说胖连长喝醉了，把秋月拉走。胡医生意味深长地一笑："这女娃喜欢你呢。"

八

那次工棚大会餐，使人久久回味，我还记得喝醉的乡亲有哭有笑，有打有闹，有人把刚吃完的菜盆当鼓敲，还有人把花被子顶在身上舞狮子。

接着又是没有油水的日子。小夏藏了一包猪油渣，悄悄地拿出来给大家下饭。杨指导员板着脸说，这哪行呢？退回伙房去！搞得小夏很为难，还是王副解围，说就是一点油渣，算不上什么特殊化，还是吃了吧，免得小事闹大。

那包油渣打开来就有一股醉人的香气，杨指导员也就不再吭声，大伙一扫而光，小汪还把包油渣的破报纸舔得干干净净。

与杨指导员相比，王副指导员显得更有人情味，他小时候读过私塾，毛笔字写得有模有样，还能背出几首古诗。见我在日记本上写诗，便说新诗太散了，没有古诗有味。现在回想起来，他比我有文化，但宽容地看我写那些蹩脚的顺口溜，并总是夸我有才，今后会有出息。

秋月果然来找我写信，挨着我说些家事，然后就正大光明地带走我的脏衣服。小汪气得哼哼的，王副笑道："你有什么生气的？人家是周瑜打黄盖，一个愿打，一个愿挨。再说，同志间也应该相互帮助嘛。"

小汪说："你不知道，他脚踏两只船，有了那个广播的，还想秋月，这不是害人吗？"

我说："你又胡说八道！这是造谣，懂吗？"

王副哈哈大笑："小汪啊你人小鬼大，是不是打秋月的主意？"

"才不呢，秋月是我的姐，我当然要护着她。"小汪一脸无辜地说，“我只想当工人，不晓得工厂要不要剃头的，不然就要重学手艺了。”

我拿小汪没办法，只能打击他的梦想说：“城里多的是理发店，工厂要剃头的干什么？再说，招工要年满十八岁，你不够格！”

小汪沉默了，想了想又说：“你也不够格。”

王副说：“他是知青。”

小汪叹了口气：“是啊，还是你们知青命好！”

九

转眼就是秋天，肖红突然来找我告别，说招工的终于来了，团部批准宣传队的人全部回乡，以免错过机会，你们也要做好准备，别把大事耽误了。

喇叭里再没有肖红的声音，使我感到心里空荡荡的。几位伙伴都很着急，又不敢向杨指导员申请回乡，我只能对王副说起我们的担忧，他沉吟着说：“这事你们不要提，免得别人说你们不安心，我找杨指导员商量，与公社那边联系。”

宣传队的告别格外醒目，以致山沟里又有传说：知青招工是真，民兵转工人是骗人的。于是，大家都泄了气，干得没以前欢了。民兵团特地召开干部会，说兵转工仍有可能性，要各单位突出政治，做好思想工作，经受住时代的考验。

天气已经很冷了，空中常有大雁结队飞过，被隆隆的炮声惊散，又在远方重新集合。我不由感叹，我们的运气真不好，就像这掉队的大雁，不知何日能飞回武汉。

正当我们绝望时，有天中午，胡医生来到工地，悄声告诉我：公社打来电报，通知知青回去招工，电报压在杨指导员床头。我高兴得跳了起来，立即把好消息告诉三位伙伴，大亮和大国放下风枪就往工棚跑。我们气喘吁吁地跑回连部，看到杨指导员正在找人谈话，他望着我们笑了笑说："电报上只有三个人的名字，你们四人当中，有一人只有留下了。"我问是谁，他避而不答说："你们先去干活吧，做好思想准备，领导还要商量呢，晚上再宣布。"

杨指导员如此打哑谜，我们哪有心思干活呢！那是我们人生中最漫长的一个下午，都紧绷着心弦，一休息就凑在一起胡乱猜测，说那个倒霉鬼是自己，并举出种种例证和预兆。大亮说肯定是他，大国的表现比他好，我和小夏又是连部的红人。我说，估计是我，只有我的家庭成分不好。小夏也忧心忡忡，皱起眉头说自己没戏。只有大国傻笑，骂指导员故意折磨人，非要晚上才宣布，搞得像判刑似的！

站在光秃秃的石山上，望着一只掉队的孤雁，我不禁想起了武汉温暖的家，想起了白发苍苍的母亲，她日夜盼着孩儿归来，可我回得去吗？

直到今天，我仍清晰地记得那个残酷的夜晚。在简陋的工棚里，在昏暗的马灯下，我们四个人坐在一条板凳上，紧张得浑身发抖。杨指导员拿出电报，严肃地说：“你们都是老同学、好朋友，不论谁走都应该感到高兴，对吗？”我们点头，于是，他一字一句地读起电报来……

经过一个下午痛苦的思考，我已做好了被淘汰的准备。但我做梦也没想到，电报上的第一个姓名竟然是我，而落选的却是小夏！杨指导员读完电报，小夏就像被雷电击中一样，脸色苍白，双眼发直，紧紧地咬着嘴唇，头无力地垂在胸前。我们默默地望着他，心中翻涌着酸甜苦辣，好久好久都说不出一句话来……

连部的人都轻声祝贺我，连小汪也显得很高兴，没说一句怪话，我想，他大概觉得我走了，就再不用担心秋月喜欢我了。于是，我清理东西时，便把搪瓷杯子送给他，把两本书送给了王副。小汪伸出大拇指，又朝小夏歪歪嘴。

夜深了，工棚里的鼾声此起彼伏，我激动得睡不着觉，发现身边的小夏也没睡着。小夏板着脸一直没说话，就像傻了一样。杨指导员不放心，嘱咐我注意看护他。此刻，望着绝望中挣扎的伙伴，我真不知该怎么安慰他。

山风在工棚外呼啸，清冷的月光从小窗透进来，在通铺上熟睡的人们身上悄悄移动着，我想着小夏的可怜，想着自己的幸运，渐渐地沉入了梦乡……梦中有人使劲地打我，我怎么也难以逃避，终于痛醒了，睁开眼一看，原来是杨指导员在拍打我，他焦急地问：小夏呢?

为了不惊动大家，杨指导员只叫醒了连部的几个人分头寻找。月色朦胧，山路交错，去哪里找他呢?我和杨指导员跑到采石场，四处搜索也不见小夏的人影，杨指导员急得直喘气，骂小夏不是男人，他妈的不就是回不了城吗，难道要去寻死?我们一辈子待在农村，不也一样过!他又说，小夏不会跑多远，被子还是热的。

那天晚上幸亏有月光，使我们不至于在布满石头的山上跌跤。我突然想起一个已被废弃的避炮洞，我们几个知青常爱躲在那里聊天。于是，我带着杨指导员摸向山洞，洞内一片漆黑，散发出一股尿臊气，我喊了一声“小夏”，无人回应。杨指导员用手电筒一照，小夏苍白而呆板的脸便在黑暗中浮现出来，吓得我一跳!还是当过兵的杨指导员胆大，走上前去，发现小夏是坐在洞里，摸其脸，脸也是热的，便猛地打了他一巴掌，随着清脆的耳光声，小夏“哇”的一声哭起来。杨指导员说：“好，哭出来就好了，你就痛痛快快地哭吧!”

十

天终于亮了，我和大亮、大国收拾好行李，向乡亲们一一告别。小夏已恢复正常，拿出账本给我们结伙食账，并执意要送我们到丹江火车站。杨指导员说，让他送送吧，他已没事了。

出工号响了，我站在工棚外，望着山沟里开拔的队伍，心里百感交集，忽然想起还没与秋月告别。消息来得太突然，走得也如此匆忙，秋月可能还不知道我要走。这几个月来，我与她渐渐熟悉了，不再拘谨，可以坦然交谈。我问她为什么逃婚，她低头不吭声，眼中似乎有泪水漫出来，吓得我再也不敢提起此事。

归心似箭，我甩甩头，似乎把过去的一切都甩在了山沟里。一路上，我们不停地安慰小夏，他只是苦笑。大亮说："会不会搞错，你各方面条件都好，招工的怎么会不要你呢？很可能，是公社看中了你，要留你当干部。"小夏叹了口气："唉，到这个地步，我也不瞒你们了，其实，我心里很明白，我是因为政审没过关……我隐瞒了家庭成分，我父亲曾经当过伪警察……"

我们都呆住了，怔怔地望着他。多年来，小夏就是仗着成分好而不怕天不怕地的，活得比我们自在得多，我们怎么也不会想到他会隐瞒成分，并隐瞒得这么久！小夏苦笑着对我说："我比你更难受，你成分不好是在明处，我却像老鼠一样躲藏在黑洞里，天天提心吊胆的，这种日子，我受够了！昨天晚上，我真想死……"

出了山口，小夏突然决定不送行了。他说："你们放心，我会好好活下去的，你们回武汉后，一定要骗骗我家里人，就说我被留在这里当干部了。"

我们站在山口，目送着小夏远去，他走得很快，转眼间，就看不见他微驼的背影了。只有光秃秃的群山向天际绵延，秋草枯黄，落叶纷飞……

十一

回乡后，经过一番波折，我们三人都被武钢招工，而小夏是四年后才被招到安陆县的一家小工厂。据说，这还是多亏了后来当上公社书记的杨指导员帮忙。另外，陶指导员也当上了区妇联主任，又传闻她出了作风问题。

自从山口一别，我再没见过小夏，他也从没来找过我，有关他的消息，我都是通过他家人知道的。我去过他家几次，第一次去是为了完成他的嘱托，向他父母撒谎，但他父亲不愧当过警察，马上就识破了我的谎言。后来去，是想见到他，但始终没能如愿，只是每次去，都能吃到香甜的发糕。

世事倥偬，我一直没有回乡看看，因为一直出外当民兵，对乡村就没有那么浓厚的知青情结。直到三十五年后，我去安陆开会，才特地去拜访山村，过去要走一天的山路，现在开车两个小时就到了，可山村还是那么穷，男人们大多都出去打工了，只有几个老人对我还有点印象。

令我高兴的是，我竟然在邻村找到了杨指导员，他头发白了，老得我不敢相认，完全不是我印象中那精明能干的模样。他神情淡然，说还记得我，曾在报纸上看过我写的诗。我问起胡医生、王副指导员，他叹口气说，都走啦。他懒得忆旧，我只好留下一张名片，索然而别。

那天与杨指导员交谈时，我没好意思问秋月，想来，她该当祖母了，膝下儿孙满堂。事实证明，所谓三线民兵招工纯系谣言，最后没有一个人被留在铁路上当工人，都是继续回乡修地球。秋月应该只能屈从于命运的安排，但愿她后来嫁的是好人。至于小汪，我想他应该有机会招工，我们那批知青招工，便搭配有不少农村干部子弟。

时光流逝，年华渐老，连部仍常常浮现在我的梦中，梦见自己瘦削而单薄的身影，戴着一顶旧军帽，站在芦席棚边，呆呆地望着荒凉的石山，似乎在等候什么。青春、命运、朦胧的爱情，都如同晨雾时起时伏，直到多年后才看清那透过雾气的霞光。

（作为小说发表于《长江丛刊》2022 年 4 期）

第三辑

钢城情

我看青山多妩媚

人们常用“两江三镇”来形容武汉，但自从青山立区后，便有了“四柱擎天”之说。因为，青山区是新中国倾力打造的工业重镇，号称十里钢城，居民的人均收入、文化程度，都曾位居武汉城区前列，可谓自成一体，富甲江城。

在武汉城区中，青山的确特色鲜明。这片依湖临江的省城郊野，如同大武汉的“雄安新区”，因为武钢的兴建而有幸铺开了最新最美的蓝图，成为了新中国工业建设的“样板城”。一片片红房子，宛如红色的城堡，组成了繁体的“喜”字；“楼上楼下，电灯电话”，街道社区均按数字排列。工作服是最流行的时装，上下班乘坐的是无轨电车和长长的火车。从托儿所、幼儿园、子弟中学到职工大学，钢铁世家在这里繁衍壮大，更有趣的是因创业者大多来自东北，便渐渐形成了一种独特的方言，以至“听音便知青山人”。

青山就这样红红火火，散发着浓烈的大工业气息，展示着自己的雄奇、强壮与富足。说起青山，人们就会想起红房子、大高炉和漫天云霞，想起钢铁交响曲和粗犷的版画，那绝对是有别于武昌汉口的美景和风情。

也许是青山的阳刚之气遮盖了其自然之美，人们常常忽视了其天生丽质。从地图上看，我们就可以发现，江南青山，得天独厚，长江到此悠然转身，环抱着这方莹洁的碧玉。在古代，临江而立的青山矶，就是避风的良港，陆游曾在此欣然系舟，明代诗人王世贞如此吟唱秀丽的青山古镇：“武昌在前头，逡巡不肯去。为爱青山矶，且对青山住。”

青山镇、工人村、红钢城、钢都花园……从这些地名中，我们可以看到时代的变迁与追求，看到青山不仅以红取胜，也以绿迷人。作为老工业区，尽管深受工业污染困扰，但青山的环境保护颇见成效，在武汉市率先建成山水园林城区，而且，还是全国文化模范区和“国家级环保产业基地”。走进青山，最醒目的是绿树红楼，那些高过屋顶的梧桐树，组成了一条条碧绿的拱廊，筛下点点阳光的金斑。如我所居住的园林路，就有四片翠林环拥着友谊大道的十字路口，如此慷慨的绿地，是闹市中难得的布局。因此，当 12 号地铁兴建，便笑纳此地为即可施工的车站。

长期以来，青山偏安一角，既有红雨缤纷，也有绿意袭人，交通畅达，闹中有静，日子过得十分惬意。但随着传统工业逐渐衰落，青山风光不再，似乎已沦为“铁锈地带”，其发展明显落后于兄弟城区。好在青山有幸，蝶变逢时，随着四座长江大桥接连兴建，武汉高铁火车站应运而生，昔日江城的钢铁东大门，已欣然蜕变为中心城区，青山沿江岸线也成为江城乐谱最动人的旋律。这是“两江四岸”中最长的沿江岸线，当江滩公园与地铁 5 号线并行悠然延伸，青山滨江商务区已奏响嘹亮的序曲。

今日青山，正以其灵秀的自然禀赋、强大的产业支撑、显著的区位优势，谋求绿色发展，大力打造创新之区、常青之城。其“样板城”的早期规划颇有伏笔，如同画图留白，留下了令人想象的空间，添光加彩的诗意。我们已经看到了许多可喜的变化，天空越来越明净，城区越来越时尚，也看到了北湖生态的修复，钢铁世家择业的更新……

从青变红，又由红变绿，以绿返青，青山的色彩是如此丰富，令人感叹，也催人奋进。但无论时光流逝，风云变幻，青山人不变的是家园情怀，是那穿越时空的浓浓诗意：“我看青山多妩媚，料青山见我应如是。”

是的，这是神州最负盛名的青山，是正在华丽蝶变的中国“鲁尔区”；是工程师的摇篮，工匠的大本营，是宜业宜居、绿肥红瘦的花园城区。既然这片青葱的热土能让钢铁也开出花儿来，还有什么梦想不能开花结果呢？青山不老，绿水长流！

2011 年 4 月

钢城烟云

一

武汉是中国近代钢铁工业的发源地，湖广总督张之洞主持修建的汉阳铁厂规模在当时的亚洲首屈一指。有记者如此诗意地描述："登高下瞻，使人胆裂：烟囱凸起，矗立云霄；屋脊纵横，密如鳞甲；化铁炉之雄杰，碾轨床之森列，汽声隆隆，锤声丁丁，触于眼帘、轰于耳鼓者，是为二十世纪中国之雄厂耶！"

张之洞把汉阳铁厂建在远离矿山的省城，一大原因是便于管理，在武昌的总督府，隔江就可看到龟山下林立的烟囱。想当年，那里升起的腾腾烟云曾带给他许多快慰，不亚于从黄鹤楼上眺望对岸的晴川阁。但汉阳铁厂毁于抗日战争，直到新中国成立后武钢应运而生，武汉才又竖起矗入云霄的烟囱，如同竖起大钢都威武而雄奇的华表。

显然，与从瓦缝里沁出的袅袅炊烟相比，高高的烟囱是令人仰望的，它们宛如插立大地的利剑，升出海面的桅杆，而且越长越高，越长越粗，喷吐出日益浓烈的烟雾，成为了大工业鲜明的符号。而武钢的烟囱，更因一张经典老照片而驰名世界。

那是1971年，法国摄影家马克·吕布来到长江之滨的武汉，把镜头对准了一座雕像及其烟囱林立、浓烟滚滚的背景。这是武钢厂前广场耸立的毛泽东雕像，身穿长大衣，是人们所熟悉的高瞻远瞩的姿势，左手放在背后，右手高高扬起，仿佛在召唤时代的风云。

1971年的中国，对西方人来说显得格外神秘，因而这张黑白照片发表后吸引了世界的目光，成为了时代珍贵的记录。无独有偶，次年，美国著名记者索尔兹伯里也来拜访武钢，后来在他的《长征新记》中写道："中国的钢城很大，被许多星罗棋布的工厂所覆盖。初轧厂、大型厂、轧板厂、高炉、焦炉和炼钢厂的巨大灰色块体布满钢城，来自厂区的烟雾高高地飘扬在空气中。晚上，我能从几英里外的宾馆窗口看到炉子映照的红云……"算是为这张照片写了详细的解说。

这张照片中的烟囱，就是平炉的烟囱，因视图所限，照片中只出现了两座，其实共有八座，当它们一起喷吐烟云时，那景象真是格外壮观，就像一支无敌舰队喷吐着浓烟破浪向前，天空中悬挂着多彩的巨幅烟幕。这种画面，曾在相当长的时间里，显示着人类从农耕文明向工业文明气势磅礴地进军，使你仿佛听到了钢铁的呼啸，机器的轰鸣。

二

也就是在1971年，我走进了武钢的厂门，成为了一名年轻的修炉工，从而熟悉了平炉的烟囱。

平炉，又称马丁炉，因法国人马丁发明平炉炼钢法而得名。每个平炉，都有一根90米高的烟囱。武钢有8座平炉，这8根烟囱就成为了生产的晴雨表，烟囱是否冒烟事关重大，显示着炼钢是否停火。

那时修炉机械化程度相当低，我们把沉重的耐火砖码在背上，骆驼似的在炉台上奔走，还经常踏烟踩火冲进炉内检修。大头鞋烧得吱吱响，发出刺鼻的橡胶味，工作服烤得像坚硬的铠甲，没有防热服，我们披着湿草袋轮流往炉内冲，转眼间就像一团火球滚出来。

修炉实在辛苦，以至我们每天上班前都要眺望钢厂林立的大烟囱。这种眺望，是没有张总督那种豪情的，只有一种卑微的愿望，愿所有的烟囱都冒烟正常生产，使我们可以休息待令。如果哪根烟囱不冒烟，那就意味着加班抢修，又有一场大汗淋漓的苦战。

三

我就这样熟悉了平炉，也看惯了平炉的烟囱。它们像一排旗杆，一排没有枝丫的大树，也像个子一般高，并排而立的兄弟，正在不断地抽烟，喷吐着浓浓的烟雾。这烟雾不仅是黑色的，还有黄色、褚红等矿物色彩。

20 世纪 70 年代的中国，环保意识甚弱，人们都这样认为：一个城市如果没有林立的烟囱，没有飘飞的烟云，那就意味着发展落后。烟囱是工业的符号，是科技的标志，也是劳动美、创造美的象征，显示着云蒸霞蔚、蒸蒸日上、气象万千等等。因此，修炉虽然如此辛苦，如此劳累，刚学习写诗的我，却为烟囱大唱赞歌，把喷吐的彩烟比作展翅的凤凰。那时候，也只有这种时尚之诗才能发表。

法国记者马克所拍的照片，显然有展示中国工业污染严重的含义，滚滚浓烟如同两条巨龙在天空中狂舞。国人直到多年后才体会到环境污染之痛，才把烟囱与弥漫的雾霾联系起来，才不再把飞升的烟雾，看作是飘舞的彩带、鸟儿的飞翼。

据有关资料记载：中国最高的单筒式钢筋混凝土烟囱为 210 米。武钢平炉的多筒式烟囱虽然只有 90 米，也相当于三十多层楼高，因此，我那时特别佩服检修烟囱的工人，他们爬得那么高，从顶端俯瞰大地，不知是什么感觉。有位老师傅告诉我，站在上面会感到烟囱在晃动，就像抱着帆船的桅杆在海浪上颠簸。

我虽然从没爬过烟囱，却熟悉炉台下面的烟道。因为，要定期掏烟灰，那蓄热室内的烟道狭窄而又闷热，得弯腰进去清理，把黑、黄、紫色的烟灰一桶一桶地拎出来。掏烟灰是最苦的活了，在那烘笼般的烟道里，烟尘飞扬，连你吐出的痰也是彩色的。

厂前广场的领袖塑像本来是雪白的，因落满了烟尘，天长日久也被染成了彩色，极不严肃，又难以清洗，使人头疼，不知如何是好。武钢领导层几经商议后，决定干脆涂上褚红色。这种深色与环境融为一体，显得比较和谐，也因含有革命色彩而被大众认可。

四

说起来，烟囱的主要作用是拔火拔烟，排走烟气，改善燃烧条件，可谓最古老、最重要的防污染装置之一。人们曾认为天空无比广阔，风吹雨洗，是可自行净化的，多点烟雾没什么关系。随着时代的发展，人们终于认识到天空不能成为垃圾场，任何对大自然的污染，都会得到无情的报复。于是，那些林立的烟囱，也就成为了急需治理的污染之源。

我记得是从 1980 年开始，炼钢厂设立了除尘车间，过滤平炉喷吐的烟雾。每天，那堆满卡车的烟灰，使人触目惊心。直到 1995 年，平炉终于被转炉取代，成为了轰动武汉的新闻，许多退休老工人闻讯而来，含泪与炉台告别。当那八根大烟囱在爆破声中徐徐倒下时，我望着腾腾烟尘，也是百感交集：我们曾日夜眺望的烟囱，我们青春岁月高耸的“旗杆”，从此渺然无痕。

2014 年 2 月

嚎叫

我没想到安会成为球迷，并成为球迷中咆哮的王者。

在我的记忆中，安是一个对足球一窍不通的人。这个从深山缝里钻出来的穷小子，除了拔河时能光着膀子晃荡晃荡，还能搞什么体育运动呢？

但人说变就变，三十年过去，豆芽菜似的小安，竟变成了头戴金色假发，身挂朱红色披风的大胖子，当我从电视里看到他骑在看台的栏杆上，指挥着球迷们疯狂地吼叫时，我愣住了……

我怀疑自己认错了人，紧张地盯着电视屏幕，终于等到了“狮子王”的一个特写，使我确定这个怪物就是安！尽管他画着古怪的脸谱，赤裸着上身，圆鼓鼓的肚皮上也涂着杂乱的油彩，但他那鼓起的铃铛眼，还有大嘴里亮出的虎牙，对我来说是那么亲切，那么熟悉。

安老了，胖了，气势却不减当年。球迷们在他挥动的手势下，发出有节奏的吼叫，宛如威风凛凛的狮王正带领一群发狂的猛兽，扑向另一群野兽。这震耳欲聋的吼叫声，就像隆隆滚动的夏雷，猛然撞开了我的记忆之门……

一

三十年，是一个多么可怕的时间跨度。

当我竭力跳过去时，我看到了灰蒙蒙的平炉，看到了一群披着破棉袄的修炉工，在寒风呼啸的冬夜里，偎依在刚浇铸的钢锭旁取暖。哦，那些胖乎乎的钢锭，就像透明的红水晶，映红了一张张布满烟尘的脸：黑瘦的老汪、白净的小邱，还有呆头傻脑的安，缩着脖子笑着，露出两颗尖利的小虎牙。

十八岁的我是那么单薄，踉跄着从炉内冲出来，摘下藤条安全帽，就像揭开了蒸着馒头的锅盖，头上冒着腾腾的热气。布满烟尘的帆布工作服，已被高温烤得生硬，就像铠甲一样套在身上，我却不敢脱下它，而是连忙披上破棉袄以免感冒。

当我走向温暖的钢锭时，我看到小邱把安全帽反垫在屁股下，就像坐在摇窝上，不安分地晃动着身影。哈哈，他又在拿安开涮了。

小叫驴，想找老婆吗？

不找，俺还小。

不找就不想?

想是想哩，往后再说吧。

在山里没定亲?

定啦，娃娃亲，她比俺小，刚吃九岁的饭。

九岁? 还是儿童团啊!

小邱发出一声怪叫，引起一阵哄笑。

只有班长老汪不笑。老汪黑着脸说：“笑个屁! 要不是他爹吃的是钢铁饭，他还说不上这门亲事呢! ”

安只有十六岁，是顶职进厂的。

他的父亲老安放炮炸钢渣时，炸飞了一只胳膊，安便从遥远的深山里前来顶职。除了老汪和安，咱们班的伙计都是招工回城不久的知青。于是，傻乎乎的安，便成为大伙一盘“下饭的菜”。

老安是老汪的老伙计，每当我们拿小安开心时，老汪便不高兴。但上夜班时不开开玩笑，时间真是难熬。所以老汪有时也会讲点荤故事，哼几句不健康的小调，让大伙醒瞌睡。

一呀一炼钢，

二呀二炼铁，

三焦化哟四烧结，

修炉的驴子最遭孽!

这是老汪哼的一种民间小调，被小邱誉为修炉厂“厂歌”，其意是感叹武钢的工种虽然很多，但修炉工最苦。

老汪笑着说：“这小调还有典故，有位老伙计给家里写信时，把‘炉’写成了‘驴’。于是他收到家乡一位兽医的来信，询问治疗病驴的先进技术。所以，大伙就自称修炉驴了。”

安傻乎乎地问:“那位老师傅是谁呀,他老家也养驴？”

老汪看了他一眼，嘎嘎地笑道：“他就是你爹！”

说修炉工是驴子，绝不过分。我们把一摞耐火砖驮在背上时，就像一群驴在炉台上结队而行。

那时武钢实行了军管，由军代表当家，天天大干快上，加班连班。炼钢的平炉刚停火，我们就得披着湿草袋往红通通的炉膛里冲，转眼间，人就像一团火球滚出来。在这寒冷的冬天，大伙之所以都披着“百花齐放”的破棉袄，是因为炉内是酷夏，炉外是严冬，你刚靠着钢锭取暖，转眼间又得脱掉棉袄，冲进通红的炉窑里打钢渣……

尽管修炉工艺如此落后,军代表还要强调“驴”的威力。

施工转场时，皮带机完全可用天车吊。军代表杨主任却认为费时间，干脆来个人工搬运。搬那长长的铁家伙时，得十来个人一起上，班长喊号子，指挥大伙同时发力。

炉台噪音大，老汪偏偏是个公鸭嗓子，哼小调尚可，喊起号子来就青筋直暴，看得人难受，却丝毫听不见他的声音。于是，他只好像哑巴一样做手势，在烟尘中举起手臂作红军挥动马刀状，似乎一上一下可杀敌如麻。但在我们看来，这动作如湖中荡桨，有情无力。还是小邱聪明，比作床上动作，才激发起大伙的干劲，“嘿哟嘿哟”地把皮带机搬了起来。

一天的劳累，直到下班才结束，大伙争先恐后地往澡堂里跳，先洗的是水，后洗的就是油腻腻的“汤”。所以，当我们筋疲力尽地走在夜深的钢城大街上，想到别人都在幸福地做梦时，便产生了一种强烈的嫉妒。于是，大伙就一起恶作剧似的嚎叫：

哦呵！天亮了，起床了！太阳晒屁股啰！

令我们遗憾的是，不论我们怎样嚎叫，都吵不醒沉睡的钢城。如果黑暗中飞出几声叫骂，我们反而会乐得哈哈大笑，因为，总算听到了回声。

我就是在这种嚎叫中，展示了自己写作的才能。

当知青时，我就会写打油诗，因而被抽到公社搞宣传，少吃了许多苦。现在看到大伙叫得杂乱无章，就忍不住露了一手，开始编写有腔有调的叫街词。

老子是钢，老子是铁，

老子流汗又流血。

老子老子是你的爷，

你——的——爷！

我们喊着，叫着，踏着有力的节奏，像使人胆寒的军队压过寂静的马路。从此，再也没听见黑暗中飞出不满的叫骂声。我们显示了工人阶级高度的纪律性，连叫街也是这么整齐。我们在嚎叫中得到了一种快感，一种发泄，一种满足。

我们在街上嚎叫时，安从不吭声，这可能是他对城市有一种敬畏感。

有天晚上我们喊过后，小邱摸着安的脑袋说：“小驴子怎么不叫？你粗声嘎气的，叫起来一定有味！”

安伸出舌头，调皮地笑了笑，接着便发出了一声尖利的狗叫。这叫声清脆响亮，余韵悠长，使大伙都怔住了。

安得意地说：“我还没用劲呢！”

小邱把手一拍：“嘿！以后抬皮带机，就由你领叫！”

老汪觉得小邱的主意不错，他嗓子不好，总是发炎，早就想找人代叫了。只是大伙都累得够呛，谁也不愿与噪音较劲。

老汪说：“小叫驴，你试试。”

小叫驴还真行，仰起脖子一声尖叫，叫声就穿透噪音直冲云天，震得炉台烟尘飞扬。大伙便在这尖厉的叫声中抬起皮带机，移动着整齐的步伐，宛如正向战火纷飞的前线搬运大炮，一个个豪情满怀，斗志昂扬。

在炉台上巡视的杨主任正好看见这幕情景，眼睛顿时一亮。

杨主任不像他的上级张司令，是地地道道的土八路，穿着草鞋在滚烫的炉台上视察，而且开口就骂人：妈的个巴子！

我们挺喜欢那老头，因为他不骂工人，只骂当官的。他高兴时还会从军衣口袋里掏出一盒好烟来，散花似的甩给工人们。而老杨是儒官，团政治部主任，从不骂人，开口就是大道理，却令人生畏，也令人讨厌。

老杨发现小叫驴后，查了安的祖宗三代，为安黑娃同志根红苗壮而高兴。这样的好苗子不培养，培养谁？杨主任下令，把安黑娃提拔为副班长。

谁都没想到安的几声尖叫，竟叫来个副班长！虽然副班长不是什么官，但一个奶毛未干的家伙突然爬到你头上，叫人怪不舒服的。

连老汪也对领导的安排表示不满，却只敢拿副班长出气："安，你狗屁不懂，镁砖矽砖都分不清，么样带人干活？"

安仍是傻笑，露出黄澄澄的虎牙说："又不是俺要当，当了不就是多叫几声吗？"

大伙仔细想想，这小子一点也不傻，能摆正自己的位置。行，就让他当个叫官吧。

二

工厂伙食好，安越长越壮实，就连叫都带吼起来。安没别的能耐，就靠叫吼出点风头。可就是这点风头，有人也看不惯，要把它灭下去。

“安，我认得你爹，说话像掉了阳气似的，怎么你倒有一副好嗓子？”

安答：“还不是逼出来的，俺老家山大人稀哩，出工唤人就靠吼。”

小邱阴阳怪气地说：“哦，难怪我去西北当兵的同学说——交通靠走，电话靠吼，出门靠条引路的狗，关灯以后就靠手。”

“没听说，关灯以后一片黑，靠手干啥？”安好奇地问。

大伙“轰”的一声笑起来。小邱在笑声中一本正经地说：“你没试过？你们那儿不是难娶媳妇吗？晚上睡不着觉，不用手摸自己那个家伙，用啥？”

安真是祖坟冒烟了，吼了不久，就被杨主任调到政宣组。

政宣组是秀才待的地方，安只读过两年小学，连自己的名字都写得歪歪斜斜的，要他搞宣传，真是天大的笑话！但杨主任有谋略，用的是安的嗓子。

修炉厂会多，忆苦会、批斗会、讲用会、动员会、誓师会……开会时专门有人喊口号，偌大的会场，当然得用麦克风喊。杨主任总觉得不自然，不带劲，发现安这个人才后，他就来了灵感。

另外，修炉是集团作业，属于大兵团作战，老婆孩子一起上，宣传鼓动的重要性不可言喻。杨主任在这方面创造了许多典型经验，且不说炉台上下都安有铁喇叭，从早到晚叫个不停，就是没有广播的施工处，也布置了纸喇叭——厂宣传队的漂亮姑娘们三五成组，用马粪纸糊成的喇叭喊口号、唱快板、朗诵打油诗。可以说，厂里没有一处宣传死角，覆盖率称得上百分之百。

自从实行“纸喇叭”后，职工的革命干劲空前高涨。但杨主任也发现了问题：姑娘们开始与小伙子们眉来眼去，搞鼓动时越来越不严肃。因此，杨主任一方面要防微杜渐，严禁青年工人谈恋爱，另一方面要给姑娘们树立一个学习的榜样，这个榜样就是安。

我们不喜欢铁喇叭，喜欢纸喇叭。

铁喇叭是死的，纸喇叭是活的，而且很美，很温柔。

过去，修炉厂没有女工，以至难找媳妇的师傅们自嘲：麻雀飞到这里来都是公的！只到军代表来后开始招工，为建宣传队，特招了一批美女。杨主任深知红颜如祸水，便对美女们实行军事化管理，住的是装有铁丝网的单身宿舍楼，晚上九点以后锁上铁门。这样，我们就只能在开大会时见到美女，看她们演样板戏，跳拥军舞，演讲斗私批修。实行纸喇叭后，我们就有幸与美女为伴了。我们打风镐，她们喊口号，尽管"哒哒哒"的风镐声中，听不清她们喊些啥，但看着美女们汗淋淋的粉脸，嗅到她们的体香，我们不能不干劲倍增。尤其是她们送上盐汽水时，我们还可以有意无意地碰碰纤手，看美女脸上浮起娇羞的红云。

于是，我们深夜的叫街有了新的歌词：

你是我的妹，你是我的姐，你是日头你是月。

妹哟妹，姐啊姐，有你和我在一起，再苦再累也

不歇！也——不——歇！

顺便说一句，我常为广播站写些"吃饭没等饭下喉，拿起钢钎就上炉"之类的顺口溜。秀才们很欣赏我，说如果不是有人告发我也写歪诗，并在夜深的大街上叫唱，杨主任早就把我调到政宣组了。

我很苦恼，为什么我一写叫街词就思如泉涌妙语连珠，写鼓动诗却装腔作势味同嚼蜡？看来，不仅是我的思想有问题，身体也有问题。当我累得浑身虚脱、脑子里一片空

白时，只想大声地吼叫，那些俚词俗句就这样奇妙地脱口而出。

多年后摇滚乐盛行，崔健红得发紫。小邱不服气地对我说，我们那时叫唱的不就是摇滚吗？只是没有乐队伴奏罢了。

三

安调到政宣组后，经过杨主任亲自培训，他的宣传姿势、神情和腔调都大有长进。有天厂里开大会，埋伏在观众席中的安，突然站起来举手高呼口号，那声音，那气势，使大家都怔住了，会场一时鸦雀无声，只有安尖利而激昂的叫喊声在空中回荡。直到杨主任跟着喊了一声，大家才醒悟过来，开始雷鸣般呼应。

安一炮打响，成了名人。当他来到修炉现场为美女示范时，谁都认识他。

看！那个蛮会昂的伢来了，听说他就叫昂。

他是老安的儿子？想不到老安那个闷砣子生了这么一个宝气！

也许是有记者的镜头对着安，安显得很严肃。他穿着白帆布工装，戴着藤条帽，胸前还搭着一条新毛巾，挺胸昂首，徐徐地扬起了纸喇叭。他身边站着“阿庆嫂”——

厂里最漂亮的姑娘，打扮和姿势与他相同，不同的是姑娘显得太娇弱。

小邱在炉前清渣，铁锹挥得很猛，舞得热尘飞扬。“阿庆嫂”不禁退后一步，安却像雕塑一样一动也不动。只见他清了清嗓子，突然发出吼叫：修炉工人一声吼，地球也要抖三抖，心花催得钢花放，汗水化作铁水流，铁——水——流！

好多人都怔住了，呆呆地望着安，仿佛他发出的不是人的声音。最可怜的是阿庆嫂，不知何时扔掉了纸喇叭，正痛苦地捂着耳朵，似乎耳膜被震破了。

安就这样脱胎换骨，变成了一只和我们不一样的叫驴。他的喊叫水平越来越高，有了抑扬顿挫的味道。他学会了打快板、唱样板戏，说话的腔调，走路的步调，都模仿着杨主任。只是紧绷的脸皮仍透出一股稚气，走起方步来显得十分可笑，憋着普通话时仍带着浓重的乡音。

“小叫驴，你的尾巴掉了？”

安回过头来，下意识地摸摸屁股。

我们大笑。小邱说：“你还是驴性不改啊，晓得自己有尾巴！”

安讪讪一笑，赶紧逃跑。后来，他就紧绷着脸皮，不再露出两颗可爱的小虎牙，看见班组的人就绕道走。

安还是孩子，我们不见怪。但他总与美女们结伴而行，有说有笑，像《红楼梦》中的贾宝玉，这未免令我们嫉妒，我们夜半的嚎叫声便增添了一种悲凉：

> 一天又一天，一月又一月，吃的是钢，嚼的是铁！有的总是有，缺的总是缺，你说这日子邪不邪？——邪邪邪！

四

世上事真是难以预料，安还没入党转干，军代表就撤走了。老厂长东山再起，解散宣传队，整顿厂机关，安被精简回班组。

大伙没嫌弃安。他那么吼叫，是形势所迫，不是他的错。老汪说：“安，莫灰心，好好干，哪里的水都养人！”

只是安已不是过去的安，他像一只被驯服的野驴，虽然又回到山里，却丧失了野性，还讨厌旧日的窝。

皮带机用天车吊，我们不再需要安的吼声。安不会干技术活，当配工也不合格。砌炉顶时，你说，来 块大屁股砖！他望着你发愣，完全忘记了修炉驴的黑话。就连洗澡，他也习惯了干净的机关澡堂，看着那一池飘浮着黑烟灰白泡沫的脏水，迟迟不敢往下跳。

不知是谁给安起了个新绰号——“安喇叭”，并很快就流传开来。

工间休息时，安耷拉着脑袋，坐得远远的，有人偏要找他解闷，阴阳怪气地问：表现不好怎么办？马上有回声：安喇叭！干劲不足怎么办？安喇叭！找不到老婆怎么办？安喇叭！这一问一答越来越红火，成为嘲笑安的保留节目。

安像没听见似的，眼睛直直的，有时还傻傻地笑，似乎还沉浸在昔日的荣光里。你喊一声安，他浑身一怔，呆呆地望着你，叫你哭笑不得。

老汪发火了。老汪瞪着问答的人说："狗日的！不厚道！他多大，你们多大？哪个再喊喇叭喇叭的，小心老子铲你的嘴！"

在老汪的弹压下，没人敢开安的玩笑了，但安也由此更孤独，几乎没人理他。成为一个群体的异类，是一件难受的事，何况干活如此之累，若不喊叫或呻吟几声，天长日久，人是会出毛病的。

我想帮帮安。有天下班，我特地落在后面与他一起等车。安不理会我的热情，眼中充满了冷漠。我说："安，好久没听见你叫了，叫街少了你，还真不热闹呢。"

安冷冷一笑："你们在乎我？"

我说："你叫得最响，最有味啊。"

安摇头说："我不会再叫的，那是低级趣味。"

我很恼火，仍笑着说："安，我是为你好，你不要小孩子气。现在这种局面……你是聪明人，应该知道怎么办。其实，你不过是要忘掉一段经历，一个梦，一个已经成为泡沫的肥皂泡，尽快和大伙打成一片，大伙还是挺喜欢你的。”

安倔强地抿起了嘴角，嘴唇颤抖着，似乎想说什么。这时公共汽车开来了，车站乱成一团，他突然掉头而去，冲向拥挤的人群。

我的谈话没有一点效果，安仍像一颗油珠漂浮在起伏的水面上，陶醉于油的高贵，不屑于溶解于包围他的水。更令人难以忍受的是，他竟然向保卫科告密，说小邱把厂里的钢管偷回宿舍搭晒衣架。事实上，那是一节锈蚀的废钢管，宿舍是公家的宿舍，解决的也是单身职工的困难。保卫科并没当回事，安却引起了众怒，就连老汪也不再阻挡明波暗浪对这颗油珠的淹没。

小邱用脏乎乎的手套摸着安的头，笑嘻嘻地说：“老子叫你，你不答应，是不是想你小媳妇？”

安躲闪着，翻起白眼。

“不想媳妇，难道是想你那个姓杨的干爹？”

安低下头，仍不吭声。

小邱又拿起一瓶盐汽水，爬到砖垛上，仰起脖子作吹号状：“弟兄们，这像什么？”

“像吹喇叭！”有人回答。

“不对，”小邱恶狠狠地说：“安晓得！”

大伙哈哈大笑，安脸色通红，呜呜地发出一声惨厉的长啸，好像火车突然拉响了汽笛，惊得小邱差点从砖垛上掉下来。他抓起一块砖头，发疯似的冲向小邱，我连忙将他死死地抱住。他挣扎着，吼叫着，好久好久才平息下来，捧着脸“哇哇”地哭。

老汪叹了口气，骂道：“都是吃饱了撑的，跟老子干活去！”

这事发生不久，我就被调往宣传科，竟然与安奇妙地换了个位置，我上去，他下来。我有点不好意思，安却主动与我说话，悄悄地说：“走了好，我迟早也会走的，杨主任回了信，同意帮我换个单位。唉，这儿真不是人待的地方！”

五

那年秋天，从德国引进的轧钢厂开始动工，杨主任果然没失言，通过关系把安调到了江钢轧钢厂。从此，安就在我们的视线中消失了。

江钢很大，有十来万人，老厂区与新厂区相隔较远，但毕竟是一个企业，有关安的消息就断断续续地传来。

安初去时，曾闹得很响。轧钢厂党委书记是杨主任的战友，安就是通过他调去的，因而对安十分器重。安一去，就让他当了新工人培训队的班长。书记是军人，当然喜欢搞军训，安就在喊口令时大出风头。但一进入技术培训阶段，安就傻了，蔫了，还原成一只可怜的叫驴。那些进口设备全是英文字母，安连好多中国字都不认得，哪还认得外国字？

本来，书记是准备把安分配到主控室的，那里环境好，工作也轻松，而且还可去德国实习半年。可安被德国专家断然淘汰，成了一名剪切工。

轧钢厂投产后，成了人们参观的热点。我特地去剪切车间，看望倔强的小叫驴。

那是一条喧哗的流水线，银色的钢带如河流一样涌向剪切机，被切成一块块均匀的钢板。那里的噪音十分可怕，用震耳欲聋来形容绝不过分。整个车间就像一个巨大的钟箱，剪切机“咔嚓咔嚓”地响，宛如秒针在走动，单调而重复。在这里，你会感到时间就是一块块钢板，一样的规格，一样的质地。我想，只有精神特别坚强的人，才能经受住这种日复一日的折磨。

安坐在操作台前，眼睛紧盯着越堆越厚的钢板。我喊他，他听不见，直到看到我，他才惊喜地露出两颗虎牙，向我招招手，对着呼讲机吼叫一番。等到有人跑过来给他顶班，他才从转椅上跳下来，带着我走出车间。

走到车间门前的草坪上，我才松了一口气，觉得听力恢复了正常。我说：“安，这里还不如修炉厂呢！”

“比修炉轻松多了，完全不用动脑筋，就是按按电钮。噪音嘛，我已习惯了，这里只有我说话，他们才听得清清楚楚。”安得意地说。

安的嗓门很大，震得我耳朵嗡嗡作响。看来，高声说话已成为他的职业习惯，即使是我们此刻在宁静的草坪上叙旧。

“忙吧？”我问。

“忙，忙得他妈的撒尿都没工夫！洋鬼子真会榨取人的血汗，发明这种叫人喘不过气来的机器！”

“在这儿谈话不要紧吗？”

“没事，给我顶班的是车间主任。我吸取了教训，群众关系好得很呢！”安做着鬼脸，笑得很开心。

六

安一心要找个城市姑娘，调到轧钢厂后，就把娃娃亲推了，可姑娘们不习惯安的粗声大嗓，闻声而逃。安为此很痛苦，捶着自己的脑袋说，我为什么就不能轻言细语呢？

说来也算是有缘，氧气厂有个老姑娘，身材脸蛋都没话说，就是耳朵有点聋，因而迟迟未嫁。耳朵聋也有好处，空压机房嗡嗡响，像有无数蜜蜂飞来飞去，谁都不愿在那里干，领导量才使用，把姑娘分到这闹腾腾的“蜂房”守仪表。姑娘工作认真，年年被评为“三八红旗手”。安在报纸上看到姑娘的感人事迹后，眼睛一亮，就托人介绍，姑娘果然一点都不觉得他说话粗鲁。于是，喇叭配聋子，成了天生的一对。

我得知喜讯，唏嘘一番后，来报喜的小邱慢悠悠地说：“故事还没完呢！”

原来，那年劳模体检。有医生说安的老婆耳聋不是先天性的，完全可以治好。工会主席也表示，不惜一切代价要把劳模的耳朵治好。于是，安的老婆就开始治耳朵。先治的是左耳，手术并不复杂，请的又是名医，她很快就出院了。对了，有记者跟踪报道这个热门新闻，妙笔生花，形容女劳模治好的耳朵就好像打开了密封箱一样，这世上的声浪海潮般扑来。

小邱笑道：“可安跟她说话时，还是习惯吼叫，生怕她听不见。家里电话响，安也总是抢着接，仍然把她当聋了。这样，夫妻之间就有了矛盾。另外，女劳模也难以适应过去的工作环境了，她在那空压机房里待不住，成天叫头晕。还有更可怕的——嘿，你猜猜，这更可怕的是什么？”

我想了想，摇摇头。

小邱鬼鬼地一笑，拉长声调说：“这更可怕的嘛，就是有人犯了和安一样的错误，仍习惯把她当作聋子，当面说她的坏话！你想想，这多叫人难受！将心比心啊，谁不背后说人？但当面说，别人又不是故意的，你怎么办？你能发火吗？他老婆就变得有点神经质，另一只耳朵坚决不肯治了。她说，我已开了一窍，不想再开窍了！”

七

转眼间，好多年过去了，大伙都忙，忙到为老汪庆贺七十大寿，才有暇一聚。

我说：“安，我在电视上看到你了，想不到你竟然成了球迷，还当上了狮子王！”

安笑道：“咱也不懂足球，可球迷兄弟们说，不懂不要紧，我们要的是你的嗓子，你的气场，你只管扯着嗓子吼叫就行了！”

安也实在是太寂寞了，这么多年来，没有谁看得起他，就决定试一试。这一试就上了瘾，球场多大啊，几万名球迷跟着他吼，他在这吼声中感到自己变得伟岸起来，感到了一种说不出来的快感。安拿起酒瓶作吹号状，笑着说，大伙还记得吗？

我们异口同声地说，记得！然后一起吼叫：

一呀一炼钢，

二呀二炼铁，

三焦化哟四烧结，

修炉的号子永不绝！永不绝！

（1996年曾作为小说发表）

万水千山总是情

——我与《武钢文艺》

一

1981年，是我人生最重要的一年。鲜花赫然开放，结婚、入党、生子、分房、调动，都在这一年圆满完成，并均与《武钢文艺》有关。可以说，这一年，奠定了我的人生。

这一年，我28岁。从18岁那年走进武钢，我在冶炉厂干了整整10年。修炉工是武钢最苦最累的工种，我踏火踩烟，修过高炉、平炉、转炉、加热炉、均热炉，走遍了十里钢城。我瘦弱、老实、单纯，手脚和嘴巴都很笨，严格地说不能算是一个好工人，而且因家庭成分不好而显得有点忧郁，常默默地坐在台下，看意气风发的人物表演，唯一的爱好是喜欢看书，并悄悄写下一些分行的文字。

我没料到，我的这点特长会引起别人的重视，先后成为班组、车间的宣传员。我开始写鼓动宣传的打油诗：“好汉没等饭下喉，操起钢钎就上炉”；“宁可汗水漂起船，也要钢产超千万！”偶尔也有佳作：“昨日贺钢今庆铁，欢锣喜鼓敲不绝，一对檀木新鼓槌，磨得只剩大半截！”

这些豪言壮语在喇叭里爆响，领导一听，哈，不错，谁写的？于是我被调到厂机关搞宣传，跳出了班组的苦海。我很卖力，每天都要编写一期油印战报，把大标语挂在高炉上，把诗传单贴在火车上，火车开到哪里，传单就出现在哪里。

1973 年，我写在炉台黑板报上的一首诗，竟然刊载于《长江日报》，成为轰动全厂的新闻。于是，当《武钢文艺》于 1975 年复刊，我就成为了最年轻的重点作者，常被召去开会，开始跻身于钢城作家群。

二

那时，编辑部只有两间简陋的小房，在电修厂卖饭票的李建纲刚调回公司工会，再次出任主编。从 1964 年创刊到停刊，都是他唱独角戏，现在终于有了几个人马，可以开展活动了。我由此结识了蒋育德、王维洲、李声高、陈龄、鲁天贞、李声明、杨杏等久仰盛名的作家，现在回想起来，他们那时不过三四十岁，但在我心目中都是资格很老的“师傅”了。倾听着他们的高谈阔论，便感到这是又一个世界，是钢铁大海中一个诗意的小岛，一片柔软的绿洲，使生活多了一种韵味、一种色彩。

从此，红钢城一角的《武钢文艺》编辑部，便成为了我的又一个家园。只要去红钢城，便会去那里坐坐，感到特别温暖，师傅们再忙，也会停下手头的活儿，给我倒一杯清茶，陪我闲聊。他们认为，接待业余作者，是编辑部的一项重要工作。

文学不仅开阔了我的眼界，也使我有了自信，有了人生的坐标。我觉得，世界上最幸福的事，莫过于当一名文学编辑，身居斗室，面向钢城，广交文友，深耕诗园，干自己喜欢干的事，其乐无穷。

在这些师傅中，诗歌编辑李声高是从矿山调来的，住红钢城单身宿舍，没事时就喜欢拿着电筒串门，找年轻人聊天谈诗，还为我们谈恋爱当参谋。他喜欢旧体诗，新诗也写得颇有影响，《湖北文艺》复刊号上便有他的大作：“没见黄石想黄石，见了黄石想吟诗……全球燃起熊熊火，也有黄石一把柴！”他办诗歌学习班，发现了一批青年作者，从金山店铁矿来的赵志飞，拉我去照相馆合影留念，真没想到他后来会当上省公安厅副厅长，并因诗人情结把警官学院办得颇有文气。

与激情洋溢的李声高相比，李建纲是淡定而幽默的，说起话来常常令人捧腹。他是师傅中的大哥，武钢文学的带头人。我曾看到他拖着板车送刊物下厂，高高的个子，弯腰拖车时就像一只大虾。所以，后来我们用汽车送刊物下厂，气喘吁吁地爬楼时，我就想起李师傅拖板车的情景，再累也心甘情愿。编辑部的许多传统都是通过这样的细节传承的，我们不能忘本。

那时的所谓文学，大多与宣传挂钩，我们只能力求让作品多点生活的气息。当李声高调走后，接替他的陈龄，也渐渐融入年轻作者的圈子，和我们一起抽烟喝酒，谈天说地。陈龄也是从矿山调来的，曾接连在《诗刊》发表组诗，直到你与他深交后，才会发现他是一个内心如火的诗人，谈起文学来滔滔不绝。我们常去他家聊天，至今还难忘那乘凉的竹床，挥动的蒲扇。有年春天他带我去矿山组稿，因没赶上火车，我们沿着铁路从铁山走到金山店，一路上就听他讲浪漫故事，讲得天渐渐黑了，星星亮了起来。

我印象最深的，是陈龄编稿的认真，文稿上布满圈圈点点的红墨水，宛如天女散花，飞紫飘红。业余作者们大都起点不高，有时连标点符号也要仔细校正，他就是这样不声不响一坐一天，却从不居功自傲。他读过私塾，有旧学功底，虽然我们学养浅薄，他却总能看到你的优点，你的长处，鼓励你不断上进。

编辑部就像一块磁石，吸引着钢城的文学爱好者，不断有新人出现。我和王继因同住工人村而交往密切，他常常揣着一本破书，跑到我的宿舍吹牛，然后把破书掏出来，限定今晚看完。他根红苗正，是工人村长大的“钢二代”，野性十足，总爱抖狠闹事，一点都不像个文人，可小说写得很棒，一出手就上了《湖北文艺》，并被爱才的公司党委副书记孙振茂看中，顺利地从炼铁厂调进《武钢文艺》编辑部，并自豪地向我宣称：伙计，我们的时代开始了！

相比之下，我的调动相当艰难。随着李建纲、王维洲、陈龄先后调往省作协，编辑部极缺人手，而且，孙书记雄心勃勃，拟集中创作力量，把编辑部扩编为编创中心，编制定为10人。尽管我多次被推荐，但厂里不放，认为我是个人才，而且已把我列为入党考察对象。能成为党员，对我这个出身不好的年轻人来说意义重大，不亚于脱胎换骨，验明红心。孙书记也认为，等我解决组织问题后调来更好。那时入党极其严格，内查外调长达半年之久，可等我入了党，厂领导仍不肯放行，多亏鲁天贞想办法，从烧结厂调去一名“知识分子”，才把我顶替出来。

1981年初春，我结婚了，妻子是在编辑部认识的，她在“一米七”建设指挥部工作，被借去搞校对，使我眼睛一亮。婚礼简朴而热闹，来的都是文友，挤满了铁珞山单身宿舍的一间小房，拍下了一张张珍贵的黑白照片。而不久后，我就有幸作为文艺人才，被公司领导特批了一室半新房，令人羡慕不已。

这是文学修来的福缘，1981年深秋，随着儿子的出生，我走进了向往已久的编辑部。

三

我绝对没想到，我会扎根于《武钢文艺》，一直干到退休。一个人，与一本刊物结下如此深厚的情缘，连我自己也感到惊讶。当风云散尽后静静思索，便觉得这不仅是我个人的宿命，也是时代的造就，我们——武钢几代文学爱好者，注定要与这本刊物结缘，为她倾注心血、爱情和梦想。

此时，接任主编的是周学南，他曾在修建部搞宣传，瘦削而健谈，特别喜欢我的鼓动诗，我们常坐在工棚里聊天，得知他曾是武汉市专业作家，进过解放初丁玲创办的文学讲习所，1957年来武钢挂职体验生活，不幸被打成“右派”。好在武钢人宽厚，仍用他一技之长。当我和他一起编写“高炉检修战报”时，哪会料到他平反后会调到《武钢文艺》，成为我的顶头上司！

这是个有点古板的老头，办刊特别认真。我还没调来就被他抓差，参与编稿校对。那时刊物是在鄂州印刷，得坐火车出差，住在旅馆里校对。因饱经坎坷，他对文字如履薄冰，生怕出错。校对是唱校，即一人朗读，一人校对，发现错别字，他就会击掌感叹：好险！又抓到了一个特务！我调来后，他对我和王继看管甚严，每有倩女来访，必密切关注，语重心长地要我们把好政治关、生活关。即使我接任主编后，他仍不放心，常召开党小组会讨论编辑方针，查找有关不足。他传交给我的贵重物品，就是早期《武钢文艺》合订本。我后来把它送给了武钢博物馆，算是了却老人的心愿。

当编辑后，我才知道这行当不简单，不仅要具备良好的文化素质，更要有强烈的事业心和责任感。《武钢文艺》面对固定的服务对象，不像外刊可四处组稿，好中选优，不好便退稿了事。而是要专注于一方热土，辛勤耕耘，播种育苗，若发现一朵羞涩的小花，就像发现新大陆一样高兴。而且，编辑必须是多面手，下厂组稿，辅导作者，组织活动，撰写评论，你如果学识不足就会捉襟见肘。

我是六九届初中毕业生，中学没上几天就去当知青了，虽然读书甚杂，也算刻苦，毕竟是“飘学”，没受过正规训练。另外，我一直写诗，也遮掩了许多毛病，当编辑后就深感学养有限，急需充电加油。好在省作协这时举办文学院，我和王继、池莉都入选为首期学员，脱产学习了半年，接着又考入武汉大学中文系专科班，较系统地学习了三年，才算有所长进。学习期间，多亏同事们大力支持，鲁天贞、蒋育德、农弟、李声明、简定宇等，都是我尊敬的师傅，给过我很多帮助。特别是我出任主编后，他们体谅我的年轻气盛，经验不足，密切配合我的工作，使我深为感动。

八十年代是中国文学的黄金时代，思想空前解放，年轻人都以写诗作文为荣。风华正茂时欣逢改革开放，真是一大幸事，我开始理解了王继所说的“我们的时代”的含义。虽然《武钢文艺》只是一本内部刊物，我们也不满足现状，总想把它办得更有朝气，更有品位，为此，常与保守持重的周主编产生分歧。我们决定瞒着他另辟蹊径，召集一群年轻作者，举办文学沙龙。

所谓“沙龙”，也就是周末在王继家里聚会，他和我都住在31街，来往方便。主要人物有喜宏、陈振家、吴礼祯、李汉江、张海云、黄自华、李更、罗时汉等，池莉也来过几次，看到都是男的就不再来了。我们交换信息，评论新书，探讨作品，还结伴去拜访新发现的文友，如五中教师王志钦，其小说《自由神下的选择》被《中篇小说选刊》转载，就使我们大吃一惊。调到省作协的李建纲、陈龄热心扶持武钢作者，伙伴们纷纷被发展为作协会员。杨书案、鄢国培、熊召政等知名作家，都曾来我们的文学沙龙做客。

这种自由的交流，不论对我们的编辑工作，还是个人创作，都是大有收益的。发现好稿，马上就可选用。王继出版长篇小说，我出版诗集，都是彼此起名。周学南很不高兴，认为这是自由化的非组织活动，但孙书记表态支持我们，他也就无可奈何。

哦，那是多么美好的青春时光，我们昂扬奋发，指点江山，坚信“天生我才必有用”。我们着重探讨苏联作家的作品，如《茹尔宾一家》《多雪的冬天》等等，自信能写出中国的“钢铁世家”。我给王继所写的武钢第一部长篇小说起名为《喷红的地平线》，其寓意是世界如此广阔，朝阳即将升起。后来我主编出版了“太阳系列”丛书，也是象征武钢是一座太阳之城，青春之城。

四

1984年秋天，周学南因年高退居二线，王继调往省作协，我便因比同事们年轻而接任主编，从此扛上了一副沉甸甸的重担。

现在回想起来，我负责主编《武钢文艺》的三十年，经历了中国文学从复苏到兴盛，从兴盛到冷落，渐渐走向多元化的过程。武钢文学史，《武钢文艺》的历史，也是中国新时期文学发展的一点缩影，尽管渺小，却也气象万千，含有自己独特的酸甜苦辣、春花秋月。有关回忆文章，我已写过多篇，并编辑出版了《武钢文学史话》和《我的太阳》这两本文集。作文最忌重复，为了不炒现饭，我想着重谈谈《武钢文艺》的特色。

俗话说，不当家不知柴米贵。接任主编后，我才深刻地意识到，《武钢文艺》必须为企业服务，才能生存发展。

众所周知，企业的主要功能是生产经营，文化活动并非必不可少，领导者的兴趣爱好，也往往会决定某种文体活动的兴衰。因为武钢是特大型国企，有文化建设的传统，《武钢文艺》才有生存的空间。尽管如此，刊物仍常常出现危机，一有风吹草动，就有人提议停办。编辑部被宣传部与工会轮流管辖，就是一大例证。

是的，《武钢文艺》并非报纸，是企业的宣传喉舌，在许多人眼中，她是可有可无的，刊登的都是闲情逸致的玩意儿，有时还会惹是生非，造成不良影响。所以，我的前任李建纲、周学南都是小心谨慎，唯恐别人抓辫子，把刊物玩没了。我们必须要让领导觉得这本刊物有用，不仅能活跃职工文化生活，还能吹喇叭，擂战鼓，颂企业之功，扬武钢之名。而且，编辑们也必须是写作高手，不仅能写诗歌小说，也能写新闻公文，一呼即应，马到成功。总之，我们必须形成一种思维定式，一个强大气场，让任何人都不敢轻易砍掉这本刊物。然后，我们才能谈刊物的品质、特色和潜移默化的影响，才能谈文学创作与培养人才的重要性。

我由此把办刊方针归纳为四句话：立足企业，面向职工，文学园地，作家摇篮。首先做好为企业服务，让读者感到这是武钢一本必不可少的刊物，可亲、可读、可用。因此，三十年来，排列在前的栏目总是“钢城纪实”“劳模风采”“生产热线”“营销先锋”……我们切实做到了为企业擂鼓助威，为劳模树碑立传，可自豪地称刊物为“劳模档案”。

但文学不仅仅是宣传，有它特有的规律。把《武钢文艺》办成全国有影响的文学期刊，培养众多的“工人作家”，一直是我们追求的目标。尽管经费有限，空间有限，但我们始终是朝着这个目标挺进，形成了优良的传统，充满活力的团队，力求凝聚作者，培养新人，提高品位，繁荣创作。杜为政、周震亚、罗时汉、郑建荣、王志钦、陈冰、姚丽、黄春华、李榕等编辑部人员，都是各有所长的作家和画家，深受作者们的好评。

五

三十年来，编辑部所开展的文学活动真是太多太多，笔会、年会、讲座、研讨会、下厂辅导、编创制、文学院、实习编辑、电子版、网络论坛……我们与时俱进，不断地想点子，出新招。

如果把一期期《武钢文艺》比作编年史，笔会就是武钢每年的“文学节”，业余作者的最大苦恼是缺乏时间，每天上班下班，能坚持写作不容易。十天半月的笔会，可使文友相聚，静心创作，也可使编辑细致辅导，磨改佳作。所以，作者们都相当珍惜参加笔会的机会，怀念那种交流碰撞的氛围。

我保存有两麻袋文学活动的照片，大都是笔会的剪影。编辑部多次搬迁，我都是首先背起麻袋，唯恐丢失这些难得的历史记录。翻看照片，就会发现我们几乎走遍了湖北，每次笔会都有温馨的故事。同时，也会感叹时光如水，年华渐老，文友情深，创作不朽。

记得最初的笔会是在矿山举办，住的是招待所，吃的是大食堂。有年冬天突降大雪，几位作者的妻子都赶到矿山来送寒衣。后来条件好了，可出武钢办笔会，我们就尽力选择便宜、幽静之地，有一次在大别山的林场办笔会，菜不够吃，陈智胜便用米饭“洗盘子”，他也收获最大，所写小说《时尚杂志》后来在《大家》发表。

为培养武钢作者，我当主编后，便立下了两条铁规：

一是坚决不发外稿（评论除外），把刊物办成武钢作者的自留地。因为刊物篇幅有限，名家之稿也不愁发表，何必来这内部刊物凑热闹？再说编辑们交游甚广，发外稿有拉关系之嫌。所以，尽管有人说我保守封闭，我仍不为所动，还规定一般不发编辑的作品。

二是编刊第一，创作第二。不是作家，进不了编辑部，人人都想多写点东西，我们也实行了编创制，鼓励创作，轮流坐班。但我认为，衡量一个编辑，最重要的是职业操守，奉献精神。笔会辅导，就是对编辑工作的一次检验。我们“包田到户”，反复修改作品，编辑和作者一样有压力，许多好作品，都是这样“磨”出来的。

关于笔会的趣事，实在太多。记得梁子湖笔会，几位女作者一进门就惊恐地尖叫，原来浴缸养有鳝鱼，她们误认为蛇。记得京山笔会突遇汶川大地震，大伙含泪写诗，肃立默哀。在三峡，我们为同年同月同日生的程琳与王树文共庆 2 8 岁生日；在青城山，被我说得流泪的李榕在餐桌上反诘：这熏肉野菜就有董老师所说的人间烟火气……

是的，过去的一切都化为了温暖的回忆，我们就是这样一路走来，每次笔会都有不同的风景。

六

哦，我该写写武钢文学院了，这是我们的一大创新。企业办文学院，且长达七年，称得上是全国仅有。

上世纪九十年代初，我们深感作者青黄不接，急需培养文学新人。此时，老作家杨杏正好从三中调到武钢教委，想找点事干，便与我商量，能否联合举办文学培训班？编辑部是科级单位，牌子太小，我们便以文体部的名义与教委联办，时任工会文体部长的杜为政积极支持，杨杏活动能力极强，竟把武汉大学中文系也拉了进来，升格为武钢文学院，学制半年，每周三个晚上开课，一时轰动钢城，报名者甚多。我们提出的口号是“不收学费收作品”，第一期选了 70 名学员，因教室挤不下，许多人就站在走廊里旁听。武大中文系很重视，陈美兰、易中天等著名教授都曾坐公汽来讲课，讲课的还有许多公司内外的“作家老师”。文学院就这样延续下来，接连办了十四期，以至学员们以此为荣，戏称自己是“黄埔军校”某期毕业的。

文学院可谓是“好雨知时节，当春乃发生”。尽管当时商潮开始涌动，但武钢职工相对来说比较单纯，学习气氛较浓，所以才能一办就是七年。这个并非正规的文学培训班，基本上是杨杏独力支撑，借教室、请老师、改作业、搞活动，忙得不亦乐乎，有一次曾晕倒在讲台上。所以我常说，杨杏先生为武钢文学事业做出了显著的贡献。今年春天，他突然去世，令我悲痛不已，也痛感到一个时代的结束。

文学院培养了武钢文学的新生力量，现在比较活跃的作家，大都进过文学院，如黄春华、李榕、童喜喜、陈智胜、崔立民、贾永等等，均已取得可喜的成绩。梁云、肖琳等学员，还因文学院而喜结良缘。许多学员事业有成，或转干，或当官，虽然不再写作，仍念念不忘文学院的熏陶。成绩显著的是黄春华，他工科毕业，分到快餐工厂，开始学习写诗，越写越好就被选拔到编辑部实习，不声不响地读完了编辑部几柜子的藏书，其小说作品也令人欣喜。今天，他已接任主编，佳作迭出。

七

编辑部也承担着武钢文学协会的工作。上世纪九十年代，我们重新组建文协，下设小说、诗歌、散文、报告文学、评论和老年作家分会，力求调动文学骨干的积极性，封了不少“官”。曾做到每周都有聚会，每月都有活动，每年都有评奖。此外，还帮助作者出书、请创作假、工作调动等等。我累，大伙也累，但累得心甘情愿，累得有一种成就感。

我们就这样使《武钢文艺》成为了温暖的作者之家，每天“顾客盈门”，特别是一些老作者退休后，常来谈诗说文。作者们有什么好事，都会前来报喜，我曾荣幸地为许多作者证婚，多年之后相遇，脑海里浮现的还是婚礼画面，可他们的孩子都已上中学了，于是便嗟叹不已。还有多位老文友向我托付后事，说银行卡藏在某处，子女记录了我的电话号码等等，也使我怆然长叹。

能结交这么多文友，看到文友成长进步，的确是一种幸福。武钢说大也大，说小也小，你走在街上，常有人对你点头微笑，你就会深感脚下的土地是多么踏实，又是多么亲切。记得有一次路过红钢城七街，停步寻书，突然发现摆书摊的老人面熟，原来是机总厂的老作者刘传洲，难怪他摆的大都是文学旧书。他认出我后兴奋地大叫，坚决不肯收我的书款，说摆书摊不是为了钱，而是因为文学情结，想让这些从废品站淘来的旧书继续流传。一番叙旧后，我鼓动他重返文坛，可写他怎么摆书摊。于是，他接连写了《卖书记》等作品，每次来，都要送几本旧书给我。我受之有愧，只能以鼓励相报，却不知道老人是强撑病体写作，以至躺在病床上仍要孙子记录他的长篇小说。文稿难以选用，见我内疚，老人却安慰我，说稿子用不用没关系，关键是你使我与《武钢文艺》又接上了线，又回到了文学圈，活得有滋有味了。

正是这些深厚的文友情，痴迷的文学梦，使我深深地感受到自己工作的价值。虽然，《武钢文艺》只是一本内部期刊，传播范围有限，但她所产生的影响却极其深远，宛如“润物细无声”的春雨，悄悄地滋草润叶，悄悄地开花结果。她最大的功劳，不是发表了多少佳作，培养了多少作家，而是在这片热土上形成了文学氛围，丰富了几代人的文化生活，给钢铁注入了绵绵的诗意，脉脉的温情。

八

俗语说：十年树木，百年树人。《武钢文艺》能生根开花，枝繁叶茂，纪念创刊50周年，是拜时代之幸，武钢之福。我深知自己能力有限，城府不深，并不适合当官领兵，只能以对事业的忠诚、对文学的敬畏，来团结大家共同奋斗。

所以，我最自豪的是编辑部形成了一种正气，一种“家园氛围”。尽管不乏矛盾，不乏争议，但大伙都能以大局为重，以事业为先。我们从来不说大话，不搞虚招，每周的编辑例会都开得格外热闹，也格外有趣。编辑们各有所长，密切配合，使我学到了不少东西，也使我深感同事之情的可贵，除了家人，只有同事与你朝夕相处，共度人生。因此，当我撰写此文时，就不断地想起同事们的“好”，想起许多温暖的往事，真是纸短情长，一言难尽。

三十年来，我写得最多的是“编者絮语”，我曾写道：“《武钢文艺》就像一栋爬满青藤的老房子，门永远敞开着，不论你何时来，我们都在这里等你。”那么，我算是当了三十多年的看门人，看守着武钢这扇文学之门。无数次接待，无数次送别，风风雨雨，乐此不疲，以至养成了一种职业习惯，见到文学爱好者就鼓动别人写作，别忘了前来登门拜访。也许，在许多人眼中，这种坚守并不值得，得到的很少，付出的很多。我也曾犹豫过，动摇过，想过调出武钢。可最后还是留守到霜发满鬓，其主要因素，就是这片热土情有所系，魂有所依。

是的，人生是不能用得失来衡量的，一个人，能一辈子干自己爱干的事，应是最大的幸福。尽管世界如此广阔，生活如此纷繁，但武钢与文学培养了我，也塑造了我，使我选择了这条愉悦而沉静的人生之路，能有所获，此生值矣！

（2014 年，为纪念《武钢文艺》创刊 50 周年而作）

火神的模样

——致我亲爱的武汉

2020年初春，大疫蔓延之时，在呻吟与呐喊声中，一座拥有1000张病床的战地医院，仅用10天时间，便建成于汉阳知音湖畔，使世界惊叹“中国速度”“中国力量”。而使我倍感亲切的，是它被命名为“火神山”，因为医者仁也，仁者乐山，它是抗非典而出名的北京小汤山医院的翻版。也因为楚国人被认为是火神祝融的后代，人的肺部五行属金，火克金，而据说荼毒人类肺部的病毒惧怕高温，火神正好能驱瘟神。

灾难之中，人们更期望神奇之力，所以，法国作家雨果说：“神是一个不可再压缩的概念，它在人类的精神里。”东西方都有火神崇拜，并把这超自然体拟人化。东方火神祝融不是一脸稚气的“红孩儿”哪吒，而是浓眉虬须，酷似门神，不仅三头六臂，叱咤风云，还配有风火轮、火葫芦、火印、火剑、火弓等神奇火器，颇像现代玩具“变形金刚”。相传他能昭显天地之光明，以火施化，为民造福。

因此，几千年来，大江南北都建有火神台、火官庙，凡涉及火的手工行业，譬如冶铸、陶瓷、鞭炮等，都有祭祀火神的习惯，以求事业兴旺发达。相比之下，西方的火神似乎更接地气，是铁匠的化身。在希腊神话中，火神赫菲斯托斯是长得最丑陋的天神，而且是个瘸腿，却颇有艳福，娶了最美丽的女神阿佛洛狄忒。他是诸神的铁匠，力大无穷，手艺高超，阿波罗驾驶的太阳车，厄洛斯的金银箭，都是他锻造铸制的，大锤之下，光芒四射。

我对“火神”之意象倍感亲切，自然与我的职业有关。作为一名爱写诗的武钢人，对我来说，所谓“火神”，就是我朝夕相处的兄弟们，白帆布工装，蓝色探火镜，脸上还时常围着湿毛巾，举起钢钎冲向浓烟烈火。记得为抢修平炉，我们还曾披着湿草袋冲进通红的炉膛，转眼间就像一团火球从炉内跳出来——那时真是苦中作乐，我把那草袋戏称为“金色的战袍”。

是的，说起现代火神，人们就会想起钢铁工人的形象。我曾参与筹建武钢博物馆，特请名家设计广场雕像，他便画了一群“火神”——手握钢钎，并排而立，如同披甲执戈的守城武士。我觉得这构思相当不错，造型夸张，雄奇威武，既现代又古典。坦克似的博物馆位于职工上班必经之地，试想车流人潮奔涌而过时，看一眼绿树丛中所耸立的现代火神，真是“甲光向日金鳞开”，使人浩叹“半卷红旗临易水，霜重鼓寒声不起”。可领导摇头，于是，不建雕塑建花坛，留下一片令人遗憾的空白。

我没想到，多年之后，在危难之中还会有火神拔地而起，并赋予新的含义。这是穿着白色战袍的“火神”，是赴汤蹈火、救死扶伤的英雄。尽管口罩遮面，防护衣遮身，使人分不清是剪去了秀发的女神，还是熬红了眼睛的男神，只有战袍背后写着姓名，但望着他们并不威武反而还显得臃肿的身影，你便会肃然起敬，便会含着热泪感叹他们的牺牲与奉献。他们真是神一般的降临，从四面八方逆行而来，奔向黑云弥漫的危城，奔向呼喊与呻吟。因为有了他们，我们才有了希望，有了信心，有了破云而出的曙光！

在这个凛冽的寒冬，先后有四万多名医护人员饮马长江，挥师武汉，冲向最前线，冲向比烈火硝烟更凶险更诡异的病毒瘟疫。一月之中，就有不少医护人员纷纷倒下，成为这场战役中牺牲惨重的一大群体。他们并不是神，他们和我们一样，也是有血有肉的凡人，有牵肠挂肚的老母稚儿，有难以割舍的情丝梦絮。但为了神圣的使命，为了庄严的职责，他们赴汤蹈火，前仆后继，让火神山、雷神山、方舱——成为了驱魔救命之所，成为了危难之中的暖心热词。

挣扎之中，搏斗之中，漫长的守望之中，我们看到了无数感人肺腑的画面，听到了无数使人泪崩的故事。我们不会忘记那一张张勒出印痕的脸庞，一件件汗血浸染的战袍；不会忘记情人节时，一对白衣情侣隔着玻璃的热吻，也不会忘记深夜寒风中，一对医生夫妻生离死别的悲呼……我们记住了钟南山，记住了张定宇，但记不住太多太多的殉职烈士和无名英雄，只能泪称为天使天兵，只能敬奉为火神雷神。他们是如此朴实，如此忠诚，在这大难之时，用再美的语言来形容和赞美他们，都显得苍白矫情。

“我们并不是英雄，只是披着战袍的战士。”网络上，流传着雷神山医院的板墙诗画，这是医护人员紧张忙碌后的随手之作，倾吐着他们炽热的心声：“有国才有家 / 有家才有我 / 为了家和国 / 我要去拼搏。”“我们 / 本不是山 / 愿以山之名 / 冠以火雷之字 / 克瘟神，佑华夏。”——这些质朴的诗画，使我想起了泰戈尔的诗句：“神从创造中找到他自己。”这是泪血之中的创造，生死之间的创造。创造希望，创造生机，也创造尊严，创造光明。

武汉啊武汉，我亲爱的家乡，当春天终于来临，你痛定思痛筹建战疫纪念碑时，长江之滨，高台之上，应该有一尊“火神”的雕塑。我想，那应是一对白色战袍之神，挺立在熊熊火焰之中，男神举着太阳，女神托着明月，口罩和护目镜遮住了他们的面容。但每个孩子都会认识他们，认识“火神”是什么模样，而蓝天白云，繁星华灯，浩荡东去的大江，都会成为他们壮美而深远的背景！

2020 年 3 月

梦渡江南江北

1900 年，一声汽笛奏响了武汉轮渡的序曲，火轮喷吐着云烟，从汉江口驰向汉阳门，快速拉近了江南江北的距离，使搏浪渡江的帆船木划渐行渐远。

“舟楫纷纷南复北，山川莽莽古犹今。”长久以来，两江汇流、三镇鼎立的武汉，是沉浸在唐诗宋词的意境中的。这里没有“画船听雨眠”的闲适，只回荡着李白的浩叹：“孤帆远影碧空尽，唯见长江天际流”。但此时此刻，隔江雄峙的龟蛇二山上，远眺者却见证了一个时代的巨变，看轮船是怎样乘风破浪，把江城第一条轮渡航线，标记在新世纪的扉页上。

从此，渡轮的声声汽笛，就如同江城跳动的脉搏。人们已听惯了那一管管长号，演奏高亢的晨歌、深沉的晚曲。但谁也没想到，渡过一百二十年后，武汉渡轮会沉默一个春天。2020 年 1 月 23 日，武汉因大疫而悲壮封城，渡轮也悄然停航。直到 76 天后樱花盛开，才听到汽笛长鸣，回荡晴空，向世界宣告江城的复苏。这不能不使武汉人百感交集，祈愿天下渡轮驰过劫波，尽载好梦，只渡清欢！

每个武汉人，都有长长短短的渡痕。

我在汉口长大，童年就灌满了江轮的汽笛声。外祖父在轮渡公司工作，我至今还依稀记得他被江风吹乱的一头花发，记得他常掏出几个红红绿绿的大纽扣，把乘船用的代币给我充当玩具。尽管 1957 年就建了长江大桥，但武汉人过江仍离不开轮渡，曾有 18 条航线编织江面，年客运量达 1.6 亿次。若论“过江之鲫”，真称得上世界之最。

儿时最难忘的是江边戏水，欣喜地扑向渡轮驰过的涌浪；是码头上那湿淋淋的跳板，夏天涨水时越来越短，冬天则会越来越长，下雪时还会铺上防滑草袋，组成一条金色的长廊。而远去的渡轮，烟雨中的对岸，更有一种神秘感。

江北是汉口，江南是武昌。尽管只隔着一条大江，但在孩子眼中，对岸就是一个奇妙的世界，渡江而来的人也显得与众不同，似乎多了些许阅历。娴姐便在武昌求学，周末黄昏，我常坐在粤汉码头的石阶上，眼巴巴地望着栈桥等她回家，却不知她会乘坐哪一班渡轮。等啊等，浑圆的落日渐渐沉入大江，下船的人都背着一片醉红的晚霞。等啊等，天色越来越暗，趸船上的灯忽然亮了，投下点点荡漾的星光，汽笛声中，也有一船灯火徐徐靠岸……

我没想到，当我长大后会在江南上班，而且乘坐的是最长的轮渡航线：汉口——红钢城。那是上世纪七十年代，我每天凌晨 5 点就得起床，乘渡轮近一个小时才能到达红钢城，再乘车赶赴武钢厂区。下班归来也是如此辗转奔波，水陆兼程。

与挤车相比，乘渡轮要轻松得多。尽管一到冬天，北风呼呼地刮，全船人都缩成一团。一到夏天，又会挤出一身大汗，但可席地而坐，从人缝里看看江上的日出日落。我常带上一本书，慢慢地翻阅，看晨光渐渐镀亮书中的故事，从一个章节到又一个章节。

江南江北，哪有什么不同？都是熟悉的乡音，相似的风景。不同的是你长大了，开始品味轮渡的寓意。后来我结婚成家，定居江南，但只要去汉口仍乘渡轮。好多年来，我常携子过江，与带着女儿的猷兄在汉口的书店相聚。江南江北，兄弟情深，逛书店是我们共同的爱好，也传染给两个孩子，后来上大学都选择了中文专业，使我们笑谈，不用担忧藏书会被遗弃。儿女们就这样渐渐长大，并先后离开了武汉，但他们不会忘记，渡轮曾停靠在宁静的书乡。

因为对轮渡有太多的回忆，所以，当上世纪九十年代长江二桥通车后，我虽然已很少乘坐渡轮，却将新出版的散文集起名《渡痕》。书中有一篇“夜航船”，就是来自夜渡的遐思：

在无边的大海上夜行，你会有一种茫然的漂泊感，会产生“我从哪里来？我到哪里去？”的惶惑。在小河中夜行，你又会感到生命的逼仄和拘谨。只有在浩荡的长江上，你才会更美妙地体会到夜航的乐趣，有一种掌握着自己的命运又放胆漂泊的感觉。你知道你是顺水而下或逆流而上，两边的岸离你既近又远，你可穿行在高峡夹峙的一线激流中，也可飘荡在豁然开阔的万顷碧波里。当夜深无人你独自抚栏，看天上的星星与两岸时隐时现的灯火交融在一起，你还会想到，此时是不是有一个孩子趴在窗口，像当年的你一样看夜航船，看他的梦呢？

当然，夜航船的最大好处还是读书。不论是短途还是长途的夜航船，你都会在宁静的漂流中情不自禁地捧起一本书来。在这没有颠簸的旅行中，在水流和夜色把你隔绝成一个岛的时光里，在悠闲的氛围中，你读书会比平时更加投入也更加愉悦。于是，你无形中就到达了某个港口，那不仅是船的到达，还有书带给你的某种感悟的到达。

尽管长江大桥接连飞架，两江三镇有了越来越多的出行选择，但武汉仍保留了一条老航线，即江汉关到汉阳门的轮渡，可欣赏江城最美的景致。

我一直认为，武汉轮渡，是可与黄鹤楼、古琴台媲美的旅游热点。所以，接待外地朋友，我常请他们坐坐渡轮。当你驰行于长江之上，看烟波浩荡，龟蛇隐隐，能更好地感受江城别样的风味。令人欣慰的是，现在还开设了两江夜游，可乘游轮穿行于灯火璀璨的长廊之中。去年晚秋，年过七旬的娴姐从苏州回汉探亲，我就特地选择汉口江滩公园聚餐，然后漫步江边，欣赏激光打造的“灯光秀”。

那夜彩光明灭，如梦如幻。我指着已变成歌厅的粤汉码头说：“姐，还记得小时候我接你吗？”她点头轻叹：“当然记得，只是转眼间就老了，渡不回去了，但我们武汉也变得越来越美了。”

是啊，提起轮渡，每个武汉人都会有许多感慨。因为，那如梭的渡轮，不仅驰行在我们的记忆中，还饱含着浓郁的诗意，象征着人生如渡，江南江北，此岸彼岸，不断地出发，也不断地到达。而最温暖的回忆，应是渡轮犁开一江暮色徐徐靠岸，你步向栈桥，灯火忽明，照亮了迎接你的笑脸、拥抱你的家园。

2020 年 9 月

第四辑

踏歌行

凤凰淘古

凤凰以边陲重镇而兴，古老的城墙仍蜿蜒在重峦叠嶂之中。沱江浓绿如酒，静静地绕城而过，荡漾着吊脚楼重重叠叠的倒影。漫步于青石老街，你会轻易地找到沈从文、熊希龄等名人故居，若泛舟碧水，还会看到黄永玉的画楼，以及他以画资筹建的宝塔。停棹系缆之后，登上听涛山，会看到沈从文的墓地，五彩石上刻有碑铭：照我思索，能理解“我”；照我思索，可以识“人”。

我是通过沈从文先生的作品认识凤凰的，虽然还远远谈不上“理解”，但这里的山山水水，都给我一种似曾相识的感觉。上世纪八十年代初，沈从文的作品如宝玉出土，抹去浮尘，顿见光彩，我曾风尘仆仆地来此寻梦，寻找他笔下奇丽而苍凉的风景。那时的凤凰是寂寞的，就像他破落的故居，一抹斜晖，映照着天井里斑驳的青苔。为此，我在自古就有“白刃相交”的黄丝桥古城，写下了这样的诗句：“划亮一根又一根火柴 / 寻那刀刻血染的碑铭 / 那惨烈的故事/旅人,你的手指/已被灼痛 找到的仍是寂寞。”

时隔三十年再来凤凰，古城已成旅游热点。不论是风雨楼中，还是黄丝桥上，都是游客云集，货摊林立。只是喧闹声中，难生怀古之幽情。唯一使我欣慰的，是从文先生的作品空前畅销，书摊上摆着各种新旧版本。由此想起他生前的坎坷寂寞，不能不默然唏嘘。

纯属好奇，路过一个古董摊时，我顺手拿起一个形如香瓜的小铜壶，一问价，竟很便宜。摊主为一黑瘦妇女，言其货物均从深山苗寨收购而来。这话打动了我，买下铜壶后，又看中一个白玉烟坠，此物原系旱烟枪上，已被熏得焦黄，雕的是一棵白菜，肥硕的菜叶上还爬着一只小青蛙。又问价，妇女说连烟枪一起 30 元。我不要烟枪，仅花 20 元就买下玉坠，心中不禁窃喜。接着，又看中一台硬木座钟，钟身嵌有毛泽东和林彪的画像。

这些有趣的玩意儿，勾起了我淘古的兴致。次日，去山中苗街赶集，便又买了一些铜器玉件，还有一方沉甸甸的关防印石，乐滋滋地满载而归。

回到武汉后，向懂行的朋友展示凤凰所获，才知大多是假古董，真的可能只有烟坠和座钟。朋友大笑，说我被古城氛围所迷，受了苗家商贩的蛊惑。这些玩意儿，江城的地摊上就有，也很便宜，用得着千里迢迢背回来吗?

朋友以专家的眼光评论我“淘古”之得失，我不懂装懂，自然落得一个笑柄。然而，不知朋友是否理解，我其实买的不是古董，而是一种情趣，一种念想。那么，这些玩意儿是真是假已不重要，重要的是它们会使我想起凤凰，想起一次美丽而快乐的旅行。如这方墨玉石印，印把雕有蛇龟，印文模糊难辨，依稀可见“关防”二字。它就使我想象，我是百年前一个芒鞋葛巾的过客。当我翻山越岭，披着苍茫的暮色走进凤凰城时，也许就是沈从文的某位先辈族人，拿起这方沾满朱漆的大印，重重地盖在我手中的通帖上。百年之后，我才与它奇妙地邂逅。

2012 年 5 月

行走在时间的磨痕上

古城随州，曾以出土赫赫编钟声震华夏，可近年来，却以比战国编钟更鲜活的古银杏吸引游客。据统计，在山岭起伏的洛阳镇，银杏树绵延十几公里，其中千年以上的银杏树就有几百棵，成为了全国最大的银杏自然保护区。

朋友看中了这方风水宝地，特从武汉来此创办银杏书院，并盛情邀我一游，使我有幸拜谒与孔子同时代的古银杏。然而使我感叹的，不是满山的苍苍古树，而是脚下的长长石道。这石道并非青石铺就，被脚步磨得发亮，也非卵石浇铸，布满斑斓花纹，而是由一个个圆圆的石磨组合，宛如无数个太阳月亮铺向远方，在葱翠的山岭间徐徐延伸，使人更深刻地感受到时光的流逝。

初踏石道时，我并未意识到这些圆石是石磨，还以为它们是水泥仿制品，现在仿制的东西太多太多，何况是装饰景区的石头路呢。但走了几步后，我就发现每个圆石都不相同，有大有小，色彩不一，齿痕也有深有浅。显然，人们是不会为仿制品如此劳工费神的。于是俯身细看，并用手轻轻触摸，顿时觉得有人间真气扑面而来。是的，这是真正的石磨，曾经在我们的生活中转动不息的石磨。它们老了，磨平了深深浅浅的齿沟，静静地躺在山岭中，铺成了这条长长的石道，只有磨孔仍如不眠之眼，痴痴地遥望着云天，那孔内滋生的草叶宛如柔软的睫毛……

朋友告诉我，因石磨是时间的象征，为了衬托银杏谷的古朴，景区特地从全国收集了五百万块石磨，从脚下的路，到景区的小桥、房屋、桌椅，甚至村落、寺庙等等，均由石磨组合而成，以显示一种时空的穿越，其寓意是“万家杏福，石来运转”。

这的确是个美好的创意，想来收集这么多石磨非常不易，不知要花费多少心血。朋友说，石磨来自十几个省、几百万户人家，大多是人们自愿捐献的。随着时代发展，石磨已成弃物，散落檐下院内，任凭风吹雨打。听说有风景区收集石磨，还可让它发挥作用，人们都乐意捐献。于是，这五百万块石磨，便跋山涉水，带来了千家万户的气息，当它们奇妙地汇集组合时，就形成了如此独特的景观。

看着大大小小的石磨，我不禁感慨万端。虽然这些石磨已消失了原来的印记，已看不出它们采自哪个山岭，来自哪个乡村，留有谁的手印刻痕。但只要仔细观察，你就会发现它们大多来自盛产大豆小麦的北方，你的耳边就会隐隐响起石磨的转动声，如雨天的沉沉雷鸣，如月光下悠长而单调的小夜曲。那是属于乡村的音乐，是我们曾经相当熟悉的风景，或是蒙眼的驴儿绕着石碾转，或是灵巧的手儿带动石磨转，时光就这样在磨盘上转动着、流逝着，把几多谷麦磨成了米面，又把几多青丝转成了白发……

是的，看见石磨，就会唤起我们许多温馨的回忆，想起故乡，想起老屋，想起曾以石磨为伴的父老乡亲，这深深浅浅的齿沟，就像他们脸上的皱纹。可以说，每个石磨都蕴藏着记忆，饱含着温情，既是我们生活中必不可少的用品，也是与我们的生命密切相关的器物。虽然我是在城市长大的，对石磨也不陌生，记忆中最美好的是过年磨汤圆，不知是哪家祖传的一盘石磨，被邻居们借来借去，把泡软的糯米喂进石孔，便有雪白的浆汁流淌出来，那是清贫岁月难得的佳肴，突然回荡在小巷里的石磨声，则是元宵节动听的前奏。

说起来，石磨的历史相当悠久，在它诞生之前，古人只会使用杵臼来加工谷物，所谓“断木为杵，掘地为臼”。相传石磨的发明人是鲁班，圆形石磨的发明，可谓是人类文明的一大飞跃，不仅使人们改变了对大豆、小麦粒食的传统吃法，由“粒食”改为“面食”，也促进了小麦的大面积推广种植，推动了人类社会的发展。

踏着一个个石磨，我宛如行走在时间的磨痕上。这些代表着传统农耕文化的石磨，已不可再生，成为了最质朴的“历史文物”。显然，这是中国最古老的民间文物，它们虽然没有埃及金字塔的神奇、罗马石柱的华丽，也没有龙门石佛的庄重、皇陵石狮的威严，却深切地融进了人类的日常生活，饱含着人间的烟火气息。它们是最朴实、最普及的石雕，往往是就地取材，简单加工，把一方山石切成两块，以日月为形，让阴阳交合，并刻下扇面般的齿沟。于是，它们就有了生命，有了灵气，静如磐石，动如车轮，碾磨吞吐着金黄的五谷，散发着粮食浓浓的芳香。千百年来，它们就是这样不息地转动着时光，喂养着东方悠久的文明。

听我如此感叹，朋友眉飞色舞地说：“是啊，在这里办书院多好！你想想，当清风徐徐，你从石磨路上穿越时光而来，捧本《论语》，盘坐于古银杏浓荫之下，该是何等愉悦，真是恍兮惚兮，如听孔夫子拂髯讲座也。”

我不知道，这长长的石道中，是否有与古银杏同样古朴的石磨，能让人们穿越千年时光。细细打量，它们大多是近百年的产物，我不过是踏着晚清、民国，或是我童年凝固的时光。但石磨的确是时间的象征，布满了岁月的磨痕，尤其是当它们铺成一条路时，就更加令人震撼，不能不遐思万千。它似乎在提示：时光无涯，生命有限，每个人都是匆匆过客。那么，千万别消磨时光，要让生命充实，像石磨吸收丰谷一样吸收知识，磨粗为精，化为营养……由此看来，朋友在银杏谷创办书院，传承国学，可谓慧眼有识。这里不仅环境幽静，是个读书的好地方，还充满了禅意，使人深感国学的悠久，时间的紧迫。

想到此，我对朋友笑道，谁说石磨无言呢，它们蕴藏着太多的声音。你看，远远望去，石磨就像一张张唱片，一个个光盘，只要我们踏上去，就会听到岁月的录音，有故乡的韵律，亲人的笑语，还有哲人深沉的叮咛……

2009 年 11 月

在平静的日子里怀念一个人

日子是琐碎而平静的。比如这个夏日的周末，尽管不用上班，我仍然早早地醒了。我不习惯空调的蜂鸣声，不习惯在封闭的房子里呼吸。搬到新居已有一年多了，房中仍残留着装修所造成的气味，常使花儿们悄悄枯萎，以至我不得不让门窗时时大开，除非是不得不用空调的酷夏。

我打开窗子，阳光如耀眼的瀑布奔涌而来，拍打着我裸露的肩头，我似乎听到了轰鸣的浪涛声——好久，我才彻底清醒过来，意识到这是窗外那个地下车库的躁动。果然，有一辆小车像甲壳虫一样从车库钻出来，骄傲地出发了，只是车窗没关好，露出了一根长长的钓鱼竿。

天很蓝，蓝得像明净的琉璃，家家阳台上，都有五颜六色的衣服在微风中飘舞。钢琴声叮咚传来，不知是哪个邻家女孩在怯怯地练琴，惊动了对面高楼上的鸽群，如鲜花一样在空中灿然盛开，然后飞过了红旗的高度。那是一面插在鸽舍上的红旗，已经被风雨吹打得有些褪色了，主人显然是用它来召唤鸽群，此刻却触动了我记忆深处的某些东西。我怔怔看着红旗，看着鸽群在蓝天上盘旋，不禁想起了一个人，一个使生活变得如此安宁的人。

是的，在这美丽而宁静的早晨，我突然想起他，并非故作矫情，而是因为他的百年诞辰，有编辑向我约稿。我不愿用华丽而空洞的辞藻赞美他，可要真切地表达思念之情，又不知从哪个角度落笔，此事便一直萦绕在心……此刻，我心中豁然一亮，我若描绘这日子的宁静、安谧和从容，描绘这琴声、鸽群与花园，不就是对他的感怀和思念吗？我们日常生活中的点滴变化，不都像透明的水珠，闪烁着他的福泽之光吗？

作为一个中年人，我深知这平静日子的可贵。虽然我们的生活中还存在许多缺憾，但与那些充满仇恨、屈辱、愚昧和贫穷的日子相比，真使人有恍然一梦的感觉。因此，我不能不对他充满深深的感激与敬意，不能不想起他亲切的微笑、睿智的目光和扭转乾坤的双手。这位个子不高却使世界仰视的人，有着普通而谦逊的姓名却使历史震动的人，爱抽烟并在烟雾中宛如坐佛的人，有着浓重的川音、倔强的短发从不服输的人，以其传奇般的经历，钢铁般的意志，改变了历史，改变了中国，也改变了我们的生活。以至我们想起他，就会想起他那些点石成金的名词：平反、改革、高考、特区、一国两制……就会想起他“不管白猫黑猫，能抓住老鼠就是好猫”“发展才是硬道理”等等流传一时的妙语，就会想起他给我们所带来的一切。

我冲进书房，迅速打开电脑以记录我的思绪，但我很快就发现这样的叙说是多么平淡，也更深刻地体会到当他在世时，为什么一句“小平，您好！”就代表了亿万人的心声。是的，他是一个极其朴实的人，他不需要也不喜欢那些华丽的颂词。那么，我就平实地表达一个普通人对他深深的感激和怀念吧，在纪念他百年诞辰时，在这个红旗召唤着蓝天与鸽子，并且有琴声流淌的平静的日子里。

2004 年 8 月

女人花（三题）

手帕

当你掏出纸巾时，不知你会不会想起手帕，想起它曾是怎样叠放在男人的口袋里，斜掖在女人的衣襟间；被姑娘编成美丽的蝴蝶结，系住乌黑的发辫；被奔跑的孩子当作旗帜，在微风中快乐地挥舞……

是的，那小小的手帕，带着折痕的手帕，散发着阳光和香皂气味的手帕，已像一片流云，飘逝于遥远的岁月。但我想，只要提起它，你的脑海一定会浮起许多美好的回忆。

你会想起母亲，想起她那温柔的手帕，是怎样擦亮你金色的童年。当你哭叫时，它会轻轻地擦去你脸上的泪水。当你摔倒时，它会颤抖着给你包扎伤痕。当你孤独时，它会奇妙地叠成小兔、小鼠，叠成许多可爱的小动物与你为伴。当你遇到烈日暴雨时，它还会像一片及时飞来的祥云，给你遮阴，给你挡雨。尽管在许多时候，这小小的手帕起不了多大作用，却会使你深深地感受到母爱的博大与温暖。

你也会想起那清脆的儿歌：“丢手巾，丢手巾，轻轻地放在小朋友的后边，请你不要告诉他……”可见我们人生的第一次寻找，就与手帕有关。当我们长大后，口袋里就多了一方素净的手帕，母亲总是把它洗晒得干干净净，折叠得整整齐齐。你就是这样揣着手帕步入纷繁的人生，去与心仪的姑娘约会。这时你就会发现，约会的姑娘都有一方花手帕，常悄悄地握在手心，以便欢笑时捂住樱桃似的小口，生气时擦着梨花般的泪眼。这使你不由悠然遐想那些藏在深闺的古典少女，是怎样在手巾上穿针引线，绣上无数个思念的日月，送给恋人作为定情之物。当情爱不易，锦书难托，便有林黛玉似的女子凄然捂泪，让那一方素帛开出点点鲜红的梅花来。

哦，当幸福的黄手帕悠悠飘舞，你就走进了婚姻的殿堂，然后就由妻子给你洗手帕和臭袜子了。对男人而言，能在必要时掏出一方洁净的手帕，是绅士的风度，也是文雅的象征。同时，它也像水面的浮萍，显示着爱情的深浅。因为，一个贤惠的妻子，是不会让自己的男人掏出脏兮兮的手帕来的。她深知，这不起眼的手帕，往往会通过男人来展示女人的体面。

由此可见，尽管男人也使用手帕，但它实质上是属于女人的。它好像是女人身体的一部分，是鸟儿飞翔时必不可少的一片翎羽。在过去，一个女人出门时没带手帕，一定会心慌意乱，就像现代人忘了带手机一样，突然感到与世界失去了联系。因为，手帕对女人来说，不仅有擦眼泪、包零食等实用功能，还是美丽的饰物，绝妙的道具。只要你看看戏台上的女子，是如何让手帕像花瓣一样盛开在旗袍之襟，映衬着丰满的曲线，或是用纤纤葱指把手帕舞成绚丽的团扇，你就会明白它对女人是多么重要。

也许，在女人心目中，那遮掩娇羞的鲜红婚纱，那浸润情思的洁白诗帛，那巧裹秀发的头巾，轻环玉颈的丝巾，都是手帕脱胎而来。所以，再贫困的女子，都会有一方心爱的手帕，即使它裁剪于朴素的土布，浸染的汗水多于泪水，日后可能会演变为婴儿的尿片、陈旧的补丁和油腻的抹布。但只要看见它，她的心就会变得湿润而柔软，就会怅然回想飘逝的青春。

小小手帕，就这样包容着女人美丽而辛苦的一生。而我们这些男人，粗心大意的男人，只是对魔术师灵巧的手帕深感兴趣，为它时而变出一束鲜花，时而又变出一只白鸽而大声喝彩，却忘记了女人是怎样用手帕变幻人生，让绚烂归于平淡的。我们往往只是在茶余饭后，用纸巾擦拭嘴角的汤迹酒痕时，偶尔抬头，才会心痛地发现，即使用光滑的丝绸，也难以抚平老妻眼角的皱纹。

穿针

春节前夕，妻清理出儿子过冬的衣物，以备他从南方回家过年。细细折叠时，发现棉袄掉了扣子，妻便找出针线，对着灯光穿针。她眯着眼，费力地穿了半天，也没能把线穿进针眼里，只好苦笑着要我来试试。我沾了早年近视的光，现在不用戴眼镜就可看书上网，自信能完成这一重任。谁知我也力不从心，那细细的银针，在灯光下竟成重影，根本看不清针眼儿。

一个平常的生活瞬间，就这样成为我们生命的刻度，感到好多时光已悄悄地从那针眼里穿越过去，穿不过去的便是这人老眼花的感叹，还有线儿般绵长的回忆。

记得儿时最自豪的事，就是为外祖母穿针引线。那时，过日子是离不开针头线脑的，每件衣物，都是“新三年，旧三年，缝缝补补又三年”。家家均备有针线包，心细者还会把针儿装在粉盒里，以免生锈。针线的型号多种多样，纳鞋底、缝被子、钉衣扣、打补丁、绣花儿，各有各的用途。外祖母识字，放针线的地方就很独特——一本厚书，夹着鞋样和彩线，大大小小的针，如兵器似的插在书页上。因常为外祖母穿针，那本书便成为了我的启蒙课本，至今仍记得那是一本童话集，有许多好看的插图。

我也想起了母亲，想起了母亲手指上的铜顶针，那是女人们的另一种戒指，古朴而实用的戒指。没有珠光宝气，只有麻麻点点的针痕。母亲总是辛勤地缝补着，连我小时候的书包，也是用各种色彩的碎布拼接的，还巧妙地组成了花花绿绿的图案。只有在冬日里，母亲的手因冻得红肿红肿的，顶针箍得手指发痛，才不得不把它取下来。

记得母亲年老时，我心酸地帮她穿过针，但我没想到，我也会帮妻穿针。我是个粗心而懒散的男人，很少做家务活，除了当知青时不得不学会缝被子，成家后就再没与针线打交道。妻能干灵巧，穿针引线的事，自然不会要我插手。而且随着生活水平的提高，缝缝补补的事越来越少，针线便很少用了，只记得妻做针线活时是十分安静的，灯光下的剪影娇美而轻盈。

可转眼间，我们就老了，那铜顶针更成了古董。只有记忆不老，仍是那么温馨，那么绵长。是的，作为男人，粗心大意的男人，是会忽视这平凡的针线的，只到情深处、梦断时，才会睹物生情，想起“铁棒磨成针”的传说，想起“慈母手中线，游子身上衣。临行密密缝，意恐迟迟归”的诗篇，想起这小小的针、长长的线，是怎样穿梭着岁月，缠绕着女人的情思；她们的千针万线，又是怎样与自己的人生密密相连。

那个夜晚，我的心变得格外柔软，温存地看着妻戴上老花眼镜穿针引线，为儿子的棉袄缀上衣扣。我不知道，当儿子归来感受着母爱的温暖时，是否会发现母亲添了一丝线儿似的白发。

母乳

尽管年过半百，但在兄姐的眼中，我是一个长不大的小弟。初夏时节，娴姐从苏州回汉，姐弟四人欣然相聚。聊起往事时，娴姐叫着我的乳名说，没想到你头发都白了，可我总记得你吃奶的样子。年近七十的俊姐笑道，是啊，我们兄弟姐妹中，就数你吃奶时间最长，一直吃到三岁。猷兄摸着花白的大胡子说，哼，那时我最羡慕你，从外面玩耍回来，就往母亲怀里钻！我不好意思地笑道，三岁的事我哪记得？我只记得母亲有一个瞎奶头，只能吃一边。

我这么一说，兄姐们都沉默了，好久，俊姐才长叹一声：是啊，那是因为欣弟突然夭折，母亲的奶水太足而生了奶疮……

母亲之乳，就这样浮现在我们共同的记忆中，那么温暖，又那么圣洁；如此遥远，又如此亲近，使我们强烈地感受到什么是兄弟姐妹，什么是一奶同胞。

转眼间，母亲已去世二十来年了，想起她，我们的眼中就含着泪水。母亲困苦一生，共生有八个子女，却只存活五个。因我年纪最小，得到的宠爱也就最多，这宠爱从吃奶上就可见一斑，我吸尽了母亲最后一滴奶汁。

前年大哥去世，猷兄因伤兄之痛而梦见母亲在家乡的菜园摘南瓜。那是一条翠绿的瓜蔓，牵着一串金色的南瓜，母亲弯腰捧起一个南瓜时，发出了沉重的叹息。猷兄叙说此梦时，我全身发冷，不准他再说下去。此刻回想起来，那瓜蔓不就是母亲奶汁的化身吗？

自从成年后，姐弟们各忙各的，难得有如此闲暇，此刻定睛相对，才发现大家都老了，连最小的我，头上也有了白发。我们聊起了许多儿时的趣事，如谁爱尿床，谁最淘气，聊得大家都会意而笑，好在没有后辈在身旁，不然真叫人脸红。唉，乌鸦反哺、羊羔跪乳，我们没能在母亲生前尽孝，是内心中最大的遗憾，只能默默跪拜，默默回想母乳的甘甜……

2004 年 2 月

儿子的空间

网络是如此奇妙，虽然儿子远在南方，我却可随时点击他的“空间”，走进他的生活，他的沉思与梦想。与许多年轻人的“博客”一样，儿子的“空间”五彩斑斓，恣意地展示着青春的浪漫。他已习惯用镜头记录生活，配上一些散淡的文字，让朋友们分享他的忧乐，他对这个世界的探寻。这种随意之作，虽然不免粗糙，却真诚有趣，并不乏思想的火花，灵感的闪烁。作为父亲，自然看得格外亲切，别有一番感触。不过，我只是一个悄然无痕的过客，不像他的那些发烧友，会抢占什么“沙发”，留下嬉闹的评语。我只是看，默默地看，就像看儿子渐渐长高的身影，从而有一种满足，一种欣慰，一种成为父亲后才能体会的男人的慈爱和温情。

是的，儿子长大了，不再是那个穿着印有摇滚歌星头像的 T 恤，走路也戴着耳塞听歌的毛头小子了。他已拥有了自己的空间，一个令我熟悉而又陌生的空间。尽管我讨厌某些以名人自居的“博客”，把吃饭刷牙的琐事也公布于众，却爱屋及乌，希望儿子的“空间”能细微地展示他的日常生活，展示他在异乡沉重而轻盈的飞翔。

一

五年前，儿子大学毕业，执意在网上应聘，去了遥远的南方。那时他正处于青春反叛期，就像一匹倔强的野马，一心想逃避父母的呵护与羁绊，去一个陌生的天地中自由闯荡，以证明他的价值和能力。他的反抗是如此可笑，连我给他买的火车卧铺票，他也换成了硬坐，说从此要学会节约，体验真正的人生。

不幸的是，他的第一次远行便出师不利：皮包被盗，包内有身份证、毕业证和学位证，他是作为一个“黑人”去新单位报到的。

那天早晨，接到他结结巴巴的电话，我哭笑不得。他说，一路上都在看书，但天快亮时打了个盹，没想到列车进站时，有人会搭着人梯，从窗外把皮包闪电般地拎走……我叹了口气说儿子，好在人没丢，只当交一次学费吧。

娇生惯养的儿子，由此品尝到外面的世界，并非像他所想象的那么浪漫，我不知道他是怎样以一种惶惑无助的表情，来证明自己的身份。我更没想到，这夜行的火车，会成为儿子求职的象征，他今后会不断地到达，又不断地出发。

儿子到达的第一站，是一家有名的生活休闲杂志社，编辑们大都是名校毕业，竞争相当激烈。儿子干得很苦，此时方知所学不足。他读的是中文系，大学四年几乎是玩过来的，弹吉他，淘影碟，谈恋爱……毕业考试时，他还在优哉游哉地“拍电影”——租借了一台摄像机，和几个同学自编自演。每当我皱着眉头告诫他时，他就会做个鬼脸，拉长声调说，知——道！

这是又一代人，一代与父辈的成长经历完全不同，从而使父母感到困惑的人。

我曾与儿子讲过自己的青春岁月：停课的校园、玻璃破碎的教室、知青小屋的油灯、挥汗如雨的炉台……儿子也记得他小时候，一辆破旧的自行车，是怎样载起一个家庭，母亲是怎样抱着他去夜大上课。可儿子认为，时代不同了，我们难道还要像你们那样吃苦受难吗？

好，现在轮到我来热讽冷嘲了。生活的确是一部教科书，只有亲身体验，才会发现其中的奥妙。当儿子在电话中诉苦，说编辑这碗饭难吃时，我拖长声调说，你现在知道老爸的告诫大多是真理吧？我完全可以想象你狼狈的样子，坐在格子间里如同困兽，愁眉苦脸地搔弄着一头乱发……

说来又令我苦笑，生活休闲类杂志以新奇取胜，并流行“纪实”之风，可生活中哪有那么多奇人怪事？于是能把假的编成真的，就是编辑最大的能耐。这不是文学创作，却类似创作，同样需要虚构、提炼和渲染。于是，面对这种大学老师从没教过的“新文体”，儿子一时束手无策。我叹道，幸亏你老爸是个文人，没事，帮你弄一篇！

我找来这类杂志，仔细琢磨后，就将我的一篇小说改写成这种“新文体”，故事奇特，一波三折，恩爱情仇，五味俱全，应该完全符合要求。果然，儿子修改一番送审后，文稿马上就发表了，还配发了男女主人公的“照片”，使我惊讶不已。当儿子打来电话报喜，说该稿被评为当月好稿时，我真不知说什么好，好久才冒出一句：下不为例！

儿子就这样在南方立足，渐渐熟悉了他的工作。每月收到他寄来的杂志，只要翻翻他所编的页码，就知道他本月的工资，因为，他的收入是以发稿量严格计算的。儿子很努力，收入日益上升，只是他编写的那些奇特之事，常使我目瞪口呆。

春节前，儿子终于回家探亲了，脸上还是挂着羞涩的微笑，额头上却出现了抬头纹。他变得懂事多了，抢着洗碗、拖地，还主动陪母亲逛街。但他显然有一种无形的压力，不停地打电话寻找稿源。他问我有没有司法界的朋友，说监狱那些地方“有料”。他提到某位正走红的文友，要我想办法约稿……

我觉得儿子的工作太沉重，也太无趣。儿子笑道，你别瞧不起我的饭碗，俏得很呢！现在四条腿的是宠物，两条腿的大学生是牛毛！

二

儿子回南方不久就跳槽了，跳到另外一个城市，另外一家杂志社。

就像当初执意远行一样，儿子对他的跳槽没做任何解释，使我难以洞悉他的酸甜苦辣。好在他工作的第二站，是编辑兼记者，不用死守在格子间里琢磨人间悲欢，可出外采访，可去拍摄时尚服装、佳肴名菜和影视明星。他的口气也变大了，与我在电话中交谈时，常感叹单位管理混乱、视野狭窄，说如果他当主编将会如何如何。

看来，儿子已不甘心当一个打工仔，开始从更高的层面考虑问题了。我为儿子的进步感到高兴，尽管我瞧不起他所编的杂志，花花绿绿的，浅薄而俗套，仍一再劝告他安心工作，不要计较名利，一切以提高能力为重，哪怕是当“狗仔队”，也要成为一只能跑能叫的小狗。

是的，像小狗一样跳来跳去，自由地选择工作，应是儿子这一代人的福气。与他相比，我就像一棵树，一辈子扎根在一个企业，花开花落，都在这方寸之地。我由此而羡慕儿子，羡慕他拥有比我更为开阔的成长空间，更为丰富的人生体验。但凡事都有得有失，工作不稳定，是难以从容发展的，儿子应尽快安定下来，不能总是跳槽，把宝贵的青春消耗在一个又一个可怕的“试用期”中。

但我没想到，儿子跳来跳去的单位都是民企，与我所在的国企有许多不同。他的“新东家”不仅是家族似管理，用人唯亲，使员工没有归属感，还常常拖欠工资，连他请服装模特、出外采访等等都是自费，难以报销。

所以，当儿子又一次跳槽时，我不再惊讶。我已从他的经历中领会到这一代人求职的艰辛。虽然大学毕业生算是“城市白领”，比民工要强得多，但多如过江之鲫时就不再有什么优势，只能浮萍似的随波漂荡，不知何时才能找到合适的泥土扎下根来，让梦想开花结果。

幸运的是，儿子找的第三家单位比较正规。那是一家文化网站，设有电影、摄影等多个栏目，儿子的爱好和特长也就歪打正着，有了用武之地，并随行就市，在这个网站上建立了自己的“空间”。

三

儿子喜欢拍摄天空，各种各样的天空：雨后的湿润、黄昏的朦胧、秋日的高远、夏夜的神秘……他有一夜曾通宵奔波，精心拍摄了四幅不同地点、不同时态的天空，起名为“子丑寅卯”。

我想，儿子对天空的偏爱，显然与他是一朵浮云有关。他一方面享受着飞翔的自由，另一方面也感到前程的缥缈：

这世界很多东西都没有尽头
就像头顶上那片天空
就像生命里那些
说不尽道不明的秘密

于是，我悄悄地阅读和破解着他“生命里的秘密”。比如，他周末路过一家玩具店，看到“孙悟空公仔”，就想起“小时候很喜欢看漫画，看圣斗士、七龙珠、风魔小次郎，出一本买一本，接近痴迷……”比如，听到吉他声，他就想起16岁那年，第一次离开家去郊县读书时的情景：“早上五点半听着军号声在黎明的黑暗里醒来，只有床头CD机里的歌声是温暖的。那时候，特别喜欢听无印良品的歌……”

他还深沉地写道：“记得上大学的时候，女朋友经常做梦，约会时就会把她的一个个奇怪的梦说给我听，我当时正在学习意识流小说，突发奇想，让女朋友写梦日记，把自己做的梦全部记录下来，然后发给我，作为我的奇幻小说素材。女朋友答应了。可没过几天，就怨声连连，说自那以后，晚上再也没有睡好过。于是，这个我大学时候的奇幻小说梦就这样不了了之。如今做梦是很少有的事情，因为每天睡得很晚，还没来得及入梦就已黎明……”

多年来，我与儿子的对话，是两个男人的对话。男人的表达，往往是粗糙、简短和含蓄的，尤其是父子之间，更难以像朋友一样倾心交谈，羞于袒露温情，袒露内心的脆弱。网络却使我轻松地越过了障碍，能不动声色地探寻儿子心灵的空间。他的许多“自白”，不仅唤起了我的回忆，也促使我反思：在儿子的成长过程中，我是不是一个合格的父亲？

最令我高兴的是，儿子学会了忙中偷闲，常常利用周末独自远行，然后津津有味地讲述旅程的趣事。他有一组照片，起名为《江南的字》，聚焦的是江南那些古老的招牌、地名及食谱。因为，“江南行走，少不了字里行间的诗情画意。那些浓浓淡淡的文字，叙说着古今的故事，横竖撇捺，都含着江南的情致和味道……”读这样灵动的文字，无疑是令一个父亲深感欣慰的。

他也用镜头记录了自己零乱的生活：翻毛的牙刷、床头的闹钟、脏乱的衣物、重叠的书籍……并能在凡俗生活中有所发现，有所感悟。比如：“在文化宫看见一群练舞的小女孩，对着大镜子下腰、劈叉、踮脚……”他就由此想到：“不够自信的人这样天天面对自己，和自己对视，也许是一件无比痛苦的事情……”

漫游在儿子的“空间”，我常想起哲学家海德格尔的名言: 诗意地栖居。让生活充满诗意,应是人生最大的追求。儿子的工作虽然相当紧张，收入不高，至今仍在漂泊之中，但他显然长大了，成熟了，已知道该怎样沉静地面对人生的风雨，去寻找生活中的诗意。

四

我去过儿子漂泊的城市，那里潮湿而拥挤，以至钢筋水泥的森林里，也疯狂地繁衍着藤蔓似的高架桥。我不明白那座城市有什么魅力吸引着儿子离家远行，也许，远行就是一个最好的理由，还有南方充沛的阳光，可以使他一年四季都穿牛仔裤和 T 恤，而不用正经八百地打领带，穿西服。

被阳光晒得又黑又瘦的儿子，背着一个沉重的电脑包来迎接我。他笑着解释，蜗牛似的背着笔记本电脑，并非装酷，而是因为要不断查看网站的工作状况。儿子已相当熟悉那座城市，熟悉他所生活的空间，陪我逛街时，不时地掏出手机拍照，就像他过去习惯于戴着耳塞，边走边听音乐。我再不会皱起眉头提醒他注意什么，我只是默默地看着他瘦高的背影，想起了他的诗，他写给自己和朋友们的诗：

我相信歌声

有些花在梦中开了

把微笑变成泪水

那么洁净地

等待亲吻

哦，儿子，长大的儿子，你知道吗？爸爸每次点击你的空间，就像是一次悄无声息的亲吻呀！

2005 年 10 月

北高峰下

盛夏时节去杭州，有幸住在灵隐寺边的一所宅院，门楣上书有“孟庄”二字。行人若留意，才会发现门前藤蔓中有块卧石，石上刻着“中国作家协会杭州创作之家”。

孟庄不大，占地只有一亩一分，原是一孟姓商人的乡下庄园，新中国成立后由中国作家协会买下，作为创作基地。1988年重新改建后，已接待了从天南海北而来的数千名作家。作协把这块方寸之地经营得十分温馨，院内设有书房茶室，回廊里挂着巴金、夏衍、徐迟、光未然等前辈作家的照片和题词，斯人已去，音容犹在，使人感叹不已。

我住在二楼，爬满常青藤的窗子正对着北高峰。山青云白，静穆无声，只有高空索道上的游览车来来往往，飞驶于起伏的林涛之上。它们四个一组，宛如五线谱上的音符，汇合时就会停顿一会儿，好像在风景中沉思。

静庐美景，正好写作，写累了就看看山，真是“相看两不厌，只有北高峰”。这次来杭，我特地带了明代散文大家张岱的《西湖梦寻》，书中便有北高峰之记：

> 北高峰在杭州灵隐寺后，石磴数百级，曲折三十六湾……此地群山屏绕，湖水镜涵，由上视下，歌舫渔舟，若鸥凫出没烟波，远而益微，仅规其影。西望罗刹江，若匹练新濯，遥接海色，茫茫无际。张公亮有句：“江气白分海气合，吴山青尽越山来。”

读这样的文字，真是一种享受，如此美景，岂能不登高望远？有天清晨，我便起了个早床，乘清凉顺古道而行。只见树木葱郁，遮天蔽日，山路曲折盘升，青石板宛如重重叠叠的史书，仍谱写着千年前苏轼所描绘的风景：古松攀龙蛇，怪石坐牛羊。渐闻钟磬声，飞鸟皆下翔。

上山后才发现有许多晨练者，无论老少，均健步如风，转眼就不见人影。我十分惭愧，走走歇歇，终于气喘吁吁地登上了山顶。举目四望，顿觉心旷神怡。青山如黛，西湖如镜，如同张岱所言：“郡城正值江湖之间，委蛇曲折，左右映带，屋宇鳞次，竹木云蓊，郁郁葱葱……”只是烟波中高楼隐隐，使人难以幽然怀古。

山顶上有灵顺寺，被称为“天下第一财神庙”。因索道占地，致使庙门对着高高铁塔，连弥勒佛也放置于塔下，似乎财气可由现代电塔发射四方，显得捉襟见肘，不伦不类。说起来，灵顺寺不仅有财气，还有王气，早在宋代就被宋徽宗赐名，清代皇帝乾隆在此题词“财神真君”，喜欢登高望远的毛泽东，也曾三上北高峰，并留下了一首五律：

三上北高峰，杭州一望空。
飞凤亭边树，桃花岭上风。
热来寻扇子，冷去对佳人。
一片飘飖下，欢迎有晚鹰。

感谢科技所赐，人们现在上山再不用苦苦登攀，可坐缆车速登顶峰。财神庙的香火由此更盛，拜求者络绎不绝。因时辰尚早，索道还没启动，我便落得清静去庙中一逛。庙不大，就像一个四合院，为供香客所求，厢房里摆满了赵公元帅大小不同的塑像。我感兴趣的，是墙上挂着重新修庙的照片，还附有题诗：

松下无人一局残，空山松子落棋盘，
神仙更有神仙着，毕竟输赢下不完。

白日看云坐，清秋对雨眠。
眉头无一事，笔下有千年。

我读后怦然心动，赶紧用手机拍照录存。哦，不知这诗是否僧人所作，但恰合我这俗人心境。看来这灵顺寺真有灵气，知我每日静对北高峰，不求财气求文气，特送诗给我悟道呢！

从山上看，青青茶园宛如棋盘，白墙黑瓦的孟庄，就像是碧野中一枚小小的棋子。我不由想到，写作也如坐禅悟道，与山风流云悄然对弈，尽管“神仙更有神仙着，毕竟输赢下不完”，诗人墨客仍乐此不疲，沉醉于“眉头无一事，笔下有千年”。可见人生如棋，输赢快慢并不重要，重在坚持，乐在过程。就像这上山，虽然乘缆车可一飞升天，却少了步步登高、从容观山的情趣。于是，晨钟声中，牵一丝禅意陶然而归。

2007 年 8 月

高阳行

兴山古属秭归，是大诗人屈原、大美人王昭君的故乡，其县城高阳历史悠久，读屈原的《离骚》：“帝高阳之苗裔兮……”便使人对其充满好奇。20年前，我溯香溪而上到过高阳，那是一个古朴而清幽的山镇，依山临水，老街纵横，一片片鱼鳞似的黑瓦上飘浮着淡淡的云雾。我由此领悟到，昭君这个山妹子之所以能走向京城，显然是因为昭君村离县城不远，那些骑马坐轿沿溪而行的官吏们，会很容易地发现某位浣纱之女的天生丽质。

如同山妹子王嫱变成出塞的明妃，兴山县城的巨变，也可称得上是一部令人惊叹的传奇。因三峡大坝的兴建，高阳属于将要淹没的库区，于是，县城便不得不迁建于山区的腹地——古夫镇。这虽然是一次“烈士断腕”似的搬迁，充满故土难离的苦痛，但也是一次千载难逢的脱胎换骨之良机，从而使大山深处奇迹般地出现了一个崭新的城市，以至我第一眼看到它时，竟有一种走进海市蜃楼的幻觉。

那是暮春时节，我从宜昌匆匆赶赴兴山。一路崇山峻岭，遮掩着西沉的落日，车像蚂蚁一样在山谷间踽踽爬行。当夜色如墨汁一样蔓延开来，便浓稠得使人昏昏欲睡，只有几点车灯，流星般闪烁在沉寂的群山中……不知何时，我眼前一亮，墨黑的群山中，突然闪现出一个童话般的世界：珍珠串起的街道，琥珀般透明的高楼，闪闪烁烁的霓虹灯，使人好像从千古蛮荒中忽然跨进了现代都市！这种强烈的反差，如同电影的蒙太奇，连接得如此奇妙，以至我被震撼得好久好久都说不出话来。

到新县城后我才知道，古夫同高阳一样，也是位于香溪之畔的古镇，当地人把县城的迁建自豪地称为“回归”。据说宋朝时兴山初建县城，定的就是古夫。只因高阳人有异议，县令才奏报朝廷称土裁夺。所谓皇天后土，须以土重定城。县令择定吉日，命高阳、古夫各送一升土到县衙，当着各方代表现称现定。可叹古夫人太老实，不仅把黄土打碎晒干，还捡去了石子。而高阳人却将石子打碎合进土里，结果以土重而获胜。其实，一方水土，哪能分清孰轻孰重？这称土裁夺，不过是县令玩的游戏罢了。但古夫人一直不服气，以此传说证明自己比高阳人实在。也算是风水轮流转，千年之后，古夫终为县城，而高阳却成了泽国。

青山环绕的新县城，由清华大学的专家们按“20 年不落后”的宗旨而精心设计，可谓是在一张白纸上画最新最美的画图，从而把它建造得美轮美奂。最醒目的是县办公大楼，赫然耸立在中轴线上，面对优美的香溪广场，造型宛如一本打开的精装书，好像要人来阅读它崭新的历史。新县城虽然精美整洁，却人气不旺，没有我所熟悉的山民生活的气息，似乎大山将县城与四周的山村截然分离，围成了另外一个世界，看不到历史过渡的痕迹。于是，我决定去看看正在拆除的老县城——高阳。

从古夫到高阳并不远，坐车半个多小时便可到达。然而，这短短的路程，便决定了县城的迁建。与传说中以土重定城不同，这一次是以水位定城。将要沉入水中的高阳，已是一片废墟，到处是残垣断壁，拆去窗棂的高楼，像睁着无数空洞的眼睛默视古城的沦落。但令人惊讶的是，尽管县城只残存半条老街，却仍是摊铺林立，十分热闹。背篓里的娃娃、抽旱烟的老人、老式理发店、花花绿绿的广告……呈现着山区城镇特有的场景。人们自如地行走在重型卡车卷起的浓尘中，似乎原有的生活节奏没有停顿，并要顽强地延续到最后一栋房屋的拆除，这不能不使人感叹兴山人对这片热土的留恋。

我站在香溪干涸的河床上，看掘土机轰鸣着不停地挖掘砂石。这些砂石将会变成新的道路，新的建筑物。我想，砂石中肯定藏有古船的碎片、生锈的箭镞、铜钱、纽扣等历史的遗物，也肯定藏着少女浣纱的倒影、孩子嬉水的笑声……哦，兴山，诗人和美人的故乡，又在书写新的传奇！

2002 年 6 月

吉庆街风情

如果你喜欢清静，不要去吉庆街。如果你欣赏雅致，不要去吉庆街。

吉庆街是寻闹的大排档，找乐的大观园，是世俗的浪漫，下里巴人的风情，夜江城一个笙歌不息的舞台，老汉口一角似曾相识的风景。

如果你要去吉庆街，一个人去是没趣的，一对情侣去也是没趣的，最好是三朋四友，邀五喊六，嘻嘻哈哈，结伴而行。你要有足够的思想准备，去承受那里的喧闹嘈杂，也要有足够的零票子，去消费你的凡情俗趣。

吉庆街位于汉口老城区的中心地带，路口最明显的标志是老通城酒楼。这家酒楼以豆皮闻名，连毛主席都曾亲临品尝。近水楼台先得月，吉庆街便是沾了老通城的光而发迹，但它靠的不是豆皮，而是便宜实惠的下酒菜，如毛豆、虾球、鸭脖子等，尤其以卤味鲜美的鸭脖子闻名。若以美食家的眼光看，吉庆街就像这种难上正席的食物，油腻腻的，光滑滑的，筷子不好拈，只好不顾绅士风度和淑女风范，拿在手上慢慢地啃嚼，因啃的是“活肉”，便越嚼越有味。另外，这种颇费时间的食物，也是十分适合在武汉闷热的夏夜里乘凉休闲的。

其实，吉庆街的魅力不是悠闲的吃，而是洒脱的乐。要谈吃，它在武汉排不上号，要谈乐，却绝对是个好地方。尽管你一走进吉庆街喧腾的声浪中，浓浓的酒气就扑面而来，街上挤满了五光十色的凉篷，亮晃晃的灯光映照着食客们兴奋的脸。但吸引你的却是那嘈杂的音乐声，左呼右应，此起彼伏，如一锅面糊搅成一团，使你根本分不清什么是主旋律。这声浪里有笛有箫有黑管，有二胡三弦和吉他，有小提琴大提琴手风琴和扬琴，有萨克斯“呜呜”地吹，渔鼓“嘭嘭”地响。音乐声好像在为那唱歌唱戏的人伴奏，却又不知是为谁做嫁衣裳，京戏楚戏黄梅戏，秦腔越剧河南梆子，民歌洋曲加俗调，还有讲相声的、说评书的、扮小丑的……到处是剧场，到处是舞台，也到处是掌声、笑声和喝彩声。

当你看得眼花缭乱，听得晕头转向，还没定下神来，就有开餐馆的、擦皮鞋的、卖花的、画速写的、照相的纷纷而来，使你应接不暇。你不妨找个干净的凉篷从容坐下，一边由人擦鞋，一边随意点菜，顺便给同行的女士买一束鲜花。吉庆街的好处就是实在，既给你一种颐指气使的派头，又花费不多。

酒菜上桌后，卖艺人开始接踵而来，笑盈盈地叫一声老板，殷勤地递上歌单，请你点一曲《喜洋洋》，或是《步步高》。要不，就来一首《朋友》，再加上一曲免费赠送的《欢乐今宵》。你要是点头，乐声马上就响起来，也立刻有人端着相机前来游说：如此良辰美景，何不来张快照作为留念？

喝着啤酒，啃着鸭脖子，听着本桌或邻桌点的乐曲，你终于可以从容地看看吉庆街的风景了。嗬！这里真是夜夜在过狂欢节，卖艺人一拨又一拨，鱼儿似的在食客中游动，有衣裙飘飘、轻弹吉他的美少女，也有白发苍苍、手持长箫短笛的老江湖。他们各怀绝技，各显神通，或独唱，或合奏，或悲歌，或笑吟，只要你舍得花钱，他们就会不停地表演。当你看多了，听久了，就会发现他们之中不乏高手，有人亮出的获奖证书并非水货，可见吉庆街也是藏龙卧虎之地。

吉庆街虽然喧闹嘈杂，却杂而不乱。卖艺人多为下岗职工，因而十分珍惜吉庆街给他们带来的生机。他们持证卖艺，颇有礼貌，卖艺时也互不干涉，提倡自由竞争，并竞争出“四大天王”。如天王之一的“麻雀”，其貌不扬，嗓子嘶哑，却以乱拉二胡戏唱自编俚曲而扬名。吉庆街的顾客也非常来，大家都不过是慕名而来，看看稀奇，找找乐趣。所以，俗人来，雅人也来，其中便有女作家池莉，她以吉庆街为背景写了一篇名为《生活秀》的小说，并被改编成电影，使吉庆街扬名全国。不过，令人遗憾的是，影片不是在吉庆街拍摄的，也就拍不出这儿独有的世俗风味。不知导演是否明白，吉庆街的俗，武汉人的俗，是俗得实在，也俗得自在，且俗到极处也就是雅了。

好啰，吃饱了看够了，也该走路了。吉庆街不适合久待，好比看戏，看一场也就够了。还是前客让后客，走出这流水席吧。顺便说一句，如果你是东道主，带着客人返程时千万不要经过汉口江滩，那儿布满了旧租界老建筑，有许多幽雅的咖啡馆，是老汉口的另一种风情。若同行者吵着看江景，喝咖啡，你会非常不划算。因为一杯咖啡的钱，可以在吉庆街点三首歌。

2003 年 9 月

李庄梦游

在炎热的夏日，从喧嚣的都市，突然走进宁静而古典的村庄，真是身心如洗，有一种做梦的感觉。这里离市区不远，却是田野铺绿，荷塘摇红，有高耸的牌楼和系马桩，在阳光中投下历史的暗影。我从高铁时代走来，无马可系，只好拍拍那晒得发烫的北宋石狮，道一声久违。

我以为自己走进了衣袂飘飘的宋朝，可欣赏《清明上河图》的风景，可迎面的戏台却是民国的模样，顶棚彩绘的八仙图下，似乎一出祝寿的京戏刚刚落幕。穿过虹桥，桥边静立的童男童女，憨态可掬，显然是仿唐的石雕。再看那白墙黑瓦的徽派民居，原汁原味的绣楼、书院和官厅，都散发着清朝的气息，恍惚之中，有长袍马褂瓜皮帽进进出出。终于坐定在幽深的官居，擦一把热汗，看到博古架上摆满了不同朝代的古董，那些铜器、瓷器、字画、匾额等等，都给人一种时光错乱、地域混淆的感觉。

是的，这不是一座土生土长的村庄，而是一个村庄似的古建筑民俗博物馆，不论绣楼书院，还是官厅戏台，都是从异地搬迁而来，移植而来。它们绝非虚假的古董，都带着风雨侵蚀的陈迹，无声地诉说着岁月的沧桑。但静静细观，又感到它们拼接得有点杂乱，有点生硬，缺乏那种原生态的环境氛围。因而，便使人觉得在梦中断续穿行，真是唐宋明清，山重水复；民国现代，柳暗花明。

也许，这就是博物馆的特点吧。无论如何，要感谢李庄的创建者，费尽心血，寻幽访古，从荒草与瓦砾中抢救文物，竭力收藏和复原历史的记忆，从而使严西湖畔再生了一个古典的村庄，给来者一次奇妙的梦游。

说李庄再生，并不为过。历史上，青山这片热土并非荒僻之地，而是省城之郊。相传三国时，鲁肃曾在严西湖操练水军，而离这儿不远的青山矶，宋朝大诗人陆游曾泊舟系缆，写进游记。如果不是战乱频繁，风摧雨毁，这片土地上应该是有这样古风犹存的村庄的，只是不会如此显赫富贵，应大多为耕读人家，自享田园之乐。

如果说白天的李庄尚难入戏，那么黄昏时就真有古代氛围了。当游人散尽，我在浓重的暮色中独自漫步，只见楼影重重，庭院深深，四处寂然无声。走进借宿的官居，门扇吱溜作响，依稀可见八仙桌、太师椅、雕花木床……有人吗？我大喊一声，既是戏谑，也是壮胆。无人应答，只有隐隐回声。于是，赶紧拉亮电灯，梦回今朝。

2001 年 7 月

藏龙岛观桥

襟江带湖的武汉，受水之润泽，含水之灵秀，理应以桥梁之乡、彩虹之城闻名于世。可尽管新桥纷纷飞架，武汉人却没在“桥文化”上大做文章。新建桥梁均给人急功近利之感，重实用价值，轻艺术装饰。如拿武汉长江大桥与二桥相比，建设时间相隔三十年，照说后来者居上。可令人遗憾的是，后者的艺术美感却明显不如前者，长江大桥宏伟的桥头堡、优美的雕栏，至今仍赏心悦目。

因此，当我听说汤逊湖有一个美丽的藏龙岛，江夏区开发此岛注重文化品位，雕巨龙，建凤台，还搞了“微塑景观”二十四桥时，不禁怦然心动。暮春时节，便与一群文友欣然去宝岛观桥。

藏龙岛由三个小岛组成，原是芦苇丛生的沼泽之地，如今大道纵横，新楼林立，处处绿草如茵。开发者精心布局，有工业区、行政区、校园区、住宿区、旅游区等，二十四桥正陆续飞架于湖光山色之中。

显然，建二十四桥的创意来自唐朝诗人杜牧的名句：“二十四桥明月夜，玉人何处教吹箫。”我由此猜想这二十四桥造型古朴，均含典故。因为，中国的桥文化实在丰厚，有关桥的诗词就数不胜数。且不说陆游的“伤心桥下春波绿”，马致远的“小桥流水人家”，都是脍炙人口的千古咏叹，就连“摇呀摇，摇到外婆桥”的童谣，也会使人产生美妙的遐思。在水墨淋漓的山水画中，月牙般的小桥更是点睛之笔，使山山水水都变得灵动起来。

如诗如画的桥梁，就是这样跨越时空之波，把我们与历史、与未来连接在一起，成为我们生活中也是梦想里绚丽的彩虹。只是我没料到，江夏人气魄颇大，竟是纳世界名桥于一岛。据开发区负责人介绍：这二十四桥有美国的金门大桥、意大利的威尼斯拱桥、英国的控威桥、法国的瓦轮梯桥等等，也有中国的卢沟桥、云南木桥、湖南桥、钱塘江大桥……游人上岛，将如同置身于世界桥梁的博物馆，目不暇接，趣味横生。而且，这些千姿百态的桥不仅是微雕景观，还能实际使用，桥上可行车，桥下能通船。

这的确是令人赞叹的创意。于是，我与文友们便兴致勃勃地去观桥赏景。沿着环湖路而行，虽不见二十四桥全貌，但仅观已建成的几座小桥，就有悬索、多拱、斜拉等样式，风格各异，特色鲜明。由此可想象二十四桥建成后的美景：碧水共长天一色，虹桥借日月生辉。当人在桥上，影在水中，便会产生一种如梦如幻的感觉，悠然想起那隽永的诗句：你站在桥上看风景，看风景的人看你。

欣赏着湖光山色中的桥姿虹影，文友们纷纷感叹，说武汉的桥梁要是像这微雕景观一样美，那该多好啊！若有外地朋友来汉，不看别的，仅看江之桥、河之桥、湖之桥，就会如痴如醉。同时，大伙也对桥与景的关系大发议论，说名桥好雕，意境难造，风格各异的世界名桥，若以相同的背景烘托，便不免捉襟见肘。可见藏龙岛的“桥牌”还可创新，不仅雕桥，更要造景，让名桥美景水乳交融，相映成趣。

多姿多彩的藏龙岛二十四桥，为建设与美化武汉的桥梁提供了一个美丽的缩影。因此，从藏龙岛归来后，当湖光山色渐渐淡去，那如新月、如蛾眉、如彩虹般飞架的桥梁，却越来越清晰地浮现在我的脑海中，使我期待着有一天，穿行于二江三镇时，就像穿行在长长短短的诗行中……

2002 年 3 月

诗人的山庄

早就听说过花乡茶谷，是诗人张隽的庄园，那里山清水秀，经常举办诗会，闪现着文友们雅聚行吟的身影。张隽还写诗描述他诗意的栖居：“水还是往日的水 / 树都是老树 / 房子都是老房子 / 当年的知青屋改成了客舍 / 石头的墙头有一米厚 / 冷时不冷 / 热时不热 / 月色还是从前的样子……”并对诗友深情地呼唤：“我真想你们来住几日 / 这大好的时光 / 不要让我一个人辜负了……”

这首诗使我怦然心动，不由想起了张隽纯朴的笑容。那是三十多年前的月色，映照着澎湃的诗潮，这个远在黄陂的年轻诗人，总是穿着一双沾满泥土的球鞋，风尘仆仆地来汉口参加活动。在意气飞扬高谈阔论的诗人群中，他显得有点拘谨，有点土气，只记得若有合影，他就会笑说自己个子高，悄悄地站在最后一排……

时光如水，诗歌早已落潮，当年的诗人们也各奔西东。我没想到，从不显山露水的张隽，竟然经商致富，拥有一个山清水秀的庄园。在他眼中，“月色还是从前的样子”，有不甘寂寞的朋友办诗报诗刊，或是出诗集，都会拉他赞助，他总是慷慨解囊，以至他成为了武汉诗坛的一个传说，一个一往情深的幕后人，就像他合影时总是站在最后一排一样，朴实地微笑着，默默地为诗歌鼓劲。

“采菊东篱下，悠然见南山。”诗意地栖居，从来都是文人的梦想，张隽却把宁静的田园之梦变成了现实，这无疑使人好奇。于是，深秋时节，当他盛情邀请一群文坛前辈去花乡茶谷过重阳节，我便欣然随行，想会会老友，看看他的庄园有何特色。

山庄离汉口不远，不过一小时的车程。在钢筋水泥的城市里，难以体验季节的变幻，直到车下了高速公路，才感受到真实的秋色，青山隐隐，细雨飘飞，田野中弥漫着腾腾的雾气，如同一幅淡淡的水墨画，使人感到格外亲切，有一种回家的感觉。走进山门后，才发现“花乡茶谷”名不虚传，并非我所想象的小小庄园，而是有山有水，林木葱郁，还有千亩茶园铺绿叠翠。难怪沿路都有“花乡茶谷”的指路牌，可见它相当有名，已成为武汉的一个度假旅游点。

庄主站在细雨中含笑迎客，多年没见，他仍是身材挺拔，精气十足，不像有的人富起来后就变得臃肿，而是晒得黝黑，握手时可感受到他手上的厚茧。他朴实的微笑，顷刻间就穿越了岁月，使我觉得什么都没变，只是他的背景变成了一片绿水青山。稍作安顿，我便要他陪我参观，讲讲花乡茶谷的来历。

这是雨中的漫步，沿湖而行，然后顺山而上。一路上，他指点着花草树木，如数家珍。原来，这里过去是一个茶场，十多年前改制招商，当时，他在外地银行工作，听到消息后，立即赶回家乡“认养”了这片山岭。亲友们都说他疯了，这个茶场破落不堪，你借钱买下它有何用？难道还想扒黄土当农民？他却含笑不语，辞职回乡，埋头耕耘，终于让人们认识到这片好山好水的价值，也圆了他的田园之梦。

深秋的花乡茶谷是素淡的，没有浓艳的花色，只有一湖碧水，倒映着秋山的斑斓。我问湖边为什么不栽柳树，没有垂柳依依的烘托。他指着一棵硕大的树桩叹息，你看，这是美洲松，因为虫害，不得不砍，还怕传染，得运到外面烧掉。柳树也容易生虫，我们这里是生态茶园，不施化肥农药，只好忍痛把柳树砍了，换上别的树种。这么多年来，我做得最多的事就是栽树，栽开花结果的树，让风景变得更有色彩。所以，我们的果树有好多品种，苹果、桑葚、枇杷、樱桃，可让游客采摘品尝，茶叶也是地地道道的有机茶，格外畅销，你等会品品就知道了。

我还没有来得及品茶，就品味到张隽的诗心画韵。知青老屋，苔色依旧；水榭客舍，柳暗花明。桥叫遇诗桥，湾称月亮湾，一切顺其自然，若有装饰，也是恰到好处，没有刻意雕塑。最雅致的是湖边的茶叶博物馆，白墙黑瓦，窗明几净，门前耸立着茶圣陆羽的塑像，庭院内还设有“曾卓纪念馆”。原来，这里也是著名诗人曾卓先生的故乡，先生已去世多年，但张隽始终没忘记他对自己的影响和教诲，特建馆感恩，让纪念馆成为了一个诗意的景点。

我们终于坐下来慢慢地品茶，嫩绿的芽片悠悠浮起，散发着淡淡的清香。我由此品味到一个诗人在大地上写下的诗章：他并非有闲富翁，建一山庄吟风弄月，而是在兴办一个企业，耕耘一片热土，少的是安逸，多的是操劳。最使他欣慰的，是茶园已扩展至万亩，他还正在参与打造茶溪古镇，花乡茶谷带动了家乡的变化，这一带已成为游客如云的文化旅游度假区。

窗外仍飘着细雨，使湖光山色都显得格外空灵。我们谈起了诗，谈起了往日的时光，不免有许多感慨。张隽说，他已很少写诗了，不过是偶尔动笔，有一首怀旧之作放在花乡茶谷的网页中。我打开手机搜索，便看到了《在往日里走动》：

像一片树叶
随风而去
或者像一朵花
落在溪流

又潺潺而过
总有一些阳光
一些雨
让人笑起来
又难过
这样的往日
既然来了
是无论如何
都不会让人离开

是的，这花的乡，茶的谷，还有这诗心不改的老友，怎能叫人舍得离开呢！

2018 年 6 月

西苑夜话

提起远安县，就会使人联想其偏远和安宁，也会使我想起作家映泉。这位曾在远安县花鼓戏团拉二胡的老兄，有一天突然扔下胡琴，拿起笔来写小说，写《桃花湾的娘儿们》，写《同船过渡》，写得世人都对他那偏远的故乡感到好奇。他终于写成了省城的专业作家，仍不安分，总觉得喧哗的都市不是久待之地，一心要归隐故乡，筑庐于山野。去年冬天，他于回乡途中突遭车祸，司机遇难，他也身负重伤，奄奄一息。也许是山野之人生命力顽强，也许是老天爷可怜他还有许多东西要写，卧床半年之后，他竟奇迹般痊愈，仍像过去一样谈笑风生，只是再不敢大笑，一笑就得捂着受伤的脑袋。

大难不死的映泉，稍能走动就想起他所肩负的省文学院院长的使命，因不能远行，就在故乡张罗笔会，我因而有幸去远安，走进他新建的农家小院。

小院原是一片菜地，因临近西河而起名为“西苑”。院子宽敞得令人羡慕，新楼也比一般农家要气派得多。楼前摆着几把木椅，还放着蒲扇，坐下来就面对着一方碧绿的菜园。菜园不大，却梳理得十分精细，有牵藤开花的南瓜，舒叶吐穗的玉米，还有白菜、花生和茄子，绿得深深浅浅，蓬蓬勃勃。引人注目的是菜园中立着一块巨石，石上有凝固的波纹，显然是沧海桑田之物。映泉得意地说，这是从远山寻来的镇家之宝，拟刻“西苑”二字，字已写好，为诗人梁必文所书。

这是一个凉爽的夏夜，清风徐来，半边月亮正挂在小楼一角。同来者有作家岳恒寿、何存中、易羊、鲁西西等人，大家坐在月色中纷纷感叹，这真是神仙过的日子，既可躲进小楼看电视，又可闲坐月下话桑麻，比采菊东篱下的陶渊明强多了，只是可惜映泉只写小说不写诗。映泉便笑着要我们翻看身下的木椅，原来，椅子背面有他的涂鸦之作，均为病中吟成的打油诗。他说，幸亏建了这个小院，有了理想的养伤之地，好多个夜晚，默默地坐在这里，看叶生叶落，花开花谢，真是倍感生命可贵，友情无价。

经过一场劫难的映泉，显得比过去平和多了，对命运也有了一种敬畏感。当号称“阴阳先生”的何存中大谈这小院的风水时，他竟言听计从。老何说，小院差一口井。他点头。老何背着手转了转，指着院子一角说，井要打在这里。他又点头。老何说，院子里要栽两棵银杏树，一公一母。他仍点头。老何又指着菜地说，你不该种花生，土质不对头，所以它们肯定没结果。他还是点头。只是当老何说起小院的布局不对，应该是前院栽花，后院种菜时，他才开始反抗，说我是农民，就喜欢种菜，难道菜种在哪里还要看风水吗？易羊为了印证老何是否说得有理，悄悄拔起了一叶花生，见花生已经结果，大家不禁开怀大笑。

清静的农家小院，勾起了大家的许多话题，这些话题是不会在城市里流行的。易羊说，摇着蒲扇，便想起了母亲手上一闪一闪的顶针，那缝衣穿线的顶针，就是母亲粗糙的手指上永远的戒指。老岳感叹远安山水的丰茂，处处美如花园。鲁西西回忆起自己的童年，萤火虫是如何在瓜棚叶间悄悄地闪烁。老何则盘算何时挣一笔大稿费，把乡下的老屋整修一番。我也想起了遥远的知青生活，想起辛弃疾的词：稻花香里说丰年，听取蛙声一片。

谈笑间，夜渐渐地深了，没有蛙声如鼓，倒是周围的狗吠声此起彼伏。我问："住在这里不嫌吵吗？"映泉笑道："这是乡村最美的音乐，听着狗叫，我就会写得格外顺手，睡得特别安稳。"

告别时，映泉又谈起打井之事，大家便笑。他说："倒不是因为什么风水，实在是院子里有一口井，浇菜时就不用自来水了，菜就会长得鲜嫩些，对吗？"老何点头："对呀，远安其实就是你的一口井，你这井真是打对了地方！"

2002 年 8 月

嘉鱼水韵

未到水乡，便吻过嘉鱼。

那是一尾挂有红穗的紫砂小鱼，凝固在第八届中国艺术节的礼盒之中，有标签说明：“呜嘟，荆楚古乡土乐器”。

见这小鱼儿朴拙可爱，我不禁捧起试吹，用尽气力，也不过是鱼儿吐泡，“叶叶”作响，只好摇头一笑，拿起座架摆在书房里。

直到搞音乐的朋友来访，我才得知，它为三国东吴时簰洲湾牧童所创，是玩泥巴捏出的泥哨子，“呜嘟”之名就是由其发音而来。有位会吹笛子的武汉知青下放到嘉鱼后，发现这唤牛的泥哨子音韵不凡，从而潜心研制，捧“鱼”而奏，使呜嘟登上了大雅之堂，被音乐界叹为“来自人类最初的声音”，并列入湖北非物质文化遗产名录。

朋友的介绍，使我对这古乐器产生了浓厚的兴趣。在网络上搜索“呜嘟”，就听到了老知青毕寅生演奏的天籁之音。其音色果然古朴，如泣如诉，如沧浪之水波涌而来。

我不由想起同是土类吹奏乐器的埙，显然一为江南水声，一为北方风语。呜嘟是圆润而清幽的，不像埙那么低沉悲壮，是波浪的律动，牧笛的变奏，令人想起野洲苇滩，想起《诗经》中悠远的吟唱：“关关雎鸠，在河之洲……”

哦，嘉鱼，还没相见，你便游进了我的梦境，让我感受到你绵绵的乡思，脉脉的柔情。

清秋时节，我终于有幸去嘉鱼采风，可听听原汁原味的呜嘟了。说来惭愧，尽管这江南水乡离武汉不远，我却只知道以抗洪出名的簰洲湾。这是因为嘉鱼实在内敛，从不显山露水。它是三国古战场，却把赤壁割让给了蒲圻；周围地区都升格为市了，它仍叫县，非常低调，且至今无铁路可达。长久以来，嘉鱼多水，亦多水灾，为武汉承担了不少风浪，其民歌充满了忧伤：“簰洲江边一条堤，家家户户打芦席。前一趱，后一移，十个指头蜕了九层皮……”

我想，呜嘟，呜嘟，应是悲音也，是漂浮在江湖中的水乡，对命运的咏叹，对乐土的呼唤。

可到了嘉鱼，便眼睛一亮，这哪里是县城，分明可与都市媲美：三湖连江，水天一色，碧波倒映着林立的高楼。嘉鱼不仅时尚，还丨分古雅，其县名竟来自《诗经》：“南有嘉鱼，烝然罩罩。君子有酒，嘉宾式燕以乐。”

于是，我们便快乐地吟诵：江南鱼儿美呀，群游把尾摇。

君子有好酒，宴饮嘉宾乐陶陶。走进了一家湖边餐馆，去品尝鲜鱼野藕。这餐馆名为“忘不了”，曾闪现于纪录片《舌尖上的中国》之中。满桌水鲜，均为江湖馈赠、嘉鱼特产：白嫩嫩的鱼圆、金灿灿的藕夹、荷塘三宝（清炒莲米、菱角、藕丁）、龙骨野藕吊锅……让人一看就醉了，我忍不住拿起手机拍照，发至微信群让朋友们眼馋。顿时就有人点赞，说到这鱼米之乡，就不用弹铗呼鱼啦。也有人询问：嘉鱼？嘉鱼在哪里？

初来乍到的我，只能含糊介绍，说这是中国最“水”的县，滨江含湖，水域面积占三分之一。而且，从地图上看，长江纵贯全境一百多公里，东流之水霍然西折，绕出了一个鱼形的簰洲湾，所以这里的鱼格外鲜活，除了山东鱼台，全国就只有此县以“鱼”命名。

从《诗经》中游来的嘉鱼，优哉游哉，把一波波水韵让我品味，让我陶醉。湖边杨柳依依，遮掩着一对古典美女的雕塑。原来，嘉鱼是二乔故里，美人之乡。何谓“东风不与周郎便，铜雀春深锁二乔”？大乔小乔都在这里临波而立呢！

并非杜撰，有县志记载，汉末名臣乔玄早年曾在此戍边，娶嘉鱼一中医世家之女为妻，好水温泉，天然造化，滋润出了一对风华绝代的姐妹花。

嘉鱼的水色就这样润染历史，大乔嫁孙策，小乔嫁周瑜，就像希腊神话中的美女海伦一样，引发了一场金戈铁马的大战，从而火烧赤壁，让江山美人谱为传奇。所以，你到嘉鱼，吟过《诗经》后，就会吟叹苏东坡的名词：“遥想公瑾当年，小乔初嫁了，雄姿英发。羽扇纶巾，谈笑间，樯橹灰飞烟灭。”然后，你再细观嘉鱼的女子，果然个个“灵醒”，清新如莲，颇得水之灵气，口音也近似吴侬软语。

明代才子袁宏道到过嘉鱼，不知他是否听过呜嘟，如此写诗感叹：“一瓶一笠一条蓑，善掺吴音与楚歌。”因曾为东吴属地，嘉鱼布满了三国遗迹，如陆水原名隽水，便因东吴大将陆逊训练水军而改名。

听说陆口古镇尚存吴王行祠，供奉有孙权及张昭、周瑜、鲁肃等名臣塑像，苍苍古柏覆盖河面，祠顶还挂有长明灯，为夜船导航，我们便兴冲冲地前去拜访。哪知行祠两度被毁，古柏也荡然无存，复建的祠堂简陋而俗套，塑像如戏台人物，红脸黑脸，模糊不清。所幸暮色之中，断鸿声里，可从明人邓秀之诗中找到几丝怀古之情：“荒庐依古岸，落日抱孤洲……英雄已芜没，霸气未全收。”

明代便是嘉鱼霸气横溢的时期，屡出大吏名臣，以至有“嘉半朝”之称。兵部尚书方逢时曾系缆赤壁，吟诗抒怀：“云霞尚带当年赤，芦荻空余落日黄。欲吊英雄千古憾，渔歌声里又斜阳。”

读嘉鱼的古诗，似乎都有英雄抱憾之感，有“江山不管兴亡事，一任斜阳伴客愁”之叹，这显然与古战场赤壁有关，多凭吊之词，拍栏之声。但如此江山，人杰地灵，“生子当如孙仲谋”，是不乏金石之鸣的。今天的嘉鱼，便出了一位名叫周宝生的“草根英雄”。

周宝生是官桥八组组长，被笑称为“中国最小的官”。这位初中毕业的普通农民，可谓现代“方逢时”——逢改革开放之时。他带领乡亲们奋力致富，把一个贫穷的小山村发展成高科技企业集团，不仅用合金钢缆索编织“竖琴”，在一座座长江大桥上“弹奏”和弦；更令人惊叹的，是他还把官桥的小船开到武汉，办起了一所桃李芬芳的大学——东湖学院！

官桥已成为嘉鱼的名片，我们参观时都感叹不已：青山碧湖，如诗如画，葱郁花木掩映着蓝瓦尖顶的农家别墅。嘉鱼人就是这样手捧着泥哨子，吹出了一曲水漾漾的现代传奇。

是的，嘉鱼到处都荡漾着脉脉水韵，因水而生，因水而兴，因水而悲，也因水而乐。当风清气爽，鱼水交融，嘉鱼便闹得水响，把荒湖变成了聚宝盆，让野滩化为风景区，尽展江城风采、水乡情怀。当我提起鸣嘟，嘉鱼的朋友笑道，鸣嘟是因吴都之谐音而得名。

仔细想想，此说也有道理，这片风水宝地，是不亚于孙权后来建都的鄂州的。赤壁的战火把水乡之土冶炼为陶，吹奏着嘉鱼人对故乡的自豪和殷切的期望。

在二乔公园的亭阁里，我终于听到了呜嘟的演奏，不是毕寅生，而是他的女儿毕琴。嘉鱼已创建呜嘟传习所，还在中小学授课，这父女俩便四处传授演奏技艺。亭阁里就挂有毕寅生赴美时为张学良吹奏呜嘟的照片，百岁老人凝神静听，若有所思。

身穿长裙的毕琴沉静如水，手捧呜嘟悠悠而吹，曲调熟悉而亲切，我却一时想不起曲名。只觉水声环绕，鱼儿欢跳，有棹歌隐隐传来，又有帆影远远而去，一曲终了，余音袅袅。

我没问毕琴吹奏的是什么曲子，显然，这天籁之音是不需要解释的，一说就俗。你只需洗耳恭听，用心灵静听，尽情地放飞思绪——它是楚歌，也是吴音；它是古调，也是今曲；它是桨声报晓，也是渔歌唱晚；它是脉脉乡愁，悠悠情话，也是母亲的呼唤，赤子的应答……

哦，呜嘟呜嘟，嘉鱼的秘密，水乡的诗意，似乎都藏在这质朴而神奇的乐器里。当它倾吐出一波波水韵，男人就会变成一尾穿越江湖的游鱼，女人就会变成一朵亭亭玉立的荷花。

2019 年 4 月

第五辑

书华录

黄鹤楼笔会漫忆

1985年春天，为庆贺黄鹤楼重建落成，《光明日报》《长江日报》，武汉市作家协会和《青年论坛》特联合举办“黄鹤楼笔会”，向全国近80名著名老作家、诗人、书画家发函约稿，并派人赴京恭请名家参加笔会。

我和《武昌报》编辑王新民，就这样意外地得到了一次美差，带着厚厚的请柬，以及李蕤、曾卓等武汉老作家的书简，于3月上旬奔赴北京。望着邀请名单上那些令人肃然起敬的名字，就好像是翻开了一本现代文学史，每一页都令人品味。我们断定：在这文学复兴的年代，名楼重建，对劫后余生的前辈们来说，是有一种心灵的对应和呼唤的，他们肯定会欣然赴约。只是要在短短的一周时间内遍访名人，在宏阔而陌生的京城，并非易事，只能尽力而为了。

那是我第一次去北京，在火车上望着窗外初春的原野，感到格外新奇。在团中央工作的诗友高伐林前来接站，听说我们的重任后，他不禁摇头，说北京这么大，你们找得到这么多名人吗?

所幸笔会是与《光明日报》联办,报社考虑得十分周到,不仅委派老记者黎丁给我们当向导,还安排了一辆专车。一头银发的黎丁风度翩翩,号称北京文化界的“活地图”,有他带路,我们就轻松地推开了一位位名人的家门。

首先拜访的是在京湖北籍作家胡风、秦兆阳、严文井、邹荻帆、绿原、黄钢……他们是湖北人的自豪。可第一次拜访,就扫兴而归。我们最想见到的胡风先生因重病缠身,不能会客,其夫人梅志温和地表示抱歉。她虽已头发花白,仍显得端庄清秀,使人难以想象她曾与胡风先生一起饱经磨难,并刚从流放地归来。我们坐在客厅里,听到房内传来的喘息声,不由黯然神伤:这位在重病中喘息的老人,就是曾高歌“时间开始了”的激情诗人吗?

后来的拜访倒还顺利。与秦兆阳相会于他清静的四合院,可谓满院书香,人淡如菊。《诗刊》主编邹荻帆热情洋溢,一口浓重的乡音,使我们深感亲切。黄钢正忙着搬家,坐在杂乱的书堆中与我们交谈。严文井特别风趣,给我们题词:“鸟有九头,可以多思。”说起黄鹤楼,老人们都是眼睛一亮,乡情绵绵,感慨万千。

我们就这样不断奔波,先后拜访了姚雪垠、阮章竞、荒芜、臧克家、罗工柳、贺敬之、艾青等前辈。记得贺敬之正在住院,我们在医院的电梯里遇到了著名诗人严阵,他穿着皮夹克，显得很深沉。“十里春风，十里杨柳，十里红旗风中抖。江南春，浓似酒。”当我信口道出他的诗句时，他紧紧地握住了我的手。

是的，我们是读着这些前辈的诗作长大的，因此当我们去丰收胡同拜访艾青时，不禁有点诚惶诚恐。可我们没想到，大诗人竟然是如此可亲可敬：那天正好是他的生日，前来贺寿的人络绎不绝，门铃响个不停。可他一直亲切地与我们交谈，还向客人们介绍：这是我的两位从南方来的朋友。

这次北京之行，使我们终生难忘，由此懂得了什么是“大家风范”。后来，我发表了题为《前辈诗人》的组诗，感叹我们在春天的诗行中穿行；新民所出的几本书，均刊载了我们与艾青夫妇的合影，并非炫耀，而是为了纪念。

四月中旬，我们所拜访的名人大多应邀来汉。参加笔会的还有公木、严辰、苏金伞、黄裳、李普、宗璞等。武汉参加笔会的前辈作家有徐迟、骆文、曾卓、碧野、李蕤、李冰、莎蕻、胡国瑞、黄铁等。因年高体弱难以赴会的艾青、臧克家等，特为笔会题词撰联。时年九十的著名史学家冯友兰的对联为：“大江流日夜，阅古楼踵事增华，历沧桑而弥显；双鹤唳晨昏，唤故国自强不息，凌云汉以高骞。”

在长达半月的笔会中，名家们参观黄鹤楼，游览三峡，创作了许多诗文。其中，秦兆阳的《黄鹤楼记》气势磅礴，含义深刻：“盖古人筑斯楼于大江之滨，其意乃在于惜光阴如黄鹤之远逝，痛人间非神仙之住处，欲以斯楼之奇俊，斯景之清新，启人思绪，扩人胸襟也……”

转眼间，黄鹤楼已落成二十周年，当年参加笔会的许多前辈已乘鹤仙逝。被称为青年诗人的我和新民，也有了华发，达知天命之年了。回想前辈们的音容笑貌，真是恍如昨日，使人唏嘘不已，不由重温秦兆阳先生的吟咏：“休叹人生易头白，求索缔造乐无穷。惟楚有才，曷兴乎起！”

2005 年 12 月

遥望曾卓

上世纪八十年代，是中国诗歌的黄金时期，其一大景观，是一大批老诗人的复出，曾卓，就是一个重新被阳光镀亮的名字。他以《悬崖边的树》重返诗坛，激起强烈反响。不久，他的许多旧作也纷纷发表，如《门》《有赠》等等，都给人耳目一新的感觉。

曾卓就在武汉，在我们身边，使我们这些早就开始学习写诗的年轻人深感好奇。我至今还记得，上世纪八十年代初的一个星期天，我和高伐林一起去汉口的老巷里寻访曾卓老师，因地址不详而没找到。穿行在拥挤而嘈杂的陋巷，伐林笑道，说不定他就在路边看人下棋，或是提着篮子买菜，他应该是一个性格开朗、和蔼可亲的老人。

还没见到曾卓老师就有这种猜测，这显然是他的身世与诗歌带给我们的想象。当我们与曾老结识后，就印证了这种想象，他的确亲切随和，没有文人的架子，说话十分平实，许多烦琐的大道理，他会淡淡地用家常话诠释，却使你豁然开朗，感受到一种人生的智慧。

是的，因为久经沧海，历尽坎坷，不论为人还是写诗，曾卓老师都给人一种洗尽铅华、返璞归真的感觉。在多年的交往中，他常对我谈起诗歌的“节制”：切忌虚夸浮躁，力求自然精炼。因为节制，他并非高产诗人，而且以短诗居多，但许多短诗都富有哲理，充满了张力。其中，我最喜爱的是《我遥望》：

当我年轻的时候，
在生活的海洋中，偶尔抬头
遥望六十岁，像遥望
一个远在异国的港口

经历了狂风暴雨，惊涛骇浪
而今我到达了，
有时回头遥望我年轻的时候，
像遥望迷失在烟雾中的故乡

这首诗写于1981年，是他在诗坛复出后的新作，意象简洁，情感自然，充满了人生的况味，称得上是一篇传世之作。这一年他正好六十岁，我和高伐林、胡发云等诗友，就是在此时有幸与他结识。他的亲切和睿智，缩短了两代诗人间的距离，并使我们感受到现代诗歌的另一种传统，那就是摒除那些假大空的东西，还原诗歌的朴素与真切。

我没想到，今后会参与庆贺曾卓老师的七十岁、八十岁的生日，并目送他走完人生最后的里程。今天回想起来，有几件事特别令我感动。一是 1986 年我编武钢诗选《太阳梦》时，他欣然作序，并为此特地来武钢感受大工业的氛围。二是他带病参加作家周学南的追悼会。那天的追悼会，他很早就从汉口赶往青山，平时谈笑风生的他，坐在角落里神色凝重，一言不发。三是曾老从来不当面赞许我的作品，可当我准备出版散文集时，他却表示要写篇序言。因病痛难忍，这篇序言难以完稿，他却一直记在心里，每当我去看望他时，他都会提起表示遗憾。这使我既感动又惭愧，后悔为一己虚荣而惊扰病中的老人。

曾老喜欢年轻人，只要武汉的大学开诗会，他必定出席。常有陌生的年轻人慕名拜访，他再忙也会热情接待，如果发现有才华者，更是津津乐道，兴奋不已。安徽作家刘绪源曾撰文回忆："在曾卓的性格中，最大的特点，就是坦率和真诚。他从没有客套和那种夸张的寒暄，初打交道时甚至会觉得他有点冷，而其实他是热的，只是热得内在而又实在。他对每个人，都像对老朋友一样，只说心里话，不说废话。所以他的话又是直率的，有批评的意思也总是当面说出来，但不会叫你难堪，只让你觉得温暖。这是我最为向往的一种性格。"

曾老的人格魅力，就是这样吸引和感染着我们。我们与他交谈十分轻松，可以随意地抽烟、唱歌和胡说八道。记得有一年高伐林从美国回汉探亲，一群诗人在曾老家聚会，在薛阿姨钢琴伴奏下，我们唱了一下午的老歌。曾老虽然嗓子嘶哑，却充满激情，鼓掌击拍，高兴得像个孩子。后来，在他重病期间，他对我们反复提起的是“珍惜”二字，说一定要珍惜时光，珍惜友情，珍惜健康。

转眼间，曾卓老师已去世十年，我们只能遥望他远去的背影。因为曾经亲近，我的遥望就免不了感伤。他的最后一首诗《没有我不肯坐的火车》写于病房，我保存着复印的手稿，其中有这样的诗句：

……

也不管它往哪儿开

到我去过的地方

去寻找温暖和记忆

到我没有去过的地方

去寻找惊异智慧和梦想

……

哦，诗人远去，诗意永存。只要遥望那如烟似雾的远方，我们就会听到曾卓老师深沉的歌唱，还有他的歌唱所激起的回声。

2012 年 6 月

伐木者的足迹

——高伐林素描

九年前的一个深夜，在武汉关旁的一间小房，我和伐林默然相对，倾听着江风吹来的一声声深沉的钟鸣……

半月前，我们参加了高考，然而，都落选了，听说，是因为作文引起了争议……此刻，我们心中充满了懊丧，又因“同病相怜”而感到一点安慰，虽然，我们都真诚地盼望对方能顺利过关。

“发奋！一定要与那些考上大学的幸运儿们比一比！”伐林走到窗前猛挥手臂。

然而第二天，他打电话告诉我，他接到了武汉大学中文系的录取通知单！因为收发者的延误，闹出了这个戏剧性的笑话。而且，他的作文还被推荐为优秀答卷，即将在报刊上发表。

“你呢？”他希望我也有一个笑话。

我没有。他沉默了。

他没有想到，自己也成了“幸运儿”。

1979 年，我与伐林合出了诗集《钢城黎明》。

现在看来，这本集子是相当幼稚和粗糙的，但我们当时都非常高兴，因为，这毕竟是我们的第一本书，第一本有着我们足迹的书呀。

我们之所以合出这本诗集，一是因为创作成绩还不够突出，长江文艺出版社只能给我们这两个青年作者拼盘。二是因为我们写钢铁工业题材的诗较多，伐林在钢丝绳厂和冶金局当过工人和干部，而我一直在武钢工作，创作手法和艺术追求也较相近。

尽管这本诗集产生了较大影响，伐林却毫不留情地剖析和挑剔诗集中的毛病，并能上升到理论的高度。他提出许多古怪的问题问我，也问自己，使我惊讶和感佩。

“也许，这是你上大学的收获吧？”

“也许。”

他逐渐成熟了，诗风大变，其诗作开始在全国产生影响，并荣获了首届诗歌奖。同时当选为武汉大学学生会副主席，被评为“全国新长征突击手”，还主编了一本很有影响的大学生文艺刊物。毕业后，被挑选到共青团中央搞宣教工作，视野更开阔了，诗如泉涌，接连出了四本诗集。

“高伐林是幸运儿。”大家都这么说。

他幸运吗?

作为挚友，我也许比一般人更多地知道和理解他的欢乐和苦恼。

首先，他是家族的“叛逆者”。

他出身于一个医务工作者组成的“白衣家族”，父母、叔父、姑妈、哥嫂、妹妹……都是医生，而且，父亲高友炳，姑妈高欣荣还是鼎鼎有名的医学专家。在这样的环境熏陶中，他理应成为其中的一员，去握手术刀而不是握笔，然而他倔强地对亲人们说：“我认为，我的气质更适合于搞文学，我的笔将不会比你们的手术刀逊色。”

他自信得近乎固执，但他没有食言。

其次，他的家庭生活并不美满。六年前，他离婚了，从此便与三岁的女儿相依为命，既当父亲也当母亲。

一个男人，尤其是一个忙碌于事业的男人，带着孩子生活，其艰难程度可想而知。但他具有这种本领，把压力变为动力，把负数变为正数。

他一边给孩子补衣服一边听英语录音；他给自己也给孩子制订学习时间表；他研究黑格尔的《美学》也研究《儿童心理学》；他对诗歌的发展趋向和儿童的早期智力开发都有独特的见解……

只是遇到两人同时生病时，他束手无策了，昏昏沉沉地抱着孩子上医院，差点撞在汽车上……

我常常说：“伐林，你可以写一本《怎样使孩子聪明》的畅销书，你的高歌太聪明了！”

是的，女儿是伐林的骄傲，她三岁能诵百余首唐诗，五岁会加减乘除，七岁用英语与父亲对话，今年刚满八岁，已跳级读三年级了。

也许是因为太爱女儿，他至今还没结婚，尽管有不少追求他的可爱姑娘。

“这都算不了什么！”对生活中的曲折，他总是一笑置之，当妻子与他分手时，他也只是淡淡地说了一句：“人各有志，不可强求。”

他只为没有时间创作而苦恼，为创作上没有突破而苦恼，为某些问题百思不解而苦恼。苦恼的人最爱思索。

他给我写信：“我的思路总是偏于理性，现在很为‘哈雷彗星’技痒！另外我考虑的问题也偏于抽象，如：时间、空间的相对性；人主宰世界的合理性；而且老是陷于相对主义、神秘主义的牛角尖。

前几天，我问高歌，狐狸吃鸡就说狐狸坏，那么，你吃鸡为什么就可以？在狐狸看来，人最坏。”

真是古怪的提问。有时候，伐林不像诗人，倒像哲学家。

顾城曾赠伐林一诗：“你是深山的伐木者……”这大概是因名生义，但值得品味。伐林的确像一个踏着积雪走向深山的伐木者，不怕孤独，不怕艰难，冷峻地挥舞着利斧，去砍伐文史的原木……他充满自信，相信自己是能收获这片森林的。

“不论你不幸还是幸运，都要紧紧地扼住命运的咽喉。人，就是这样创造自己和创造世界的。”

伐林是这样说，也是这样做的，不过，他比别人做得更加认真，这也许是他成功的诀窍吧！

1986 年 12 月

腹有诗书气自华

——黄自华剪影

近年来，常有文友询问，黄自华先生是住在你们红钢城吗？我若点头，便会听到种种感叹，有的说他隐身民间，高人不露相。有的说他文笔老辣，不亚于教授学者。著名作家刘富道特携家藏美酒请老黄吃饭，连称“久仰”。主持市作协工作的王新民怪我，如此评论大家，为何早不引荐？

还有外地文友远道而来，非要拜见黄先生不可，我只好引他走进一栋老楼，去瞻仰老黄寒酸的“蜗居”：一房书，半张床，无厕所，无廊灯。我们就坐在书堆里交谈，窗外闹市嘈杂，飘来腾腾油烟。老黄送客时，紧握手电筒，扫射着漆黑的楼道，提醒我们注意台阶，好不容易才走出那破旧的老楼。这文友却感慨不已，回去后写了一篇《穴居尊者》，文曰：“沿着这位尊者的光芒指引，我从他恣肆酣畅的文笔中窥见了那深邃如海的学问功底。”

我真没料到，老黄的古董手电筒，也会成为一种美妙的象征。多年来，他就是这样孤守陋室，以书为伴，冷剖时弊，笑观文坛。我常去其蜗居闲聊，一杯茶，一包烟，谈天说地，不亦快哉！在我眼中，老黄早就是一个高人，迟早会被文坛认可，我曾以其身世为素材，写过一篇小说《老郎不是树》。但对老黄来说，认不认可并不重要，树栽在哪里也不重要，古人说得好，文章千古事，得失寸心知。

老黄性情淡泊，貌不惊人，经历却十分丰富。因家境贫困，出身不好，为尽快挑起养家重担，本可上大学的他却选择了技校，当了好多年的工人。我就是在高炉上认识老黄的，至今还记得他叼着烟指挥徒弟干活的情景。但老黄当工人也是佼佼者，竟然出版了科技专著，还编写了多本科技书。其实，生于耕读之家的老黄，自幼就钟爱文学，因钢城文风鼎盛，便忍不住为作家们写评论，池莉小说的第一篇评论就出自他手，他那时就断定这武钢医院的小姑娘会有出息。

当时主持《武钢文艺》的李建纲慧眼识才，认为老黄当工人可惜，便向武汉首家民营书刊公司的老总力荐，老黄由此跳出高炉，去当了五年总经理秘书。然后毅然下海，自己组建书刊发行公司，总算脱贫致富。然而，脱下工装换西装的老黄却不甘寂寞，自以为熟悉科技，转行搞激光研究开发，把全部家当都投了进去，结果赔了个精光，重返清贫，不得不以文谋生，四处打工，先后编过《当代老年》《湖北兰花》等杂志，直到退休回家。

如此一番折腾，使老黄恍然大悟，方知自己天生就是一支笔，于是重拾旧好，静心写作，扬思辨之长，专攻文论。十多年来，他先后对中国当代一百多位知名作家的作品发表过评论，连续出版了《批判的快感与尴尬》《荒漠上的舞蹈》《天才的宿命》《穿越历史的无限悲凉》《思考者的孤独》等文学专著。仅看这些作品集的冠名，就可知老黄的心态与笔力，他的评论老辣犀利，视角独特，渐渐在文坛产生反响，以至被许多作家引为知音，叹为高人。

如今写文学评论，是个苦差事，费力不少，稿酬微薄，还容易得罪人。但老黄乐此不疲，每有妙论，就眼睛发亮，炯炯有神。他虽达暮年，却身心颇健，吃肥肉，喝浓茶，抽劣烟，品好书。常有慕名者来访，一番高谈阔论后，便拿起手电筒送客，悄然隐身于夜色中，去照亮别人的路。

2012 年 9 月

与缪斯女神握手

——王新民画像

新民送给我著作最多，所以我常想写写他。还有一个原因，就是他的两本诗集中，都有我的肖像。那是一张与艾青合影的照片，新民与艾青站在一起，我却插在他们中间。新民厚道，不忍心把我剪去，于是，我就不知趣地和新民的诗集一起扬名。

与新民站在一起，我常愧感自己的单薄、文弱和拘谨。他有着大富大贵的南人北相，或称文人武相：浓眉大眼，厚唇阔口，一脸钢针般的胡须，配着石板似的身躯，铜钟般的嗓门，活脱脱一个赳赳武夫。在酒桌上，谁也不敢和他对阵，他不是用杯、用碗喝，而是操起酒瓶，咕噜咕噜地往口里灌，如果有酒坛，我相信他也会举坛豪饮。相交十年，我从没见新民醉过。

认识新民，是在 1982 年春天。武汉市作协举办首次诗歌评奖，新民的一首短诗一举夺魁，我们几个诗友很想见见这个突然冒出的小子。颁奖那天，他来了，浅平头，大脸，毫不腼腆地自报家门：“我叫王新民——新时代的农民！”不由不使人想起那首“喝令三山五岳开道”的民歌：“我来了！”

从此，便熟悉了新民“我们贫下中农”的口头禅。他处处以粗人自居，也以粗人自豪，谁要和他熟了，就会强烈地感受到他的真诚与豪爽。他喝酒狠，抽烟也凶，总是从口袋里掏出一包烟，“哗”的一声撕开，朝着烟民们扔。在宾馆里开会，他把烟灰毫不在意地往地毯上弹，你说他，他一愣，然后大咧咧地一笑。如果你会喝酒，他会半夜里把你拖起来，他的酒就是你的酒，他的钱就是你的钱，有钱大家用，今天有钱吃肥肉，明天无钱吃腌菜，颇有江湖义气，侠客古风。

新民写诗，也是大吹大杀，长长的赋体般的句子，排成一个个坦克方阵，轰隆隆地向前闯。

丘陵总喜欢用山雨淋你用山风撩你用山歌逗你／用青藤拉你用草叶摸你用花朵亲你用云雾缠你／用山雀唤你用蝴蝶追你用黄狗舔你用妹子陪你／用野果待你用山茶灌你用旱烟熏你用荆棘扎你……

给报刊投稿，他采取“以农村包围城市”的办法，大报大刊难上，就小报小刊四处开花，先后在全国一百余家报刊上发表了诗歌、散文、评论一千多首（篇）。然后，五年内一口气出了四本书：三本诗集和一本诗论集。旋风般的气势和速度，刮得你目瞪口呆。

新民很少谈他的身世，我只知道他当过农民、小报编辑，中年突然走运，当上了县文化局副局长。直到收到他刚出的诗论集《与缪斯女神握手》，我才知道他初学诗的酸楚。

这本书中有一篇散文：《偷粪与作诗轶事》，记录了新民十六岁时，在武汉“偷”粪谋生的经历。为了几个可怜的“工分”，有一天深夜，他与一位伙伴到某医院厕所“偷”粪，被粪主发现，把他关在粪池里，昏死过去。同伴求情不成，只好拼命把他抢救出来。他苏醒过来时，发现自己躺在粪桶里，另一个粪桶里装满了大粪，同伴正挑着他和大粪飞跑……于是，他就写下了这样的处女作：“偷粪种田有何罪 / 却被关在粪池内 / 如若闯下人命案 / 谁来判断是与非 / 谁来召开追悼会。”

幸好新民没有死在粪池里，不然，我们的诗坛就会缺少一个豪爽的诗人。他自豪地伸出沾过大粪的手，来和缪斯女神紧紧相握，他相信女神会喜欢能喝酒也能挑大粪的男子汉。

2000 年 8 月

文学晃晃几重云

——《李更诗选》序

在嘈杂的公交车上，接到李更含糊不清的电话，我大声地追问："诗集？你要出诗集？！"许多乘客好奇地望着我，似乎我在喊叫一种可笑的商品。

是的，这年代谁还谈诗？更别谈出什么诗集了。有这种想法的人，不是梦游者便是"有病"。我也怀疑李更"有病"，这小老弟杂文写得好好的，一本接一本地出，说他"冷枪手"也好，说他"文学晃晃"也罢，他总是得意洋洋，如玩火的顽童，不断地闹腾出火星来，给沉闷的文坛增添了不少热闹。他怎么突然想起用扣扳机的手指，去拨弄冷寂的缪斯之弦呢？

不过，想到李更本来就是从写诗起步的，我诧异后也就释然，并对他的新作产生了兴趣：已习惯于歪笔斜锋的李更，现在会怎样写诗？

一

说起来，我和李更相识已有二十来个年头了。当我还是文学青年时，有一天去拜访钢城鼎鼎有名的作家李建纲，一个圆头圆脑的“小和尚”拦在门口，翻着白眼大咧咧地问：你是谁？

毛头小子李更并非守着门框子赌狠，他也有才呢，会画画，会写顺口溜，尽管数学一塌糊涂，作文却常被老师作为范文朗读。因此，他从小就浪漫加傲慢，竟敢拍着语文老师的肩膀称兄道弟。只是他懵懂不知，那老师是看在他父亲的面子上才格外宽容。

八十年代初，我和王继、池莉、喜宏等钢城文友搞了个文学沙龙，中学生李更就常常跑来凑热闹。他不甘寂寞，似懂非懂地高谈弗洛伊德，阔论波德莱尔，使人哭笑不得。我们便感叹：李更啊李更，你真是早熟啊！

早熟的李更好不容易才考上大学，然后被发配到武汉远郊的一所中学教书。看他垂头丧气的样子，我们幸灾乐祸地笑了，说这小子不知天高地厚，是该受点夹磨！

李更终于发奋了，到处讨旧报纸，躲在家里练毛笔字，一本正经地写诗画画。我结婚时，他送我一幅画，远山近水，画得还真是不错。报刊上也开始频频出现李更的大名，诗虽写得毛糙，却颇显才气，有些意象令人惊叹。如他形容“深秋的呼和浩特”：“像冻刀子扎出的一滴晶莹的血珠/冷艳地闪烁在中国的北方”。他咏叹“婴儿般的兰州”：“两片黛岭在浮雕般的圆月下/玉蚌一样慢慢开启/珠泪夺目而出/北方成熟的石榴呵”。

令人遗憾的是，在李更早期的诗作中，这样耐人品味的作品并不多。就像他画画一样，不喜欢工笔，而喜欢写意。他总是急匆匆地直抒胸臆，而不喜欢静下心来精雕细琢。此外，他的好诗往往来自旅途，似乎只有在奔波中才有灵感，才能使他的心变得柔软而多情。

我们本以为李更会修成正果，安安静静地生活。谁知他本性难改，跳到一家报社当编辑后，仍恃才自傲，锋芒毕露，不知含蓄为何物，以至与总编大人对拍桌子，拂袖而去。

喜欢流浪的李更，愤世嫉俗的李更，向往远方，想去异地寻梦。

汽笛像圆润的男中音
迸发了全船的激情
为我们的远足讴歌
新的港口在望了

缆绳早把我的心牵向那异地福邦

下船吧，又是一岸飞红绿茵

——《长江拾情》

二

李更找到了珠海这个“异地福邦”。

特区开放的风气，创业的环境，使李更如鱼得水。无拘无束的李更便天马行空，任意驰骋。在诗歌渐渐退潮的年代，他和许多诗人一样，开始写小说、纪实文学，但捕来捉去，都只是一些小鱼小虾。直到他因编“读书版”而要大量炮制书评，他才无心插柳柳成荫，网住了“杂文”这条大鱼，从而找到了自己，把率真戏谐的风格发挥得淋漓尽致。

从此，李更便凭海一角，进可问鼎中原，退可闲望海市，舞动一支辛辣的游戏之笔，恣意评点神州文坛。他像“超女”一样想唱就唱，不惧权威，不怕走调，也不怕打笔墨官司，只怕不能真切地发出自己独特的声音。他又像挑战风车的堂吉诃德，不怕嘲笑，不怕自不量力，只怕没有回声，没有喝彩。他顽皮地擦去佛像身上的金粉，说这是泥胎。他对着人造美女做鬼脸，说我知道你的丰乳塞有几多硅胶。因此，对这个大闹天宫的愣小子，你不必认真，也不能发火，一则他说的大都是真话，只不过别人不会说不敢说或不屑说罢了。二则他正得意洋洋地等着你跳脚呢，还会对你叹气：“被人惦记有时是一种负担，被自己没有性趣的女人惦记则更是负担。”

正如评论家黄自华所言：李更是“文学天空中一只孤独哀嚎的乌鸦”“提起笔来总是远离被编码的话语，无边界、无拘束、无深浅、无遮掩、无防范、无忌讳、无亲疏、无定则、无技巧、无章法的即兴咏叹，所以，他的文章更见黄口小儿的无赖憨态。”

是的，李更既具有知识分子那种不崇权媚俗、不趋势奉迎的现代人格和先锋化特征，也具有他所形容的“文学晃晃”的特色：“他们的异化感、危机感、沉沦感、苦闷感、迷惘感，都化作‘天凉好个秋’的心境。”于是，当他重新拾起诗笔时，笔锋便不能不沾满其杂文鲜明的色彩，敏锐地关注现实，直面人生。

请看，他是如此嘲讽商品化的城市：“两旁的高楼都穿上了夜礼服 / 挂着通用的笑脸 / 每家都在做着手势 / 人民币同志，这边请。”他又是如此刻薄地揭示“伪沧桑”的“刀郎现象”：“依他的生活经历 / 怎么可能有那么多感伤 / 那种顾影自怜的感觉 / 分明是另一种撒娇 / 好使自己的形象有某种神秘 / 好让舞台成为更好的商场。”

在他的新作中，最有代表性的应是《兴宁矿难》：“谁叫我们知道得那么多 / 我们不知道便没有痛苦。”在调侃一番后，他才悠悠地亮出底牌：

当煤块变成通红燃烧的良心

矿工们

已经成为黑水埋没的鱼化石

读到这儿，你的心不能不为之颤动，方知那大白话般的戏谑，全是为了铺垫这沉重的一笔。

三

我认为，李更最大的优点，便是不做作，不矫情，不粉饰，不伪装。他很清醒地认识到自己的优点与缺点，甚至常拿自己开涮：“缺水的日子 / 李某人理直气壮地不洗澡 / 睡在他的狗窝里 / 他把小狗当儿子养 / 狗儿子自然要和他同床 / 半夜时他的头落下了枕头 / 枕头上是他打着巨鼾的小狗 / 李某人只好起身 / 恨恨地望着月光下的小狗 / 你这个外省小杂种。”

由此可见李更的聪明机智，他知道文化杂文是把双刃剑，当你刺击别人时，难免会受到反击而伤到自己。于是，不等别人出剑，他便袒胸露臂，指着身体某处说，瞧，我这儿也有块疤，只是我不像你一样把疤说成花。所以，李更仅凭这种难得的率真与坦诚，就敢于与有些人对垒叫阵。

由此也可见李更内心深处的孤独，尽管他在珠海混得不错，已能说一口地道的广东话，他却常觉得自己是外乡人，难以融入这个商品气息日益浓烈的新兴城市。相比之下，他常常怀念远方的武汉，怀念故乡的那种纯朴：

李某人寂寞地生活在
别人的城市
李某人爱去墓地踏青
他找来找去
找不出一个熟悉的名字
他坐在别人的爷爷
或奶奶的碑石上
望着墓园外刚起的高楼
自言自语

——《春天如此咸湿》

显然，这是“童年情结”作怪。李更难以融入的其实不是某个城市，而是某种环境、氛围和世俗。喜欢挑刺的李更，说话尖刻的李更，童言无忌的李更，是不怎么讨人喜欢的。但只要你有宽容和耐心，就会发现他尖刻背后的柔软，戏谑背后的善良。不论对时世还是对文学，他都是因爱得太深才故作狂语，因爱得太真才乱发戏言。他就像一只刺猬，刺上挂着的不仅是敌人纷乱的皮毛，还有许多红润的果实。

诗歌，就是李更收获的一种果实，尽管他是有意把它挂在刺上，尽管他完全可以把诗歌写得华美些、温柔些，但年已不惑的他似乎不屑于那么使力。他追求的是一种原汁原味的“脱口秀”，一种想到就说的快感，一种一针见血的辛辣，一种含着笑泪的苦涩。

于是，他的许多诗作就成了分行的杂文，使人联想起他扬名文坛的《李更如是说》。读他的新作，我们很难与浓缩、含蓄、意境、韵律等等诗歌的特点对号，倒是领略了他的机智、调皮、散漫和强烈的爱憎。

也许，李更是以一种游戏的心态写诗，以显示他独特的风格，以讽刺诗坛某些现象：“呜呼！低级的让人心酸，高尚的令人后怕。”也许他出诗集，只不过是证明“晚生亦好臭吟——收拾若干，杂凑成集，算了一尴尬事体”。

但我认为，生活中是不能缺乏诗情的，一个人一旦爱上了诗，就像有了永远去不掉的胎记，很难作一了结。另外，以李更的素养、功力和见识，完全可以把诗写得更好些，从而使自己的戏言更有说服力。不知李更老弟以为然否？

2005 年 9 月

警察本色是诗人

——记赵志飞

警察与诗人很难对号，似乎是地球的两极，相隔遥远。行武者，持枪破案，需要冷静的逻辑推理；从文者，挥笔写作，需要热烈的浪漫想象。赵志飞却能让冰火相融，称得上行武从文亦风流。

我与志飞相识甚早，早在 1974 年春天，我们就一起参加过武钢诗歌创作学习班。他来自矿山，我来自炉台，都是弱冠年华，不知天高地厚，不仅指点江山，激扬文字，还去照相馆故作深沉地合影留念。我至今还保存着这张老照片，我们表情严肃，脸上却流露出一股稚气。

志飞热情豪爽，颇有诗人气质，写起诗来洋洋洒洒，一泻千里。为人处事又十分精细，不论衣着还是头发，总是料理得齐齐整整，一看就是阳光青年。这样的年轻人是很受欢迎的，他进矿没多久就当了团干，还被评为技术能手。但我没想到他会被公安部门看中，投笔从戎当警察。

次年我去黄石，见他一身警服，威武挺拔，便不禁感叹，看来，你当诗人是可惜了！

志飞果然是块当警察的料，很快就崭露头角，书写了自己的传奇。他曾深入飞云洞探险破案，也曾卧底毒贩群体出生入死。黄石市国庆游行时，他被选拔为警察方阵的旗手，高擎红旗阔步开路，真是威风凛凛。更使人称道的，是他的侠肝义胆，有位矿山诗友蒙冤入狱，他不避嫌地探望关照。诗友平反后说起此事就摇头长叹，说赵志飞是条好汉，真够哥们！

好汉赵志飞的职位不断上升，不惑之年就当上了市公安局长，不久又调任省公安厅副厅长。但他仍念念不忘文学，常说警察生活丰富，题材独特，不写就可惜了。公安题材的作品虽然很多，却多为圈外人所写，难免隔靴搔痒。有一年，他随代表团访问日本，竟独自便衣出行，四处采访拍照，回国后就写了一本厚厚的《走进东瀛看警察》，引起警界强烈反响。他还将自己经手的奇特案例编写成书，不仅是真实生动的破案教材，也是引人入胜的纪实文学，以至被报纸连载，深受读者欢迎。

谁说警察只是赳赳武夫？志飞似乎要一心改变这种偏见，更立志要填补中国警察史的空白。当他主管湖北警官学院后，终于有了大展身手的机会，创办了中国第一个警察博物馆，主编了《湖北警察史》《警察临战学》等教材，把学院的文化活动搞得丰富多彩。湖北省和武汉市文学界多次在警官学院举办诗会，当你看到刚才还在操场上飞腿打拳的学生们，突然列队登台，换了一种表情朗诵诗歌，就会感到一种强烈的反差，一种难得的风景。

更难得的是，赵志飞为著述《首义警事》，历时三年，先后走访了湖北二十三个县，像破案一样追查线索，四处寻访首义警察后裔。如果不是他的特殊身份，是很难如此钩沉的。这本长达五十余万字的报告文学，揭开了一段鲜为人知的历史，真实地再现了一群尘封已久的人物在武昌起义前后所作出的历史贡献，也展示了作者的气魄胆识和文学功力。

由此看来，不论是诗人当警察，还是警察当诗人，都可称得上是一种幸事，可使其阅历丰富，体验另一种人生，有利于创作。因此，赵志飞有写不完的东西，并始终保持着充沛的创作激情。这种激情显然来自对事业的热爱，他一直在执着地向人们证明，警察也是天使，也是充满诗意的事业。

2015 年 3 月

董头

郑　因

董头谁也？董宏量先生是也！

说起董头，至少在湖北文坛乃至全国冶金（系统）文坛，可以说无人不知无人不晓。

我知道董头的诗名，要追溯到四十年前。那时，我在某农场的砖瓦厂做搬运，虽是砖瓦厂，却只生产红砖，没有瓦。一船又一船的红砖运往武汉，仅华中工学院（现华中科技大学）就有三人常驻我所在的砖瓦厂，负责来往船只的接洽、运输。而我们这些生产、搬运红砖的人，住的却是芦席棚，正应了那句诗：满身绫罗者，不是养蚕人。为了挡风（哪里挡得了），更为了遮光，芦席棚里面贴满了各类废旧报纸，其中最多的是《武钢工人报》。因为我一个同学的姐姐，名叫秀枝，她长得那叫个好看！农场唯一的照相馆，挂满了她的照片：插秧的、摘棉花的、戴草帽的、扎白毛巾的、捧读毛选的……当时有一部电影《春苗》，主演是李秀明、达式常。在我们看来，秀枝姐姐比李秀明好看百倍。也许是因为长得好看吧，她嫁给了武汉的一个官员，那些《武钢工人报》（据说还有煤炭）就是通过秀枝姐姐的关系，源源不断支援给砖瓦厂的。秀枝姐姐虽说为砖瓦厂做了力所能及的贡献，却没有得到应有的尊重，一些酸得倒牙的人曰：白瞎了秀枝，一朵鲜花插在了牛粪上，好端端的大姑娘去给人家“填房”！但秀枝姐姐一直是我感恩不尽的人之一。因为那些《武钢工人报》，我知道了武钢，知道了董宏量，他的钢铁诗经常出现在那些报纸上。后来又从收音机里，经常听到鄢继烈先生激情澎湃地朗诵董宏量先生的钢铁诗。对于井底之蛙的我来说，董宏量，是让人仰之弥高的。再后来，记得是1980年的冬天，我下班（彼时我是武钢东湖疗养院的护士）路过红钢城，在16路公共汽车站，看到了大红的海报：本周六晚上六点半，著名作家李建纲莅临钢城，举行文学讲座。地点：武钢五中。欢迎文朋诗友踊跃参加。我自然“踊跃”参加了那次讲座。李建纲先生讲完后，武钢的几位作家、诗人也上台讲了几句。记得董宏量当时穿一件皮夹克，小分头梳得一丝不乱，就像一个意气风发的中学生。他讲自己是《武钢文艺》的编辑，写诗也编诗，希望大家支持他的工作，为武钢诗坛的繁荣发展浇水培土、添砖加瓦……于是，我就奋力写诗，写了几十首，隔三岔五地寄给《武钢文艺》，却一首都没有发表。1981 年冬天，我平生第一次参加笔会，当然是《武钢文艺》组织的笔会。有一天，鲁天贞老师（时任《武钢文艺》负责人）递给我一张信纸，上面有用铅笔抄的一首诗，我一看，脱口而出：是我写的诗，但这字不是我写的。鲁老师说，他去街上办事，顺便浏览报栏，在《工人日报》上看到了这首诗，就抄下来了，给我一个惊喜。我当然"惊喜"，却也郁闷：这首诗曾经寄给《武钢文艺》，却被"枪毙"了。难道《工人日报》比《武钢文艺》的门槛低？当时和现在，编辑部都有这样一个约定俗成的规矩：同一篇作品，如果本刊漏掉而被"国家级"报刊发表了，是要有"说法"的。当时，董宏量也在笔会上，说他根本就没有看到过我寄给《武钢文艺》的诗。那时的《武钢文艺》，兵强马壮，有十来个编辑，也没有明确谁是诗歌编辑，谁是散文编辑，谁是小说编辑，稿件到了谁的手里，谁就有生杀予夺大权。但我一直对董宏量有"想法"，认为是他"枪毙"了我的诗。再后来，我儿他爹陈龄（是编辑也是诗人）看了我写的诗，说"你根本就不懂诗，你那叫诗？就是一歌词嘛"。于是，所有的"想法"烟消云散。

1985 年底，我和董宏量做了同事，确切地说，是做了他手下的一个兵，而这一做，就是近三十年。

三十年来，我一直称呼宏量先生为"董头"。因为与之共事之初，他虽说负责《武钢文艺》的一应事务，却还不是主编，另有一位官员作家挂名主编。当时编辑部有人称呼他小董、宏量、董主任；作者称呼他董师傅、董老师、董编。只有我，称呼他为董头。因为当时甚至当下，《加里森敢死队》都是我最喜欢的美剧之一。加里森的手下，个个都称呼他——头。没有什么比“头”，更直接、更形象、更亲切的了。那时的编辑部，个个都是人物，用加里森的话说，都不是脓包。没有十八般武艺，要想那些身手不凡的手下，同心同德听指挥，想都不要想。

董头以诗成名，散文更加炉火纯青：一不小心写了一篇小说《哈哈镜》，刚在《广州文艺》发表，就被《小说选刊》转载了。又一不小心，写了20余万字的长篇小说《遍地黄金》，一时洛阳纸贵，直到今天，其传达的言外之意，仍具有普遍意义：在这个浮华的、红尘万丈的世界上，其实还有不少珍贵的东西俯拾皆是，只要肯低下头，静下心来寻找，比如良知，比如公平，比如那些可以称为社会良心的一切，是谓遍地黄金……

与董头共事近三十年，既沾光也沾“包”。

董头曾经写过一篇散文《墙与处女林》，几乎是发表的当天，就有一位名叫单国荣的作者给我打电话：“郑编，我刚刚看了你的《墙与处女林》，写得真好，太好了，简直绝了！”我马上说：“没有啊，肯定不是我写的！”单国荣说："今天《武钢工人报》发的，你没有看到？"我马上找来报纸，看了，的确写得好！可是我没有那个水平，我写不出来。第二天才知道是董头写的，因为董头的母亲姓郑，他的笔名即"郑烈"。但他很少用这个笔名，所以很多读者不知道，包括圈内的文朋诗友。所以说我沾光了啊。

1989 年底，武钢文联邀请蒋子龙、梁晓声、张抗抗、霍达等名家来武钢参观、讲学，当然有"作家读者互动"这一环节。有位作者提了一个问题，大概作家们觉得这个问题不值得回答吧，就支吾过去了。不久，这个作者就在报上发了一番感慨，说邀请这些作家来武钢走马观花，是形式主义，是"崽卖爷田不心疼"等等。董头看了，就写了一篇文章进行反驳。不久，这个作者看到我，就朝地上很大声地"呸"了一口，当时我没在意。等他第三次见到我，朝地上大声地"呸"时，我当即以牙还牙，反"呸"他一口。这样还是不能平复我心中的万丈怒火，就找到他的领导讨说法。领导笑笑，说哪个叫你写文章骂他的？我真是丈二和尚摸不着头脑，急辩："我什么时候写文章骂他了？我的魂写了吧？"领导耐心地找出报纸，说："你还狡辩，署名'郑烈'的文章不是你写的？"我真哭笑不得，解释了一番。领导又问："那《墙与处女林》也不是你写的？我们都以为是你写的！算了啊，扯平了，你也沾了光了啊！”

的确，这个光沾大了。毕竟“呸”的三口只有我一人知道，而《墙与处女林》有许多武钢读者读过，并想当然地认为是我写的啊！

2013 年 10 月，董头退休，武钢返聘他继续做主编，但他为了让年轻人尽快地担当大任，便主动提出来，把主编职位让给年轻人，自己只做顾问。

同年，武钢文联授予董头“特殊贡献奖”，颁奖词曰：

> 他是一位真正的歌者，在高炉之巅纵情放歌，工人永远是心中的主角，钢铁总是充满了似水柔情。他是一位真正的耕耘者，扎根钢城这片热土，辛勤播撒文学的种子，精心培育诗意的花朵。40 年创作历程，30 年编辑生涯，承前启后，矢志不移，为业余作者搭台架梯，为武钢文化建设添砖加瓦，作出了令人尊重也令人感叹的特殊贡献。

颁奖词写得很诗意，但漏掉了非常重要的事情：董头为武钢留下了两首厂歌，一座武钢钢铁博物馆。武钢人也许记不得历任总经理姓甚名谁，但历代武钢人都会唱厂歌，都知道厂歌的词作者是董宏量！而武钢钢铁博物馆，于中国钢铁工业来说，更是前无古人之功勋。几乎与武钢钢铁博物馆落成的同时，董头的《钢铁的沧桑与梦想》出版。他“用文学，为记忆上一炷清香，用诗性，为钢铁立一个丰碑。在夕阳西下之前，董宏量能够做到的，也只能是以一个诗人的虔诚，向那段过去了的历史肃然致敬，然后说一声，谢谢！”（黄自华）

董头曾在“创作自叙”中说道：江山易改，本性难移，看来，我这辈子是难以豪唱大江东去，只会吟咏小桥流水了，那就“泻水置平地，各自东西南北流”吧，若能让人们依稀记得逝水中的几瓣落花，也算是聊有诗意，不虚此行。说到底，文学所带给我的，是一种令我愉悦的生活方式，也就是俗话所说的“修身养性”。能按自己的兴趣工作与生活，此生足矣。因而，董头的人生是智慧的，“任他红尘滚滚，我自清风明月”。

那么，董头，吉祥！

2013 年秋

《白鸽少年》序

董宏猷

给宏量的新著写序言，应该是一件愉悦的事情，可是，我却久久没有动笔。不仅仅因为宏量是我的弟弟，也不仅仅这部新著是他的第一部少年小说。原因其实很简单，是因为这部小说写得太逼真了，我一下就穿越了时空，回到了我的故乡，我的童年，我生于斯长于斯的老汉口，那些别梦依稀的往事，青石板路面的长街，幽深的古巷，母亲，外婆，童年的小伙伴，伴随着春雨蒙蒙中栀子花的清香，如梦如幻，扑面而来。我便沉浸在小说的故事里，沉浸在泉水般涌现的回忆中，不能自拔，而无法下笔。

守根里与药王庙相距不远，有花岗石门楼和青石巷道，五栋小楼紧密相连，每个门栋都是朱漆大门，走进去就是幽静的天井，宽敞的厅堂。尽管随着时光流逝，墙脚已滋生着苍苍青苔，百叶窗宛如凋残的芭蕉叶，但与周围杂乱的小巷相比，它仍显得雍容华贵，鹤立鸡群。当你扶梯而上，登向高高的晒台，可看到龟山隐隐，汉水如带，而俯瞰周边街巷，便有“一览众山小”的感觉。

书中写到的守根里、药帮巷，在我写这篇序言的时候，还真实地存在着。而作为汉口之根的古老的汉正街，早已被拆毁一空，盖起高楼大厦了。宏量的这部小说之所以一下子将我带回童年，就是因为他的叙事策略，是在虚构的故事中，引入了这座城市的真实地名，栩栩如生地展开了真实的独特的具有浓郁地方生活气息的风俗画。这样的童年书写，会让读者产生联想与共鸣，情不自禁地进入故事，并且，一边阅读，一边回忆，书中的童年故事逐渐与自己的童年融合在一起，作家的情感与自己的情感融合在一起，从而共同完成了童年的重构与共建。

童年书写近年来逐渐引人瞩目了。首先，童年书写无疑是儿童文学的审美核心。不同时代的童年书写，是儿童通过阅读逐渐成长的阶梯。这是因为童年不仅是自然的，更重要的，是社会的。童年作为人生的起点，是人生书写独特的不可缺少的存在。童年书写不是社会学和历史学的论文，童年的社会背景与历史背景，不是儿童文学作家追求表达的目的。童年书写的重点与聚焦点仍然是人，是儿童，是作家生命中不能忘却的亲人与伙伴，是自己以及亲人与伙伴的悲欢离合，喜怒哀乐。在《白鸽少年》中，我们不仅看到了“我”的童年故事，而且，还看到了飞飞、多多、馍馍、大美、小美，那么多栩栩如生，性格各异的城市少年群像。围绕着鸽子的发现，饲养，喜爱，比赛，展开了一幅幅生命与成长的鲜活画卷。书中的“我”与小美青梅竹马两小无猜的故事，尤为动人：

> 我家房子小，竹床只好摆在过道里，小美路过时，如果看到我躺在竹床上睡着了，就会忍不住逗我，或是用手指搔我的脚板心，或是用辫梢扫我的鼻孔，把我逗醒后，她就飞奔上楼，洒下一串银铃般的笑声。于是，我就装睡，等她鬼鬼祟祟地动手时，猛然起身一把抓住她，吓得她发出尖叫，笑成一团。
>
> 青梅竹马，两小无猜，我们就这样长大了。小美亭亭玉立，上楼的脚步声也显得稳重多了。但长大了的我们反而变得矜持起来，不再像过去那样嬉闹，也不再一起玩游戏。当男孩们在一起玩耍时，女孩们则围在一起吱吱喳喳地打毛衣，用钢针把五颜六色的胶丝勾成花瓣，谁也不知道她们在聊些什么。

这样诗意的童年，发生在一个特殊的年代。童年的风雨是各不相同的，生命的成长是不可阻挡的。特殊的年代，特殊的时代背景，增加了童年书写的宽度与深度，在这样的时代背景下，展现生命的渴望，成长的渴望，青春的渴望，当然就增加了作品的厚度。因此，性格鲜明的人物塑造，饱满丰盈的故事情节，诗意抒情的语言风格，浓郁的生活气息，风情画般的地域文化展现，让《白鸽少年》具有了厚重的史诗的气质，在当下的童年书写的画卷中，增添了浓墨重彩的一笔。

近年来，一批写“成人文学”的作家，开始了童年书写，推出了许多令人瞩目的新作，成为童年书写的一道靓丽的风景。这些作品属不属于传统的“儿童文学”，并不重要。儿童文学是否会正视包容这些作品，是儿童文学自己的事情。重要的是，我们的孩子，当今的少年，拥有了更多更加丰盈的不同视角的童年故事，他们的成长也就更加多元，丰富，视野也更加广阔。宏量一直是写“成人文学”的。从青年时代起，他就一直生活在武钢这座钢城，长期主政《武钢文艺》，是冶金系统乃至全国知名的诗人、小说家。在一个雄性的坚硬的钢铁世界里，宏量的诗歌以构思新颖，清新秀丽而独树一帜。他的作品，不乏黄钟大吕，热血激情。但他更善于用别致的别样的角度与构思，直击人类最柔软的部位。他的作品，不是大刀长矛，而是秀丽而尖锐的银针，扎向人心最敏感的穴位。他的气质，也不是开膛破肚的外科大夫，而是内敛的善于针灸的中医。这样的诗人，应该是天然的儿童文学作家。或者说，最适合为孩子们写作。在这个意义上，儿童文学收获的不仅是一部独特的作品，还收获了一位独特的园丁。

在文学界，我和宏量作为“兄弟作家”，是众所周知的了。从青年时代起，我们共同以诗歌起步。在清贫的少年和青年时代，我们同挤一个铺板，同偎一床被子，看书，写诗，谈文学与人生。兄弟二人，性格各异。我外向好动，宏量沉静灵秀。我是钢琴，宏量是洞箫。但兄弟俩共同的精神底色，是纯真，是真善美。而真善美是一个作家尤其是儿童文学作家最重要最基本的品格。《白鸽少年》是宏量第一部有儿童文学意义的长篇小说。我希望，同时也相信，这不是唯一的一只白鸽。在我们人生的金秋，宏量会放飞更多更美的白鸽。这是我的期待，也是孩子与未来的期待。

2018 年 12 月 6 日

人生是一次没有彼岸的泅渡

——董宏量的诗与思

黄自华

在岁月的流年中行走，感受春夏秋冬的更替，经历月圆月缺的轮回。面对浩浩宇宙，茫茫长天，人类的力量显得何其渺小！守财奴带不走金钱撞击的悦耳之声，英雄豪杰也不能永远占据昔日的辉煌。秋风凄切的哀鸣，不断在古往今来的诗篇中长歌低吟。岁月如流，人生苦短，在人的一生中，什么才是对生命固有的永恒与真实的认定？人生有许多大喜大悲，许多丧失，许多收获，许多骄傲，许多沮丧，都渐渐被岁月的风沙掩去。然而时光不只是记录忧伤，智者也可以活得豁达从容。

董宏量是全国著名诗人，但他没有某些诗人那种浅薄的优越与傲慢，他理性、谦和，偶尔也流露出文人的斯文、纯真，甚至柔弱。然而在柔弱的背后，他总是躲避着深深的孤独与寂落。无论是在他的文字里，还是在我们的交谈中，董宏量追问得最多的是：人生有意义吗？人生的意义难道只是要为人生的审美带来一片绚烂的风景？人活一生，为什么非要做所有人的榜样，是因为快乐还是因为虚荣？什么样的生活才使自己内心感到满足，灵魂得到安顿？

一场又一场隆冬的瑞雪，一年又一年早春的细雨。雪花消融了一个又一个漫漫的长夜，春雨润湿了一个又一个温馨的幻梦。年轻时的董宏量，用滚烫的诗句，讴歌那个沸腾的年代，展开想象的翅膀，用青春的激情图绘“武钢人”的英姿，用优美动人的文字，构筑了一派钢铁色彩、钢铁气慨的诗歌景观，创造了气势磅礴、宏伟开阔的诗歌艺术境界，而立之年，成就丰硕。董宏量的诗歌，贴近生活，自然流畅，不露丝毫雕琢的痕迹；奇崛的想象，往往给读者带来一种飞翔的冲动。文字动静结合、张驰有度、主体轻盈、情感真挚，跳跃轻灵的节奏，开拓了诗歌的审美想象空间。词语之间流动的那种“灵性”，总是能够拓展你的想象，在你面前呈现出一种意想不到的鲜活。

告别青春的奔放与激越，董宏量脸上岁月的风尘，怎么也抵挡不住由他的智慧滋养出来的坦然与沉思，那坦然是一种言辞，透露着他的思考，如同秋天的大地丰沃富饶、坦荡岿然，就像苍老睿智、意蕴悠远，既深沉又温暖的尤瑟纳尔的脸，穿越穹隆和浮云，穿越历史和光阴，从容地向我们走来，不曾在时光中衰老……诗歌，曾经是他的情怀，是他的寄托，是他才华横溢的百草园。然而，随着年龄的增长、人生阅历的丰富，董宏量惭惭体味到过往诗歌中的喧哗与稚嫩，他觉得那不过只是鼻尖底下的繁华，不是目光深处的远方。董宏量忽然发现，他的昨天已经消遁得如此遥远，时过境迁，当年诗歌创作的激越与豪迈，已经被温润敦厚的散文书写所取代。是董宏量青春的激情被时间消磨掉了，还是激情本身，先天就是那个时代的虚幻？人们原以为他永远只是一个诗人，以为他永远只会歌吟。不料，恬适、淡雅、纯粹，空灵绮丽的散文书写，却成为他寄托哲思的芳草地。荡漾在他生花妙笔下的，不仅仅是才华和灵气，更重要的是，董宏量对于人生如渡的独到理解，对于人性如炬的深刻感悟，给予了我们别样的震憾。

人生如同一片飘忽不定的白云，谁知归宿何处？它是转蓬一般浪迹天涯的行踪？还是一段依依不舍的别情？人们甚至来不及举起头来问候那一片白云，它就匆匆逝去，淹没在茫茫天际，不留下任何痕迹。董宏量从沸腾喧哗的青春大道，拐向一个略显悄然、低声细语的弯角路上，他内心的“光驱”，已经被岁月储存了丰沛的内涵。他的前方，是万籁沉寂的开阔地，他如一条深潜的鱼，在长江汉水里沉思默想，他的思绪，贯穿了周身所有的脉络，与他的经验浑然一体。从小在汉正街长大的董宏量，他的散文仿佛呼吸过江风吹拂的温润气息。纷乱的都市，居然能够在他的笔下，生化出一种不期而遇的安顿感；故里情怀，蕴涵着直指心源的情感震荡。那种可借以倚傍终生的精神家园，不是笃笃的桨声，不是月也弯弯、水也浅浅、人也悠悠、乡情酽酽、乡风煦煦的田园牧歌式的乡间农舍，而是那深藏着许许多多童年稚趣的阡陌街道和陈旧老屋，是“那回荡于深巷的铜锣声”。于是，我们在董宏量追忆往事的篇什中发现，他以市井生活、寻常人家为审视基点，以繁衍其中的人为解剖对象，讲述都市的历史兴衰，展示老汉口的商贾民情，礼赞江城民风习俗的同时，一刻也没有忘记张扬那未被畸形现代文明侵蚀与异化的道德人伦。

穿越时空的隧道，寻找古朴与深幽；透过弥漫的寂寥，捕捉美丽与情致；以历史、文化作背景，叙说过往的传闻与故事，摄掠凡人的俗事与唏嘘。董宏量的睿智，是他再也不像三十年前那样，在绚烂的诗行里倾注昂扬与激越，而是追求一种随意、一种漫不经心、一种才智与情感的自然流溢。虽然他的散文仍然像他的诗歌一样灵秀、轻盈、飘逸，但当我们看到董宏量在与天工造化的大自然，面对面地晤谈，以枯索的市井俚俗，进入社会生活的核心，将生命还原于大自然美感瞬间的同时，我们似乎听到了那泛黄历史碎片，悠忽掀动的喘息声。

如果说，华丽、柔美是董宏量诗歌和散文与生俱来的素质，那么，哲理意绪的浸染则是他人到中年之后，对纷繁复杂世界的逐步感悟，对董氏家族沧桑历史深刻思考的结果。董宏量童年的不幸以及下放农村的苦难，是整整一代中国人的遭遇，因此也唤起了整整一代人甚至整个民族的反省与思考。如果没有深入人性本质的思考，没有灵魂升华的彻悟，也许董宏量至今仍然还在轻松、舒展地舞蹈，而字里行间，则永远也不可能涵纳一个智者对生命的透彻理解，对命运的佛性阐释。

对于文学的守望，不卑不亢、不疾不徐、逆流而上，于董宏量，诗歌是蛹，散文是蝶。诗歌是他与命运的不意邂逅，而散文则是他漫长人生的命中注定。记得三十年前，董宏量就出版过一本叫做《渡痕》的散文集。世事也实在诡异，凡是睿智豁达的人，明明知道人生是一次没有终结的漂泊，是一次没有彼岸的泅渡，却依然步履蹒跚、认认真真地走好脚下的每一步路。人近中年，董宏量便悟出了人生如渡的惮意。也许，这就是所谓智慧人生的宿命吧。

人们常常说文如其人，董宏量的为人处事与他的散文一样温婉平和，不轻狂、不张扬。他当过下乡知青，做过筑炉工人，也曾经是名耀全国的青年诗人，主编《武钢文艺》长达三十余年……繁华之后是寂落，老了，沏一壶茶，邀朋友坐下来听他慢慢地叙说，绝口不提不愉快的事情。他的眼皮好像有些稍微下垂，但眼神里流露出的温婉与亲和至老未变。当人们奔忙于霓虹眩目、车马喧嚣的现代都市，迷失彷徨在人性善恶的街角岔道，回首凝视董宏量笔下那静谧的文字，用心感悟隐伏在今昔故事背后的深刻和智慧，重新审视那个孤独的灵魂在苦难袭身时的淡定与从容，是一种怎样的震撼、折服与感动！

光圈下的人生，不一定是真实的人生，鲜花簇拥的风光，又何尝不是一闪而过的虚幻。光彩夺目又如何？平平常常又怎样？光阴是我们的故事，岁月是人生的风景，唯其不慕权势，不恋虚荣，不悲不喜，不怨不怒，才能把别人的苟且，活成自己的坦然。从诗人到散文家，在董宏量飘逸转身的瞬间，身后又依稀露出一道耀眼的光芒。但他并不在意别人的赞颂与掌声，也不在意自己能够在文学史卷中留下是深是浅的痕迹。文字是董宏量灵魂诉说的通道，他用随心所欲的文字，书写让他痛苦、让他快乐的心灵感悟，在源源流淌于心头笔尖的文字中，董宏量只是希望能够找到真正属于自己的那份宁静、那份恬淡、那片能够容纳他尽兴遨游的天空。

漫步在杭州寓所的林荫道上，夕阳带着对丁一个异乡骚客的问候滑下屋顶，黄昏在前方依然可以把他照亮，那是董宏量的阅历为他秉烛。循着幽曲的小径，倾听森林的故事，感知大地的韵律；秋天沉甸甸的晚风，在他的眼窝或者鼻翼凹陷处栖息流连，与他亲密地交谈；他的头上是清凉绵软的云，液体般地流动；身旁是被夜色渐次染黑的树木，自由地低吟浅唱；昆虫和鸟类在落叶枯草灌木丛中，自得其乐地啼啭啾鸣……朱光潜先生说过：“以出世的态度做人，以入世的态度做事。”这也是董宏量秉持的做人准则。人生一世，草生一秋，都是匆匆而悲喜俱全的短暂。所有的人，上自帝王显贵，下至黎民苍生，都是人生舞台上匆匆而过的演员和看客。正因为面对沉重的生命、复杂的人生有了如此豁达的洞察，董宏量总是能够在不免有些苍茫的惆怅中，参透一切苦厄，获得某种顿悟，把身外之物看淡，把功名利禄抛开，不卑不亢地活着，从容自在地写着。

2023 年 5 月

谁能经得起时光的漂洗?

每年春天，都是我们的节日：在桃李芬芳时举办笔会。文友们从四面八方赶来，背起行囊，与春风一起远行，找一个山清水秀的僻静之地潜心创作。红尘滚滚，人生难得几日闲？我们终于可以梳理纷乱的思绪，沉静地回味人生。而最令人愉悦的，莫过于老友相逢，新朋结识，因共同的追求和爱好而惺惺相惜。尽管这诗意的栖居是如此短暂，前后不过一旬，宛如昙花一现，但其芳香却散发在我们的生活中，珍藏在我们的记忆里。

记得我第一次参加笔会，是在大冶铁矿，那时青春年少，同行者也都年轻得像挺秀的白杨，天没亮就会被出工号唤醒。还记得带队的李声高老师，用一口浓重的大冶乡音朗诵诗作:“朝霞刚刚推开窗，满山锣鼓响……”转眼间，李老师已满头秋霜，今年初春，我们有幸相聚，谈起三十年前的那次笔会，不禁唏嘘不已。

也是今年春天，一个细雨蒙蒙的钢城之夜，我陪同一位北京客人，参加了由诗人潇潇发起的文学聚会。聚会是为了怀念孙远——因病早逝的才女，那天是她十周年的忌日。参加聚会的许多文友，都与潇潇一样早已离开武钢，却因一声呼唤纷纷赶来。他们念念不忘的，不仅是一位美丽的才女落花般的笑靥，还有钢城文坛的博大与温暖。那天晚上，他们都谈起了十多年前在三峡举办的笔会，使我回想起在晚霞中散步时，是怎样偶然发现他们的“杰作”。那是用树枝和石子在沙滩上胡乱写下的诗句，其中，有孙远纤柔的笔迹：“我说长江是什么就是什么，我说生命是什么就是什么！”哦，生命到底是什么呢？是夏花般绚烂，还是秋叶般静美？孙远，永远年轻而美丽的小妹妹，直到今天，我们还在品味你的情思！

那个雨声淅沥的春夜，北京客人默默地倾听着，什么都没说。初夏时他却突然打电话给我，说那夜他回到宾馆后失眠了，想起了青春、爱情和许多似乎已被遗忘的往事。北京客人名叫徐和，当过炼钢工人，现为中国冶金作协主席。他说：我真的被感动了，好像灵魂得到了净化。因此，参加中国作协全委会时，我就谈起了武钢这个令人难忘的文学聚会，以及一位文友的感叹——“在文学的寒冬里，我们相拥在一起取暖。”可见我们的文学充满希望，我们的生活不乏诗意！

是的，不论是寒冬还是阳春，我们都会因诗意的相聚而感到温暖，感到文学的价值，人生的美丽。所以，尽管这些年来世事纷繁，许多文友都远离了文学，不再提笔写作，但我相信他们会迟早归来。因为，写作虽然不再是一件令人自豪的事，却是关乎灵魂的事。它就像种子一样隐藏在生命深处，总会悄然萌发，探出嫩绿的叶瓣，或是开出鲜红的花朵来。

时光如水，把春光漂洗成秋色，把青丝漂洗成白发。谁能经得起时光的漂洗？我想，唯有梦想，唯有梦想的果实——那些真正有生命力的文字，才能穿越岁月的沧桑，温暖着人们的记忆和心灵。显然，梦想是有很多种色彩的，但李榕的比喻使我感到新鲜——“深白”。这位日益成熟的女药剂师，不动声色地形容：美好的梦想就像医院的一种老床单，初看不打眼，却十分经洗，并会越洗越白，白得像天上的云彩。

那么，就此打住，回归此文的初衷——介绍本期作品。我已说了很多废话，只能简而言之：这些作品大都产生于今春的笔会，也大都与梦想有关，与时光的漂洗有关。而最生动的，应该是女药剂师的小说《深白》。

（《武钢文艺》2005 年第 3 期卷首语）

放歌江汉云水间

——怀念哥哥董宏猷

“江汉汤汤，武夫洸洸。”从古老的《诗经》里，我们听到了长江汉水涛声的回响，感受到武汉这座城市的地名，是怎样在出征的旌旗与号角中轰隆隆地诞生。但自古以来，这座城市便有黄鹤楼如临江立笔，有无数诗人墨客如过江之鲫游来游去。大江大河大武汉，使生于斯长于斯的赤子们饱受熏陶，深感幸运，不论从文还是习武，似乎都有一种与生俱来的大气。美髯飘飘的董宏猷，便以豪爽大气而为人称道。

长江的童话

猷兄属虎，生于划时代的1950年之春。姹紫嫣红的四月造就了他的浪漫气质，使他多才多艺，一生都在热情地歌唱。我们儿时住在汉正街，是枕着长江的汽笛、踏着汉水的浪花长大的。尽管童年生活十分清贫，买不起书，衣服上总是缀满补丁，但清贫却不寂寞，因为我有一个爱唱歌的哥哥，走到哪里就唱到哪里。他最喜爱的游戏，便是带领小伙伴们在江边踏波呼浪，呼唤浪潮奔涌而来。

献兄大我三岁，极其聪明，小学四年级时，画作便被送到香港展出。学校奖给他一个纸质粗糙的日记本，他很自豪，用钢笔费力地写下一些分行的文字，还配上浪花云朵等插图，庄严地告诉我："这就是诗！"

读小学时，献兄是"三条杠"的大队长，上中学是学生会主席，这使追随他脚步的我沾光不少。他背着我去江汉路逛书店，也曾为赚点小钱买书，带我去码头拉板车。记得那年夏天我才六岁，累得实在走不动了，便坐在马路边哭了起来——

这就是童年的长江童年的我呀，
我们拉纤我们开始了艰难的流程
——摘自董宏猷《长江，冬天和春天的童话》

这些难忘的往事，都被收入我们合出的散文集《白壁赋》中，之所以起此书名，是因为我们最初的涂鸦之作，随手写在老屋糊墙的旧报纸上。"在清贫的少年和青年时代，我们同挤一个铺板，同偎一床被子，看书，写诗，谈文学与人生。"当我们年过花甲，献兄为我的长篇小说《白鸽少年》写跋，又不禁唏嘘："那些别梦依稀的往事，青石板路面的长街，幽深的古巷，母亲，外婆，童年的小伙伴，伴随着细雨蒙蒙中栀子花的清香，如梦如幻，扑面而来……”

1968年秋，猷兄带头报名，下放到汉阳县当知青，由此开始了他真正意义上的文学创作。他用白纸自订了一本诗集，起名为《茅棚诗抄》，并有幸结识了在县文化馆工作的著名诗人管用和老师。七十年代初期，报纸上开始出现“社员董宏猷”的诗作，有一首《深山赋》还被收入当时的高中课本。

就像童年时背着我逛书店一样，猷兄又引导我步入诗坛。我当知青时，他不断写信鼓励我学习写诗，苦口婆心地谈他的创作感想。后来我招工回汉，他仍在乡村，回家治病时又为我清理诗稿装订成册，并深情地说：“我的流鼻涕的弟弟终于长大了！”

猷兄的感染力就是如此之强，像火炉一样温暖着身边人，不仅是我和他的女儿董菁，还有他的许多学生都成为了作家。当他被选为市作协主席之后，便惠及更多的文朋诗友，尤其是培养出一批儿童文学作家，使武汉成为中国儿童文学创作的重镇。

天生是个“孩子王”

热爱生活、多才多艺的猷兄，天生是一个“孩子王”，深受学生们喜爱。他从担任乡村教师起，便萌发了儿童文学创作的种子，显示出他与这个需要童心和梦想的领域，是如何相得益彰、水乳交融。但他下乡五年，却因家庭出身问题难以回城。好在乡亲们不懈地推荐，终于使他有幸就读华中师范大学，而且还是他所钟情的中文系。

读书，是多么幸福的事，猷兄又一次成为全校闻名的高材生。他一心想圆儿时的学者梦，可命运似乎注定他要历经磨难，毕业时不仅没能留校深造，还被分配到偏远的市郊中学。祸福相依，回到田野的猷兄，在教学之余发奋创作，1982 年写出第一篇校园小说《吸力》，便一举获得《儿童文学》优秀作品奖。适逢新时期儿童文学春潮涌动，他也由此跃上浪头。

虽然已当上教导主任，但校园留不住虎啸文坛的猷兄了，他被调往市总工会编刊物，后来又调到市文联成为专业作家。

对生活充满激情的猷兄，创作视野相当广阔。他走进深山，与林场工人同吃同住，创作了感人肺腑的长篇小说《十四岁的森林》。他与宜昌作家胡世全，抢在三峡大坝蓄水前穿越库区，拍摄了大量珍贵的照片，撰写了长篇纪实文学《三峡，最后的见证》。他创作的电视剧《汉口码头》在中央电视台播出，富有楚风汉味，顿成江城热点。他的《江南淘书记》意趣横生，不断发表，显其深厚学养。而他的儿童文学创作更是深受好评，不断获奖，并有多部作品被译介至海外。

儿童文学创作的难点，在于作家能否童心不泯，真正进入孩子的精神世界。猷兄有惊人的亲和力，能迅速与孩子们打成一片。他进校园给孩子们讲课，得安排礼堂，因为他的课实在精采，各年级都想来听。他连讲带唱，使孩子们如醉如痴。

“有着震撼人心的中国叙事，流露出人性的温度与生命的况味，营造出自然的意趣和蓬勃的诗情，让故事如梦如幻。”是许多评论家对猷兄作品的相同赞赏。1989 年问世的梦幻体小说《一百个中国孩子的梦》，是猷兄的代表作。因为上小学的女儿叙说梦境，使他联想到自己小时候的作家梦、画家梦、音乐家梦，领悟到孩子的梦所折射的瑰丽人生。他开始发动所有熟悉的老师给孩子们布置作文题《我的梦》。一时间，孩子们各种各样的梦像雪片一样向他飞来。小说出版后，荣获了全国优秀儿童文学奖、中宣部“五个一工程”奖等多个奖项。

武汉文坛“领唱者”

猷兄有一副好嗓子，嗓音浑厚，歌声优美。而且他记忆力惊人，几乎什么歌都能唱。当知青时，他报考过武汉歌舞剧院，成绩位居前茅，却因成分问题而没能走进他所向往的音乐殿堂。后来，他创作了长篇小说《牧歌》，在后记中写道：“我这一辈子，是歌唱的一辈子，一天不唱，闷得发慌。朋友们都知道，只要和我一起吃饭，我都会将饭局变成音乐会。”

好多年来，猷兄的独唱，是省市作协联欢会的保留节目。有一年我和他一起参加全国作代会，联欢之夜他登台歌唱，我听到有人惊呼：那个大胡子真像帕瓦罗蒂！

可能是声带用得太狠，长了息肉，2017年，猷兄动手术后嗓子哑了，从此难以放声高歌。他自有办法，改用口琴来倾吐心声。美髯飘飘，口琴声声，也就成为他鲜明的标志。

武汉市文联人才济济，猷兄能脱颖而出，当选为作协主席，除创作成绩突出外，很大一个原因是赤诚热情，有出色的活动组织能力。他是众口称誉的“文学义工”，是文学合唱团引亢高歌的“领唱者”，是侠肝义胆的“胡子哥”。他以人格魅力和无私奉献的精神，吸引和凝聚着各方文友，把作协工作搞得风生水起。可以说，新世纪以来，他当主席十年期间，是武汉文学最活跃、最吸引人的黄金时期。

献兄退休后仍忙得不亦乐乎，为武汉文化建设奔波呐喊。他担任了武汉市全民阅读促进会会长，著作接连问世，还于 2021 年举办《文言镜语——董宏猷影像作品展》。展览开幕那天人山人海，各界人士纷纷到场祝贺，足见他的好人缘和感召力。留言本上，有文友笑题：虽然你已离开江湖，但江湖上仍流传着你的传说。

江城“通灵人”

献兄曾眉飞色舞地与我谈起创作计划，有许多东西要写。谁会想到，2022 年最后一天，欢歌笑语的“胡子哥”，深受孩子们喜爱的“大胡子叔叔”会因病逝世，长眠于虎啸声声的本命年！江城哀思如潮，追悼诗文雪片般飞舞，使人痛惜之中也感受到他人生的精彩和永恒的魅力。其中，散文家徐鲁如此感叹：几乎每一座城市，最终都会选择出一位或几位优秀作家，作为自己的“城市代言人”。这些作家，必须能够悉心洞察和揭示这座城市的秘密和命运，能够为世人讲述和诠释这座城市前世今生的沧桑故事。有人也把这样的作家，称为这座城市的“通灵人”，董宏猷可谓武汉的“通灵人”。

是的，从献兄身上，可以看到武汉人的许多特质，有大江大河所滋润的豪气、义气和灵气。他满怀深情，放声歌唱，唱得春波秋浪滚滚而来。更难能可贵的是，他始终怀有一颗晶莹的童心，那么善良，那么温柔，从而成为著名儿童文学作家，有鲜明标志和突出贡献的武汉作家。

猷兄的创作成绩厚重而丰富，不论诗歌散文，还是小说评论，都蕴含着浓郁的诗意。我曾笑说他的文笔如同羊毫，因追求优美而显得过于柔软。直到我尝试儿童文学写作之后，才感受到那种笔力的控制是多么不易。宛如“帕瓦罗蒂”俯下身来，含笑摸着胡子为孩子们轻轻地倾吐童声。

“汉口泪湿白壁赋，江潮痛唤赤子归。”亲爱的猷兄，你到哪里都不会寂寞。我梦见你在天堂歌唱，歌声仍是那么优美，那么清亮。唱得云飞浪卷，唱得大地芬芳！

2023 年 4 月

后记

人生无常，祸福难测。2022年开春，从未住过院的我突生重病，开颅手术死里逃生。醒来后看到自己的基因图谱，就像一本五彩斑斓的画册，便由此想到，40多年创作生涯，我虽然出版了多种著作，却没有一本自传性质的书，可像基因图谱一样一目了然，留给亲友和后人观看。当然，过去也曾想过，但总觉得山高水远，来日方长，哪知重病来得猝不及防，提醒我是该作人生总结的时候了。

说来惭愧，此生平淡无奇，不过是因爱好文学而有所特长并谋生立世。但细细回想往事，作为一名50后，从知青下放到改革开放，我们这代人独特的成长经历，若真实记录下来，是有一定的社会学价值的。虽然对写作者来说，作品应是最好的自传，尤其是散文，更见真情实感。但由于种种原因，作者往往隐藏在作品背后，使人如雾里看花。因此，我决定将近些年来散发于报刊、有关自己身世足迹的作品汇编成册，留下记忆。

人生的每个季节都有鲜明的色彩，少年青葱，青春火红，中年橘黄，老来霜白。1993 年，我与宏猷兄合出散文集，起名《白壁赋》，以纪念我们儿时涂鸦时光。转眼间，我们都已年过花甲，著有多种作品，白壁上已是五颜六色。所以，我就给这本散文集起名为《六色谱》，但愿读者能从中看到我行走的足迹，看到时代的纷繁，人生的斑斓。

2022 年 10 月于钢都花园